천극의 서

天極之書

권인호 신무협 장편소설

ORIENTAL FANTASY STORY & ADVENTURE

3

dream books 드림북스

천극의 서 *3*

맺음의 결, 틈새의 결

초판 1쇄 인쇄 / 2010년 9월 7일
초판 1쇄 발행 / 2010년 9월 17일

지은이 / 권인호

발행인 / 오영배
편집장 / 김경인
편집 / 윤대호, 신동철
펴낸 곳 / (주)삼양출판사 · 드림북스

주소 / 서울특별시 강북구 송천동 322-10호
대표 전화 / 02-980-2112 팩스 / 02-983-0660
편집부 전화 / 02-980-2116 팩스 / 02-983-8201
블로그 / blog.naver.com/dreambookss

등록번호 / 제9-00046호
등록일자 / 1999년 3월 11일

값 8,000원

ISBN 978-89-542-3678-2 04810
ISBN 978-89-542-3675-1 (세트)

* 지은이와 협의하에 인지는 생략합니다.
* 잘못된 책은 구입한 곳에서 바꾸어 드립니다.

天極之書
권인호
장편소설
3
dream
books
드림북스

목차

제1장

비몽사몽 간에 도적을 때려잡다

천극의 서

대력도(大力刀) 막충(莫充)은 광서성 오련방(五連幇) 출신이었다. 우락부락한 생김새에 비해 머리도 영민했고, 또한 타고난 신력과 근골이 좋아서 유년 시절에는 오련방의 차기를 책임질 만 한 인재라며 꽤 촉망을 받기도 했다.

하지만 막충은 타고난 재능에 비해 천성이 게으른 자였다. 타고난 재능이라고 해봐야 십 년에 한 번, 백 년에 한 번 날까 말까 한 재능도 아니고, 그냥 비교적 조금 좋은 정도의 재능으로는 게으른 천성을 극복하기엔 턱없이 부족했다.

주위의 기대와 총애는 시간이 지날수록 실망으로 바뀌었고, 그보다 못하던 동기들도 하나둘 그를 앞질러가기 시작했다.

게으른 것도 게으른 거지만 또 하나 그의 큰 단점은 남 탓하기를 좋아한다는 것이다. 실력이 늘지 않는 것을 무공 교두의 무능 탓으로만 여겼고, 다른 동기들이 그보다 앞질러 좋은 직책을 맡을 때면 오련방주가 그 동기를 편애하는 것이고, 그래서 자신을 차별하는 것이라 투덜댔다.

사람에 대한 불만은 사문에 대한 분노가 되고, 사문에 대한 분노는 세상에 대한 증오로 바뀌었다. 급기야 오련방주의 재물을 훔쳐 달아나는 사태에까지 이르고 말았다.

그렇게 그는 자신이 그토록 증오하던 세상으로 나오게 되었다.

하지만 농사를 짓기에는 게으르고 칼밥을 먹고 살기에는 무능한 그가, 냉엄한 세상에서 떳떳이 할 수 있는 일은 아무것도 없었다.

그래서 산적이 되었다.

그는 산적이 된 것을 무척이나 흡족해했다.

땀 흘리지 않아도 배불리 먹을 수 있었고, 얕은 칼 재주로도 얼마든지 으스댈 수 있었다. 거기에 세상에 대한 증오까지 해소할 수 있으니 그야말로 천직도 그런 천직이 없었다.

물론 세상 모든 일이 다 그렇듯이 아무리 산적 질이 천직이고 체질이라 해도, 마냥 호시절만 있는 것은 아니었다. 산적질에도 엄연히 불황이라는 것이 있었다. 요즘이 딱 그랬다.

이제 슬슬 추워지기 시작하는 산속에서 먹잇감 소식만 주야장천 기다리는 것도 지긋지긋한데, 한 번씩 연통을 받고 달려가 보면 칼 좀 쓰게 생긴 호위들이 잔뜩 있었다.

그렇게 허탕을 친 것이 보름이다. 이러다가는 정말 굶어죽을 지경이어서 슬슬 수하들 사이에서도 불만이 나오기 시작했다.

이대로 불만이 더 커지면 두목으로서의 체면도 체면이지만, 산적 패라는 것이 워낙에 시러베 잡놈들만 모인 곳이다 보니 언제 어느 때 등 뒤에서 칼을 맞을지 모르는 일이었다.

방법을 달리 강구해 보는 수밖에 없었다. 그렇게 궁리 끝에 스스로 생각하기에도 참으로 기발한 생각을 떠올렸다.

'오지 않는다면 데리고 오면 된다.'

산적이라고 마냥 숨어서 기다리기만 하라는 법은 없지 않은가.

그러한 발상의 전환은 천하무림대회와 맞물려 제대로 맞아떨어졌다.

마치 명절 귀성객들의 대이동처럼 천하무림대회가 열리는 소주로 사람들의 대이동이 시작되자, 너 나 할 것 없이 마차를 대절하는 통에 관도가 온통 마차로 가득 찼다.

그들이 할 일은 그 많은 마차들 중 하나를 강탈해서 돈줄이 될 만한 자들을 고이 모셔오면 되는 거였다. 특히 소흥의 도장이 주요 먹잇감이었다.

고작 도장에서 칼질이나 가르치며 애들 코 묻은 돈이나 뜯어먹고 사는 주제에, 그래도 칼 좀 만졌다고 호위도 두지 않는 데다가 주머니도 상당히 두둑했다. 하루에 서너 번만 털어도 웬만한 표물을 터는 것보다 수입이 더 짭짤했다.

산채는 그야말로 매일이 축제 분위기였다. 덕분에 막충의 위엄도 하늘을 찔러서, 수하들 사이에선 부처님과 형 동생 할 정도로까지 높아져 있었다.

그날도 그렇게 다른 날과 같이 보람찬 하루가 될 줄 알았다.

수하 장길이 마차를 몰아오고, 거기서 눈을 번쩍 뜨이게 하는 여인이 나타났을 때는 뼈와 살이 타는 밤을 상상하며 참으로 산적이 되길 잘했다고 생각하기도 했다.

그랬다.

그랬던 것인데 마차 안에서 사내 하나가 걸어 나오면서 모든 것이 틀어져 버렸다. 다른 날과 같아야 했던 오늘이, 다른 날과 같지 않게 흘러가기 시작했다.

그 사내는 길게 하품을 해대며 졸음기 다분한 꺼벙한 눈으로 주위를 두리번거린다.

주위를 두리번거리며 흉흉한 상황을 확인하고도 '벌써 소주에 도착한 거야?' 라며 생뚱맞은 질문을 해댄다.

그때까지만 해도 막충은 그가 조금 모자라거나 멍청한 녀석이라 생각했다. 약간의 귀찮음이 늘었을 뿐이라 그리 생각했다. 그건 그의 수하들도 마찬가지였다.

하지만 수하 하나가 사내에게 다가간 순간, 그리해 솔선수범하여 거칠게 주먹부터 날린 순간, 그는 뭔가 잘못되었다는 것을 느꼈다.

그야말로 번쩍이었다.

"쿠억!"

뭔가가 번쩍하더니 사내에게 주먹을 날린 수하가 비명을 지르며 퉁겨 날아간다.

뭐가 어떻게 된 건지 제대로 보지도 못했다. 더 황당한 것은 그렇게 수하를 날려 버린 사내가 여전히 꺼벙한 눈으로 어리둥절해한다는 것이다.

"이게…… 다 무슨 일이야?"

*　*　*

천풍은 참 달게 자고 있었다. 마차의 덜컹거림은 요람처럼 아늑했고, 쉬지 않고 재잘거리는 상아와 상무의 수다는 자장가처럼 감미로웠다.

그렇게 단잠에 푹 빠져 있었다. 꿈조차 꾸지 않았다.

그런 그가 처음으로 세상의 소리를 들은 것은 '깡!' 하는 쇳소리였다.

물론 그 쇳소리는 임설아와 막충이 칼을 부딪치며 낸 소리였지만, 천풍에겐 그저 하염없는 잠속으로 파고든 살짝 거슬리는 잡음에 지나지 않았다.

하지만 살짝 거슬리는 잡음이 긁고 지나간 자리로 다른 잡것들이 끼어들기 시작했다.

비몽사몽의 경계에서 거친 숨소리가 느껴졌다. 경망스러운 웃음소리도 들렸다. 그러한 낯선 소란 사이에는, 그를 부르는 상무의 다급한 목소리도 있었다. 그로 인해 수면 깊이 빠져 있던 그의 의식이 조금씩 조금씩 수면 위로 떠오르며 세상을 인식해 갔다.

솔직히 눈을 뜨기 싫었다. 잠은 여전히 쏟아지고 만사가 귀찮았다. 어떻게든 떠나려는 잠을 붙들어보려고도 했다. 하지만 그게 잘되지 않았다. 그래서 할 수 없이 눈을 뜨긴 떴는데, 눈을 뜨고도 한참 동안이나 정신을 차리지 못했다.

그런 그를 단번에 정신이 번쩍 들도록 한 것은 느닷없이 얼굴을 향해 날아드는 주먹이었다. 뭐가 어떻게 된 건지 확인해 볼 겨를도 없었다. 생각보다 먼저 몸이 움직였다.

퍽!

주먹에 묵직한 감촉이 들고,

"쿠억!"

비명이 이어졌다.

천풍은 '아차!' 했다.

잠결에 내지른 주먹이었다. 본능에 따라 무심결에 위협에 대응한 것이다 보니, 저도 모르게 주먹에 많은 힘이 실려 버렸다. 그로 인해 저 멀리 퉁겨져 날아간 괴한이 거의 구겨지듯 곤두박질쳤다.

'이런……!'

어쩌면 죽었을지도 모른다 생각하니 천풍은 덜컥 겁이 났다.

하지만 상황은 그에게 그마저도 걱정할 겨를을 주지 않았다.

"뭐, 뭐야 지금?"

"뭐가 어떻게 된 거야? 지금 저놈이 그런 거 맞아?"

"모, 몰라. 워낙에 순식간에 일어난 일이라……."

"젠장! 무슨 말들이 그렇게 많아! 일단 족쳐! 일단 족치고 보자고!"

오래도록 손발을 맞춰온 자들이었다. 한 녀석이 쌍수도를 휘두르며 달려들자, 누가 먼저랄 것도 없이 그 즉시 흉흉한 기세로 덮쳐들었다.

덕분에 천풍은 여전히 뭐가 어떻게 된 건지도 모른 채로 거칠고 사나운 공격에 맞서야 했다.

퍽!

"컥!"

가장 먼저 쌍수도를 휘두르며 달려들던 녀석이 배를 부여잡고 풀썩 쓰러졌다.

빠각!

"꾸억!"

두 번째 녀석은 턱이었다. 주먹에 닿는 섬뜩한 감촉으로 보아 부러진 것이 분명했지만, 그조차도 신경 쓸 겨를이 없었다.

사방팔방에서 동시다발로 공격해 들어왔다. 천풍은 여전히 어리둥절한 상황에서 그저 반사적으로 주먹을 휘둘러댔다.

그렇게 얼떨결에 시작된 싸움은 얼핏 보여지는 흉흉한 기세에 반해, 허무할 만큼 그야말로 순식간에 끝이 났다.

천풍이 겨우 한숨을 돌렸을 때는 이미 그 주위에 두 발로 서 있는 사람이 단 한 명도 없었다. 바닥을 뒹굴며 신음을 토해대는가 하면 이미 혼절해서 게거품을 무는 자도 있었다.

"이게 대체 무슨 난리야? 이 사람들은 대체 다 뭐야?"

실컷 드잡이를 해댄 것치고는 지나치게 순진무구한 얼굴로 그렇게 묻는 천풍이다.

"보면 몰라요? 산적들이잖아요."

"산적?"

상무의 대답에 천풍이 놀란 눈을 했다.

그런 천풍을 보며 상무가 짜증을 부렸다.

"잠을 자도 어떻게 그렇게 태평하게 잘 수가 있어요? 진짜 사람 맞아요? 곰 아니에요? 이 정도로 시끄러우면 겨울잠 자던 곰이라도 깨겠구만……."

아닌 게 아니라 그동안 얼마나 애를 태웠는지 모른다. 기습 공격을 감행한 임설아가 도리어 간단히 제압당해 버리고, 산적들은 눈을 희번덕이며 다가오고 있고, 등 뒤에선 겁먹은 상아가 바들바들 떨고 있고…….

그런 와중에 믿을 건 천풍뿐인데 아무리 불러도 도통 깰 생각을 않으니, 그 무섭고 답답한 마음이야 오죽했겠는가. 그나마 천풍이 이렇게 옆에 있으니 짜증도 내고 여유도 부린다.

돌연 진사우의 다급한 외침이 들린 것은 그때였다.

"앗! 저놈, 도망쳐요!"

진사우가 가리킨 것은 막충이었다. 천풍의 등장으로 상황이 전혀 생각지 못한 방향으로 흘러가자 당황도 잠시, 스스로 천풍의 적수는 되지 못할 듯하고 그렇다고 인질극을 벌이기에는 상황이 여의치 않자, 수하들은 나 몰라라 한 채 추호의 망설임도 없이 도주를 택한 것이다.

천풍이야 막충이 누군지를 모르니 그저 어리둥절할 뿐이다. 그런 천풍에게 이번엔 상무가 소리쳤다.

"뭐해요! 어서 쫓아요! 저놈이 두목이에요!"

"두목? 산적 두목?"

"아, 그렇다니까요! 어서 잡으라구요!"

그사이 막충은 산을 터전으로 해온 산적답게 거침없이 숲을 내달리고 있었다. 경공술에는 일가견이 있는지 그 움직임이 표홀하기 이를 데 없었다.

하지만 산이 터전이라고 해봐야 천풍만큼 산에 대해 잘 알 리도 없고, 경공술에 일가견이 있다고 해도 천풍만큼 빠를 리도 없었다.

아직은 여전히 얼떨떨하기만 한 상태였지만 어쨌든 일단 잡으라고 하니 잡고 볼 일이다. 천풍이 그 즉시 막충을 쫓아 신형을 날렸다.

채 몇 번 발을 굴리지도 않아 단숨에 거리를 좁힌 천풍이 손을 뻗어 막충의 뒷덜미를 낚아채려 했다. 한데 바로 그 순간,

정신없이 내달리던 막충이 급격히 몸을 돌려세우며 기습적으로 대감도를 휘둘러왔다.

전혀 예기치 못한 반격이었다. 더구나 속도며 기세가 조금 전 상대했던 산적들과는 질적으로 달랐다.

천풍이 급히 헛바람을 삼키며 뒤로 물러나자, 그야말로 종이 한 장의 차이로 대감도가 천풍의 옷깃을 스쳐갔다. 하지만 막충은 미처 안도할 틈도 주지 않았다.

"죽엇!"

그 여세를 몰아서 더욱 거세게 천풍을 공격해 왔다.

막충은 필사적이었다.

경공술에도 자신이 있었고 그것이 산속이라면 더더욱 그러했다. 절대로 잡히지 않을 자신이 있었기에 주저 없이 도주를 택한 것인데, 천풍이 단숨에 거리를 좁혀 버리자 심장이 덜컥 내려앉을 만큼 놀랐다. 그 와중에 천풍이 뒷덜미를 낚아채려 했고, 그는 그 손을 뿌리치기 위해 본능적으로 칼을 떨쳤다.

다급한 나머지 어디까지나 반사적으로 취한 행동이었다. 거기에는 특별한 기대도, 노림수도 없었다. 한데, 생각지 않게 효과가 있었다.

그 별것 아닌 공격에 당황해하는 기색이 역력했다. 칼이 삼푼만 깊었어도 그 일격으로 끝장을 낼 수도 있었다.

'초짜다!'

막충은 단번에 천풍을 파악했다.

실력이야 대단할지 모르지만 경험 부족을 여실히 드러내고 있었다. 방심의 탓도 있겠지만 방심 또한 결국은 경험이 부족하다는 증거다.

기회는 지금뿐이다. 경험 부족으로 인해 심리적으로 흔들리고 있는 지금의 기회를 놓치면, 그래서 천풍이 본신 실력을 발휘하게 된다면, 그 역시 저기 저 앞에 나뒹구는 수하들과 같은 신세가 될 것이다.

그러하기에 필사적이었다. 온 사력을 다한 공격은 그렇게 폭풍우가 되어 천풍을 몰아쳐갔다.

* * *

천풍은 콧등을 훑고 가는 싸늘한 기운에 심장이 서늘히 젖어드는 기분이었다. 등줄기에서는 절로 식은땀이 흘렀다.

너무도 갑작스러운 반격, 그리고 이어서 퍼부어지는 공세…… 그 기세며 속도가 전혀 예상치 못한 것이었다.

막충의 실력을 너무 깔보고 있었다. 조금 전 산적들의 조잡한 칼질을 상대했던 탓에 저도 모르는 사이 '두목이라 해봤자 뭐 별거 있으랴.' 하는 깔보는 마음이 생겨나 있었다.

하지만 달랐다. 막충의 칼은 다른 산적들의 조잡한 칼질과는 엄연히 다른 것이었다. 거칠고 투박하지만 날카로움이 있었고, 화려하진 않지만 절도와 기개가 있었다.

천풍으로서는 제대로 수련을 쌓은 무림인과의 제대로 된 첫 대면이었다. 제대로 된 무림인의 제대로 된 칼질은, 방심하고 있던 천풍을 당황시키기에 충분했다.

손발이 어지러웠다. 막아는 내고 있었지만 경험 부족을 여실히 드러내며 허둥지둥 대고만 있었다. 반대로 막충의 공격은 이미 기합에서부터 이대로 숨통을 끊어 버리겠다는 각오가 느껴질 만큼 맹렬했다.

하지만 천풍이 막충의 실력을 얕잡아본 것만큼이나 막충도 천풍을 잘못 알고 있었다.

비록 경험의 부족에 방심이 더해져 일순간 위험에 처하긴 했지만, 그 한 번의 실수와 기회로 극복될 만큼의 실력 차가 아니었다. 오히려 등골을 서늘하게 한 긴장감이 잠들어 있던 혈정을 깨워, 그나마 있던 일말의 가능성마저도 말끔히 지워 버렸다.

온몸의 혈정들이 요동쳤다. 요동치는 혈정들이 전신의 감각들을 깨우자, 천풍은 그제야 막충의 도를 볼 수 있었다. 도가 보이니 허점이 보이고, 허점이 보이니 당황했던 마음도 안정을 찾는다.

천풍은 막충의 공세 속으로 대뜸 한 걸음을 내딛었다.

"어……?"

숨 돌릴 틈도 주지 않고 공세에 공세를 거듭하던 막충은 순간 어리둥절했다.

피하기에만 급급해하던 천풍이 돌연 그가 만들어내는 사나운 도풍 속으로 겁 없이 성큼 발을 들이미는 것이 아닌가?

'이게 미쳤나?'

도풍의 소용돌이 속에서 온몸이 갈기갈기 찢겨날 판인데, 미치지 않고서야 이런 무모한 행동을 할 리가 없는 것이다.

물론 어리둥절한 것은 잠깐이었다. 그가 천풍을 걱정해 줘야 할 이유가 없다. 오히려 그에겐 웬 떡인가 싶을 정도로 다시없을 기회였다.

막충은 그가 가진 모든 기력을 다 끌어올렸다. 그리고 일말의 주저함도 없이 일도양단의 기세로 천풍을 향해 대감도를 휘둘렀다.

부웅—

'……?'

기대했던 '서걱'이 아닌 것에 놀랐다. 손바닥을 통해 전해져 와야 할 묵직한 감촉도 없다.

막충은 다시 한 번 어리둥절한 눈으로 천풍을 보았다.

분명 무방비 상태였다. 그리고 그의 대감도는 정확하게 천풍의 목을 향하고 있었다.

닿았어야 했다. 그 속도, 그 간격이면 분명 잘랐어야 했다. 한데, 그의 대감도는 애꿎은 허공만을 갈랐을 뿐이다.

그렇다고 천풍이 그의 도를 피한 것도 아니었다. 정확히 말하자면 그의 도가 그의 의지와는 상관없이 천풍을 피한 것이었다.

마치 귀신에라도 홀린 듯한 기분이었다.

하지만 뭐가 어떻게 된 건지 살필 만한 겨를이 없었다. 그런 것에 연연해할 만큼 여유 있는 상황도 아니었다. 노련한 막충은 자신의 칼이 천풍을 비켜나간 그 순간, 이미 두 번째 공격을 이어가고 있었다. 하지만,

부웅—

두 번째 공격 또한 허망하게 허공을 가른다.

'젠장! 대체 뭐야!'

그렇게 신경질적으로 이어진 세 번째 공격 또한 결과는 마찬가지였다.

부웅—

'뭐가 이 따위냐고!'

그것으로 끝이었다. 더 이상의 기회는 없었다. 세 번의 공격이 이어지는 동안 천풍은 정확히 세 걸음을 내딛었고, 그 세 걸음으로 막충과의 거리는 주먹이 닿을 만큼 좁혀져 있었다.

이윽고 천풍의 주먹이 막충의 복부에 닿았다.

한순간의 방심으로 천풍은 저승 문턱까지 다녀온 후였다. 마음에 여유가 없었다. 그런 만큼 천풍의 주먹에는 이미 상당한 힘이 실려 있었다. 그것은 막충이 감당할 수 있는 정도의 것이 아니었다.

퍼억!

막충의 허무한 칼질과는 다른 경쾌한 소리가 들리고,

"쿠억!"

막충이 맥없이 퉁겨져 날아갔다.

천풍의 공격은 그것으로 그치지 않았다. 잠깐의 방심으로 자칫했으면 죽을 뻔했다. 같은 실수를 두 번 반복할 만큼 멍청하지 않았다. 그는 퉁겨져 날아가는 막충을 쫓아가 주먹으로 막충의 얼굴을 내려찍었다.

콰앙!

그야말로 바닥에 보기 흉하게 처박히는 막충이다.

잠깐의 꿈틀거림이 있었다. 그리고 죽은 듯 사지를 축 늘어뜨린다.

죽지는 않았다. 죽을 만큼 힘을 싣지도 않았다. 하지만 눈이 완전히 돌아간 것으로 보아 쉽게 정신을 차릴 수 있는 상태는 아니었다.

그렇게 이 모든 일의 원흉에게 뜨거운 맛을 보여준 천풍은 곧장 일행이 있는 곳으로 돌아갔다. 일행에게로 돌아온 천풍은 새삼 자신이 만들어놓은 참상에 눈살을 찌푸렸다.

그야말로 아비규환이다. 수십 명의 사내들이 아무렇게나 널브러져 신음을 토해대고 고통에 몸부림친다.

그 참혹한 광경을 보고 있자니 '내가 너무 심했나?' 하는 생각이 잠깐 들기도 했다. 하지만 그는 어디까지나 스스로를 보호한 것뿐이다. 칼과 도끼를 휘두르며 먼저 공격을 한 것은 그들이었다. 따라서 마땅히 혼이 나야 할 흉악하기 그지없는 산적들을 혼낸 것뿐이다.

손 씀씀이가 조금 과했던 감이 없잖아 있긴 했지만, 그간 그들이 세상에 끼쳤을 해악을 생각하면 딱히 죄스러울 것도 없었다.

그나저나 뒤통수가 따갑다.

돌아보니 임설아가 그를 노려보고 있었다.

이유 모를 적의나 의심의 눈빛이야 늘 받아왔던 거지만, 지금 임설아의 눈빛은 늘 받아왔던 것과는 어딘지 조금 다르게 느껴졌다. 적의와 의심은 그대로인 채 무언가 복잡한 것이 더 얽혀 있었다. 천풍은 그조차도 이유를 모르긴 마찬가지였다.

달라진 것은 비단 임설아만이 아니었다.

그 한 번의 실력 발휘로 지금까지와는 완전히 다른 눈으로 천풍을 보는 사람이 있었다.

"아저씨, 정말 내가 아는 천풍 아저씨 맞아요?"

상아였다. 천풍의 소매를 움켜쥐며 올려다보는 그 눈망울이 예사롭지 않았다. 놀람도 있었고 선망도 있었다. 하지만 무엇보다 가장 도드라지는 것은 떨어지는 낙엽에도 눈물짓고 지나가는 춘풍에도 가슴 설레는, 이제 막 여물기 시작한 여심이었다.

그 바람에 천풍을 향하는 적의가 하나가 더 늘었다. 천풍보다도 먼저 그 흔들리는 여심을 알아차린 상무가, 질투와 불안이 뒤섞인 눈빛으로 천풍을 노려보고 있었던 것이다.

물론 천풍이야 그 모든 게 어리둥절할 뿐이다. 그 모든 것을 이해하기에는 모든 것이 너무 부지불식간에 일어난 일이었다.

'이게 다 무슨 난리인 건지…….'

천풍의 눈에는 채 가시지 않은 졸음이 아직도 끈덕지게 눌어붙어 있었다.

제2장

천풍, 설레다

천규의 서

그렇게 첫걸음부터 소란스레 시작된 그들의 여정은 무림대회가 열리는 소주에 도착하기까지도 내내 순탄치가 못했다. 무엇보다 잠자리가 문제였다. 소주까지 가는 내내 묵을 곳이 없었다. 객잔이란 객잔은 죄다 만원이었다. 잠자리는커녕 식사조차도 제대로 할 수가 없어서 만두로 끼니를 때우기 일쑤였다.

그만큼 이번 무림대회에 대한 사람들의 관심이 크다는 방증이겠지만, 덕분에 닷새 동안을 꼬박 마차에서 불편한 잠을 취해야 했던 그들로서는 참으로 고역이 아닐 수 없었다. 그것은 힘들게 강소성에 도착한 다음에도 마찬가지였다.

결국 소주까지 한나절 거리를 남기고 탈이 나버렸다.

힘든 여정을 견디지 못한 상아가 병이 난 것이다.

몸살이었다. 의원을 찾아가야 될 만큼 심각한 정도는 아니었지만, 이젠 밤 기온마저 제법 쌀쌀해져서 이대로 더 마차에서 지내다가는 정말 큰 병이 날지도 몰랐다. 상아만이 아니라 사우와 상무마저도 지칠 대로 지쳐서 언제 병이 날지 알 수 없는 상황. 그래서 오늘만큼은 아이들을 반드시 따뜻한 방에서 재우겠다고 결심한 천풍은 인근 객잔을 돌며 방을 찾았다. 하지만 그들 사정에 맞춰서 없던 방이 생겨날 리는 만무한 일이었다.

어디에도 그들이 묵을 방은 없었다. 점소이에게 사정을 말하고 도움을 청해도 보았지만 반응은 한결 같았다.

"아 글쎄, 없는 것을 전들 어찌합니까요? 공자님 사정이야 딱하지만서도 그렇다고 이미 묵고 있는 손님을 내칠 수는 없는 일 아닙니까요?"

그나마 상대라도 해주면 다행이었다. 대개는 짜증스레 손을 내젓고는 무시해 버리기 일쑤였다. 돈을 더 얹어준다 해도 마찬가지였다.

"돈 몇 푼에 목숨 걸 일 있습니까요? 무림대회에 참석차 오신 분들이라면 대부분이 무림인들인데, 괜히 심기 잘못 건드렸다가 목이라도 달아나면 그걸 누가 책임집니까요?"

사정을 해도 안 되고 돈을 더 얹어주겠다고 해도 안 되니 실로 난감한 노릇이었다. 그래도 이왕 결심을 한 것, 하는 데까진 해보자는 생각으로 발품을 팔던 중이었다.

"그렇게 주머니 사정이 넉넉하시면 황학루나 가보시던가요."

끈덕지게 물고 늘어지는 그를 점소이 하나가 귀찮다는 듯이 그렇게 말했다.

"황학루? 황학루라는 곳엔 방이 있는가?"

"제가 여기서 산 20년 동안 황학루에 방이 없어 들어가지 못했다는 소리는 한 번도 들어보질 못했으니 당연히 있겠습죠. 물론 방이 있어도 못 들어갔다는 소리는 숱하게 들었지만요."

"그건 또 무슨 소린가? 그만큼 비싸다는 건가?"

"그거야 직접 가서 확인해 보면 될 것 아닙니까요?"

점소이의 말은 그것으로 끝이었다. 손님의 부름이 있자 한껏 바쁜 시늉을 하며 급하게 객잔 안으로 달려 들어가 버렸다.

점소이가 시야에서 사라질 때까지 우두커니 서 있던 천풍이 뒤늦게 고개를 갸웃거렸다.

'황학루라고?'

점소이의 말을 미루어 짐작해 보건대 이 근방에선 상당히 유명한 곳인 것 같았다.

어쨌거나 거기라면 방이 있을 거라 하니 일단은 찾아가볼 일이었다.

*　*　*

그리해 물어물어 황학루를 찾아갔다.

한데, 막상 황학루를 마주하고 보니 상상했던 것과는 조금 다른 모습이었다. 점소이의 말을 들었을 때는 어마어마한 규모의 주루쯤 되는 줄 알았다. 하지만 직접 눈으로 확인하고 보니 이건 다른 주루보다 그리 크지도 않았고, 그리 화려하지도 않았다. 그저 조금 고풍스럽고, 그저 조금 운치가 있달 뿐이었다.

별반 특별할 것도 없어 보이는 곳인데 왜 유독 황학루만은 방이 있다는 건지 의아스러웠다.

'그건 그렇고…… 무슨 일이지?'

무슨 일인지 황학루 앞이 소란스러웠다.

한 무리의 사람들이 점소이로 보이는 사내와 한창 실랑이 중이었는데 차려입은 모양새가 하나같이 무림인들로 보였다. 한데, 어쩐 일인지 상당히 분에 겨워하고 있었다. 거칠게 점소이를 닦달해 대는 품새도 여간 사나운 것이 아니었다.

"뭐? 방이 없어? 네놈이 지금 우리를 바보로 아는 것이냐? 아니면 감히 황학루 따위가 우리 백운방을 무시하는 것이냐?"

"아이구, 저희가 감히 그럴 리가 있겠습니까요? 정말로 방이 없어 그럽니다요. 마침 방이 다 차 버린 것을 어찌합니까요?"

멀찍이서 얼핏 들어보니 소란의 이유는 단순했다.

한 무리의 젊은 남녀들은 방을 달라하고, 점소이는 사정상 손님을 받을 수 없으니 다른 곳을 알아보라 하고, 결국 천풍이 지금까지 겪었던 것과 똑같은 상황이 그들 사이에도 벌어지고 있었던 것이다.

실망스러웠다.

지난 20년 운운하며 황학루에는 분명 빈 방이 있을 거라 했던 점소이의 말은 그저 허풍에 지나지 않았던 것이다.

상아의 초췌한 모습이 눈앞에 아른거렸다. 상아를 생각하면 답답하기 그지없는 노릇이지만, 마지막 희망이었던 황학루마저 사정이 이러하니 이젠 미련을 버리고 돌아갈 수밖에 없었다.

그렇게 힘없이 발길을 돌리려 할 때였다.

황학루 앞의 소란을 지켜보던 구경꾼들의 소곤거림이 귀에 들어왔다.

"역시 황학루로구만. 백운방이라면 그래도 강서팔문의 하나로 제법 이름깨나 있는 명문인데, 그런 백운방조차도 황학루에는 들 자격이 안 된다니……."

"그야 그럴 수밖에. 강서팔문이 강서에선 명문으로 통한다 해도 무림 전체로 보면 그저 그런 군소방파일 뿐이지 않은가. 무림대회를 앞두고 있는 시점에서 난다 긴다 하는 고수들이 이곳 강소성으로 몰려들고 있는데, 강서팔문까지 받았다간 정작 받아야 될 고인을 받지 못하게 되는 수가 발생할 수도 있으니 더욱더 손님을 가릴 수밖에 없는 거지."

"하긴, 어제만 해도 오대세가와 구대문파의 후기들이 황학루에 여장을 풀었다고 하니, 그들에 비하면야 강서팔문이야 급이 떨어져도 너무 떨어지긴 하지."

구경꾼들의 소곤거림에 천풍이 돌리려던 걸음을 멈추고 그들의 대화에 끼어들었다.

"혹시 그럼 황학루에는 빈 방이 있는 것입니까?"

"그야 당연한 것 아니오? 황학루가 세워진 지 100여 년이 넘었지만 황학루에 빈 방이 없다는 소리는 내 들어보질 못했소."

"하지만 저기 저 점소이는 방이 없다고……."

"그야 그냥 하는 말이지. 사람을 면전에다 두고 당신들은 자격이 안 되니 들어올 수 없다고 말할 수는 없는 일 아니겠소? 말이 나왔으니 말이오만, 저쯤 되면 알아서들 물러나야지 저게 대체 무슨 추태인지……."

"그러게나 말일세. 아무리 자존심이 상해도 그렇지, 황학루에서 자격을 따져 손님을 가려 받는 것이 어디 하루 이틀 일도 아니고. 그래도 명색이 명문 무가의 자제라는 것들이 창피한 줄도 모르고 저게 다 뭐하는 짓인지…… 정말 한심하기 짝이 없구만."

그들의 말에 천풍이 다시 고개를 갸웃하며 물었다.

"자격을 따져 손님을 가려 받는다 하셨는데, 무슨 자격을 따진다는 겁니까?"

"그야 뭐, 지위나 신분 같은 거 아니겠소? 들리는 소문으로는 소주의 판관마저도 저 문을 넘지 못했다고는 하는데, 우리 같은 사람이야 자세한 것까지는 알 도리가 없지."

그렇게 이런저런 이야기를 듣는 사이 황학루 앞 팽팽한 줄다리기에 변화가 생겼다. 단단히 닫혀 있던 황학루의 문이 열리고 새로운 인물이 등장한 것이다.

"오호! 황학루의 주인께서 납시셨군. 강남제일미를 보게 되다니, 이거 기다린 보람이 있는걸."

"그러게. 몽중화(夢中花) 취옥선(翠鈺鮮)을 본 것만으로도 오늘은 운수대통한 거지."

아름다운 여인이었다. 여인에 별관심이 없는 천풍마저도 눈이 번쩍 뜨일 만큼, 갑작스레 커져 버린 주위의 웅성거림이 너무도 당연하게 여겨질 만큼, 취옥선이라 불린 여인은 아름다웠다. 하지만 천풍은 취옥선의 미모보다 그녀가 황학루의 주인이라는 것에 더 놀랐다.

"저렇게 젊은 여인이 이렇게 유명한 곳의 주인이라는 말씀입니까?"

"작년까지만 해도 천향선자가 황학루의 주인이었지만 황학루의 주인은 지천명, 그러니까 나이 오십을 넘어서는 안 된다는 계율에 따라, 작년에 자신의 수양딸인 취옥선에게 황학루를 넘겨주고 자신은 뒷전으로 물러나 앉았지. 겉으로 보기엔 저리 여려 보여도 우습게 봤다간 큰코다칠 거요.

황학루는 대대로 여인에게만 전승되어 오는데, 그렇게 다음의 주인으로 정해진 아이는 화산파의 속가제자로 들어가 7년간 무공을 배우는 게 전통이거든. 당연히 취옥선도 화산파에서 무공을 배웠고. 화산파 장문인이 그녀가 산을 내려가는 것을 상당히 안타까워했다는 소문이 있을 정도로 무공에 대한 재능도 뛰어났다고 하니, 모르긴 몰라도 웬만한 사내들 서넛쯤은 너끈히 상대를 할 게요. 그러니 괜히 그녀의 미모에 혹해서 껄떡댈 생각일랑은 아예 하덜 마시오. 그 즉시 곤죽이 되어 나가떨어질 테니까. 흐흐."

황학루라는 곳이 참 대단하긴 대단한가 보다. 일개 주루의 여인을 화산파에서 속가제자로 받아준다는 것 하나만으로도 충분히 놀라운 일이었다. 아마도 그런 특별함이 지금의 황학루를 있게 한 것이 아닌가 싶었다.

한데, 취옥선이 등장하자 백운방과의 소란은 너무도 싱겁게 마무리가 되었다. 몇 마디 말이 오가는가 싶더니, 취옥선의 지시를 받은 점소이가 이내 황학루의 문을 열며 백운방의 제자들을 안으로 들인다.

백운방의 행태를 꼴사나워하던 구경꾼들이다. 취옥선에게 더욱더 큰 창피를 당하고 내쫓기길 은근히 기대했고 있었던 것인지, 하나같이 맥이 빠져하는 기색이 역력했다.

물론 천풍만은 예외였다. 백운방의 제자들에게 황학루의 문이 열리자 그의 얼굴에는 오히려 기대가 담겼다.

어쨌든 방도 있다 하고, 백운방 정도로는 어림도 없을 거라던 말과는 달리 의외로 쉽게 황학루의 문이 열리는 것을 보니, 사정을 잘만 말하면 그에게도 빈 방 하나는 내어줄 것 같았다. 그래서 황학루로 들어가려는 취옥선을 급히 불러 세웠다.

"이보십시오! 내 긴히 청할 것이 있으니 잠깐만 기다려 주십시오!"

천풍의 외침에 황학루의 문턱을 넘으려던 취옥선이 의아해하며 몸을 돌려세웠다. 그리고 급한 걸음으로 다가온 천풍을 보며 고개를 갸웃거렸다.

"긴히 청할 것이라니…… 무슨 일이신지?"

입가에 살포시 걸린 미소와 그를 보는 것 같은데도 어딘지 먼 곳을 보는 듯한 묘한 눈빛에 괜스레 천풍의 가슴이 두근거렸다. 이렇게 가까이서 얼굴을 마주하니 멀리서 보던 것과는 또 달라서, 코끝을 스쳐가는 난초향에 숨까지 턱 막혀올 지경이었다.

천풍은 애써 그런 마음을 떨치고 간곡히 물었다.

"혹시 제게도 방을 하나 내어주실 수 없겠습니까?"

"예?"

"오늘밤 묵을 곳이 필요해서 말입니다."

잠시 천풍을 살피듯 하던 취옥선이 물었다.

"어디서 오신 뉘신지요?"

"소흥의 청무도장에서 온 소천풍이라 합니다."

천풍의 대답에 취옥선은 살짝 미간을 모았다. 황당해하는 것도 같고 곤혹스러워하는 것도 같은 표정이 그 고운 얼굴에 머물렀다.

천풍이 급히 말을 이었다.

"물론 황학루가 아무나 들어갈 수 없는 곳이란 것은 저도 알고 있습니다. 하지만 먼 길 여정 중에 아이가 병이 나서 그럽니다. 여기가 아니면 다시 찬 공기 맞으면서 노숙을 해야 하는데, 그러다 병이 더 깊어지기라도 하면 정말 큰일이 아니겠습니까? 그래서 급한 마음에 염치불구하고 이렇게 부탁을 드리는 것입니다."

천풍이 간곡한 어조로 사정을 말했지만 취옥선의 얼굴에선 여전히 곤혹스러워하는 빛이 지워지지 않고 있었다.

그도 그럴 것이 소흥의 청무도장이라 하지 않는가.

그녀가 황학루를 맡은 지난 1년 동안 많은 부류의 사람들이 황학루의 문을 두드렸고, 그중 대부분이 황학루의 문턱을 넘지 못했지만, 그럼에도 그들의 면면은 그리 호락호락한 것이 아니었다. 이름자만 대면 누구나 한 번쯤은 들어봄직한 그런 인사들이었다.

한데, 청무도장이라니? 듣도 보도 못한 일개 이름 없는 도장에서 황학루의 방을 내어달라니? 황당함을 넘어 당황스럽기까지 했다.

취옥선은 자신의 경솔함을 자책했다.

애당초 백운방의 제자들을 들이지 말았어야 했다.

자고로 누울 자리를 보고 발을 뻗으라 했는데, 눈치가 없는 건지 염치가 없는 건지 창피한 줄도 모르고 억지 난동을 부려 댄다.

다른 때 같았으면야 그러거나 말거나 아예 상대도 안 해줬을 테지만, 지금은 무림대회로 인해 귀한 손님들이 너무 많이 와 있었다.

괜한 소란으로 그들의 심기를 건드릴 수는 없는 일이기에 짓는 개에게 뼈다귀 던져주는 격으로 문을 열어줬던 것인데, 그 한 번 예외를 허용한 것이 결국 이 눈앞의 사내에게 괜한 기대를 갖게 한 모양이었다.

하지만 청무도장이라는 곳을 백운방과 같은 저울로 잴 수는 없는 일이었다. 그 한 번의 예외조차도 강서팔문의 하나이기에 가능한 것이었다.

물론 사정이야 딱한 노릇이다. 아이가 아프다는데 매정하게 내칠 만큼 매몰찬 성정도 아니다. 그러나 그녀 개인의 연민으로 100여 년을 이어온 전통을 깨트릴 수는 없는 일이었다. 황학루에서 일개 이름 없는 도장의 어중이떠중이를 받았다는 것이 소문이 나면, 그간 황학루에서 문전박대를 당했던 수많은 사람들의 원성을 감당할 길이 없다. 또한 앞으로 황학루를 찾아올 사람들을 선별할 명분 또한 사라진다.

큰 둑이 무너지는 것도 결국은 작은 돌멩이 하나에서 시작되는 것처럼 그렇게 황학루도 무너져 내리지 않으리란 보장이 없는 것이다.

잠시 곤란한 표정을 하고 있던 취옥선이 이내 고개를 저었다.

"공자님의 사정이야 딱하긴 하지만, 지금 저희 루의 상황이 공자님의 사정을 봐드릴 수 있는 형편이 되지 못하네요."

정중한 거절의 말이다.

천풍은 그래도 미련을 떨치지 못하고 물었다.

"정녕 어떻게 해도 안 되는 일입니까? 돈이라면 얼마든지 드리겠습니다."

돈이라면 얼마든지 주겠다는 말에 취옥선이 나직이 한숨을 내쉬었다.

애당초 황학루의 문은 천금의 돈으로도 열리지 않을 뿐더러, 일개 이름 없는 도장에서 얼마든지라고 해봐야 얼마나 되겠냐 싶었다.

아무래도 여지를 둬서는 쉽게 고집을 꺾을 것 같지 않았다.

취옥선은 보다 단호한 말투로 말했다.

"공자님께서도 들어 알고 계신다 하니 솔직하게 말씀드리겠어요. 저희 황학루에는 100년을 넘게 지켜온 계율이 있고, 그 계율에 따라 기준을 세워 손님을 받습니다. 그것은 소녀가 황학루의 주인이라 해도 어겨서는 안 되는 것이에요."

"그 기준이라는 게 정확히 어떤 겁니까?"

"물론 그 사람이 지닌 신분이에요. 그것은 관직일 수도 있고 지위일 수도 있고 세상에서의 명성일 수도 있어요. 또한 인맥일 수도 있구요. 중요한 것은 황학루에서 받을 만한 가치가 있는 인물이냐는 거죠. 죄송스런 말씀이지만 공자님은…… 자격이 충분치 못합니다."

그것으로 자신이 베풀 수 있는 친절은 다했다 판단한 취옥선이 냉정히 발길을 돌렸다. 하지만,

"그 가치라는 것……."

채 한 걸음을 떼기도 전에 천풍의 목소리가 그녀의 걸음을 막아섰다.

순간, 취옥선의 눈에 옅은 짜증의 빛이 스쳐갔다.

사람을 상대로 장사를 하는 만큼 사람 보는 눈에는 일가견이 있다 자부했다. 그녀가 본 천풍은 조금 어수룩하긴 했지만, 눈치도 염치도 없는 한심한 사내로는 보이지 않았었다. 백운방의 사람들처럼 앞뒤 분간도 못하는 막무가내로도 보이지 않았었다. 그러하기에 그쯤 설명했으면 충분히 알아들었을 거라 생각했다. 더는 사람을 곤란케 하지 않을 거라 믿었건만 그런 자신의 예상이 빗나가자 살짝 기분이 상했다.

"더 무슨 하실 말씀이 있으신 거죠? 저희 루의 입장은 분명히 말씀을 드렸는데?"

지금껏 은쟁반 위에 옥구슬 굴러가듯 청아했던 취옥선의 목소리에 차가운 한기가 서렸다. 거기에는 좋은 말로 해서 되지 않는다면 독설이든 무력이든 사용할 수밖에 없다는 경고의 의미도 담겨 있었다.

하지만 천풍은 이를 아는지 모르는지 자신의 할 말만을 할 뿐이었다.

"그 자격이라는 것에 인맥도 포함이 된다 말씀하셨죠?"

천풍의 질문에 취옥선이 눈살을 찌푸렸다. 그것은 짜증이 아니라 천풍의 질문이 너무 의외였기 때문이었다.

잠시 천풍의 진의를 살피던 취옥선이 이내 고개를 끄덕였다.

"물론이에요. 세상살이에서 때로는 지위나 명성보다도 더 중요한 것이 인맥이니까요. 공자님께서 그걸 물으시는 것을 보니, 어떤 대단한 분과 좋은 인연이라도 맺고 계신가 보군요?"

"대단한 분들이긴 한 것 같은데 이렇게 내세울 만한 인연인지는 잘 모르겠습니다."

"어떤 분들이죠?"

"한 분은 검문이고 또 한 분은 염가상단의 분이십니다."

취옥선의 찌푸려진 눈살에 주름이 두어 가닥 더 생겼다.

어디까지나 형식적인 질문이었다. 일개 도장의 인사가 대단한 인맥이라고 해봐야 뭐 별게 있으랴 싶었던 게 그녀의 솔직한 심정이었다.

한데, 염가상단이야 그렇다 치고 느닷없이 검문이라니?

검문이라면, 그것이 설혹 하급무사일지라도 이 눈앞의 사내에게서 나올 만한 이름은 결코 아니었다.

'아이가 아프다더니, 절박한 마음에 거짓말까지 하는 것일

까?'

그렇게밖에는 생각할 수 없었다.

"검문과 염가상단이라 하셨는데, 정확히 이름이 어떻게 되시죠? 아니, 그 전에 인맥이란 것이 본시 그 당사자가 옆에 있지 않는 이상 증명하기가 힘든 것인데, 그것을 확인할 만한 증표는 있나요? 공자님 말씀만을 믿고 무턱대고 황학루의 문을 열어드릴 수는 없지 않겠어요?"

"그게…… 한 분은 금천우라는 분이셨고 또 한 분은 염가상단의 단주님이십니다."

"……?"

"이게 증표가 될지는 모르겠지만……."

그리 말하고는 천풍이 주섬주섬 품속을 뒤져 무언가를 꺼내어 보였다.

"이건 염가상단의 단주님께서 당신의 신패라며 주신 것이고……."

"……."

"이것도 그분이 주신 것인데 이번 비무대회의 초대장이라 하셨고……."

"……."

"그리고 이건 금천우라는 분께서 언젠가 한 번 검문을 찾아 달라며 주신 신표인데…… 혹시 지금 검문의 주인이 누군지 아십니까? 검문의 주인이 되실 거라 말씀을 하셨는데 정말 검문의 주인이 되셨는지 모르겠네요."

"……."

대수롭지 않게 주절거리며 하나둘 보여주는 물건들에 취옥선은 그 순간 바보가 되어 버린 것 같은 기분이었다.

거짓말 수준이 아니었다. 거짓말이라 하기에는 그 정도를 넘어섰다. 이건 아예 놀림이라고 밖에는 생각할 수 없는 것이었다.

만일 그녀의 견식이 조금만 부족했더라면 그리 생각했을 것이다.

그녀의 견식이 조금만 부족했더라면 지금 천풍은 호된 매질을 당하고 있을는지도 몰랐다.

하지만 중원에서 황학루의 주인보다 견문이 넓은 사람이 과연 몇이나 될까?

도무지 믿기지 않는 일이지만, 그래서 그 순간 바보가 된 것 같은 기분이 들었지만, 천풍이 내민 물건들은 적어도 그녀가 아는 한 진짜였다.

대륙 상계의 신성으로 등장한 염장과 무림사세 중 검문의 주인인 금천우…… 이 눈앞의 별 볼일 없어 보이는 사내가 그들을 알고 있다는 것만 해도 믿기 힘든 판국인데, 그들이 자신들의 신패를 맡길 만큼의 관계라는 것은 도무지 이해도 납득도 되지 않았다.

게다가 저기 저 금첩은 뭐란 말인가? 그녀가 알기로 이번 무림대회에 금첩을 받은 자는 오직 무림사세의 주인들뿐이었다. 하물며 오대세가마저도 금첩은 받지 못했다.

염장과 금천우의 신패, 그리고 금첩…… 그럼 소흥의 청무도장에서 왔다는 이 사내가 무림사세의 주인들에 버금갈 만큼 대단한 인물이기라도 하단 말인가?

'설마 어디서 훔치기라도 한 건…….'

어쩔 수 없이 생각이 거기에 미쳤지만 그건 있을 수 없는 일이었다. 다른 건 다 차지하고라도 패천일검 금천우가 자신의 신패를 잃어버릴 만큼 어수룩한 위인이 아니었던 것이다.

이렇게 된 이상 인정하지 않을 수 없었다. 만에 하나라도 있음직하지 않은, 이 말도 안 되는 일이 사실인 것이다.

취옥선은 지금 상황에서 자신이 해야 할 일을 잘 알고 있었다.

취옥선은 먼저 자세를 공손히 하고 황학루의 주인으로서 과하지도, 부족하지도 않게 허리를 숙였다.

"소녀가 견식이 부족하여 귀인을 알아 뵙지 못하고 큰 결례를 범했습니다. 지금까지의 결례를 만회할 수 있도록 저희 황학루에서 부디 공자님을 모실 수 있는 기회를 주시면, 큰 광영으로 알고 온 마음을 다하겠습니다."

*　*　*

그리해 황학루로 드디어 발을 들이게 된 천풍은 안의 풍경이 밖에서 보던 것과는 확연히 다른 것에 놀랐다. 100여 개가 넘어 보이는 식탁들과 2층 구조로 되어 좌우로 빼곡히 이어져 있는 방들…… 밖에서 보던 것보다 훨씬 더 크고 넓었다. 그 차이가 너무 커서 밖에서 보던 건물과 안의 건물이 과연 같은 건물이 맞나 싶을 정도였다.

그렇게 놀란 눈을 두리번거리던 그의 시야에 조금 전 소란을 부렸던 백운방의 사람들이 들어왔다. 비단 그들만이 아니라 100여 개의 식탁 중 절반 이상을 채운 손님들이 그가 들어서자 저마다 하던 일을 멈추고 일제히 그에게로 눈길을 던져왔다.

하나같이 호기심과 경계심이 적절하게 뒤섞인 눈빛들이었다.

천풍이 낯선 시선들에 의아해하자 취옥선이 살포시 웃으며 말했다.

"황학루에 들어왔다는 것만으로도 그 신분이 범상치 않다는 뜻이죠. 저들이 공자님에게 관심을 갖고 또한 경계하는 것은 당연한 일이에요. 공자님에게만 그런 것이 아니라 저들끼리도 서로 경계를 지우지 않고 있죠. 무림인이란 절대로 낯선 사람에게 믿음을 주지 않으니까요."

그러고 보니 식사를 하고 술잔을 기울이며 하루의 피로를 푸는 주루이건만, 그 속에는 묘한 긴장감이 들어차 있었다.

그러는 사이 천풍을 안내하던 취옥선이 걸음을 멈췄다. 한데, 취옥선이 걸음을 멈춘 곳은 식탁도 아니었고 방도 아니었다. 황학루의 끝자락에 두 명의 무사가 지키고 있는 작은 문 앞이었다.

"……?"

그가 의아해하는 사이 두 명의 무사가 문을 열었다.

"여긴……?"

"선학전(仙鶴殿)이에요."

그리 말하고는 취옥선이 문을 넘었다.

얼떨떨한 기분으로 취옥선을 따라 문을 넘자 이어진 것은 정갈하게 꾸며진 정원이었다. 그리고 그 앞에로 커다란 전각이 한 채 있었다.

"황학루는 크게 네 곳으로 나뉘어져 있어요. 조금 전 공자님께서 지나오셨던 곳은 무학전(武鶴殿)이라 하여 무림인들을 모시는 곳이고, 이곳 선학전은 비(非) 무림인들이 기거하는 곳이에요. 높은 벼슬에 계신 분들이라든지 큰 거상이라든지 유명한 화공이라든지……."

확실히 조금 전 지나왔던 곳과는 분위기가 달랐다. 거기에는 묘한 긴장감 대신 여유가 있었고 웃음도 있었다. 어딘 가에선 시를 읊어대는 소리도 들려왔다.

"그리고 저기가 공자님께서 묵으실 백학전(伯鶴殿)이에요."

큰 담이 있고 그 아래 월동문이 있었다. 담이 높아서 정작 그 너머의 것은 보이지 않았다.

"그럼 백학전은 어떤 용도입니까?"

"무학전과 선학전에 모신 분들과는 한데 묶을 수 없는 분들을 모시는 곳이죠."

"한데 묶을 수 없다면……?"

"그야 무학전과 선학전에 모신 분들과는 신분이 다르고 자격이 다르신 분들입니다. 아시다시피 저희 황학루는 신분과 자격을 철저히 따지는 곳이니까요. 그리고 마지막으로 그 모든 것을 초월해서 세상을 움직이는 분들을 위해 마련된 태학전(太鶴殿)이 있어요. 백학전의 뒤편에 있는데 여기서는 보이지 않죠. 혹시 태학전이 아니라 백학전에 모시는 것이 불쾌하진 않으신가요?"

"예?"

"혹시라도 불쾌하시다면 그러실 필요 없으세요. 황학루가 지금의 모습을 갖추기 시작한 이래로 태학전의 문이 열린 것은 단 두 번뿐이니까요. 그것도 소녀가 태어나기 전의 일이구요. 그러니 사실상 태학전은 없는 것이나 마찬가지에요."

취옥선의 설명에 천풍이 손을 휘휘 내저었다.

"가당치도 않은 말씀입니다. 오히려 너무 과분한 대접입니다. 백학전이라니…… 저는 그저 하룻밤 묵어갈 방을 원했을 뿐인 것을요."

"무슨 말씀을요. 그만한 인맥이면 자격은 넘칠 만큼 충분하죠. 그건 그렇고 말이 나왔으니 드리는 말씀인데, 하나만 여쭤봐도 될까요?"

"무슨……?"

"정말 단지 방이 필요해서 저희 황학루에 오신 건가요?"

"……?"

"아니, 공자님 같으신 분께서 묵을 방 하나 구하지 못했다는 것이 이해가 되지 않아서요. 염가상단 상단주님의 신패만 보여도 방 하나 구하는 것쯤은 어렵지 않았을 텐데?"

"소흥에서 이곳까지 오는 동안 수많은 객잔을 보았지만, 염가상단의 깃발은 어디에도 꽂혀 있질 않더군요."

"그야 염가상단이 여곽이나 주루 쪽에는 아직 손을 대지 않았으니까요. 하지만 가까운 지점에 들러 사정을 얘기하기만 했어도 방 문제는 간단히 해결이 되었을 텐데요?"

취옥선의 말에 천풍이 잠시 멍한 얼굴이 되었다. 그러다 뭔가 큰 깨달음이라도 얻은 것처럼 손바닥으로 자신의 이마를 쳤다.

"아! 그렇군요. 그렇게 간단한 방법이 있었군요. 이런, 이런. 그처럼 간단한 걸 생각 못하고 이렇게 바보 같을 때가 다 있나!"

거의 평생이다시피 한 세월을 산에서만 보내온 천풍이었다. 세상살이에 서툰 것은 어찌 보면 당연한 일이었다. 물론 그 같은 사정을 모르는 취옥선은 그저 혼란스럽기만 했다.

소흥의 청무도장에서 온 소천풍이라 했다. 청무도장은 물론이거니와 소천풍이란 이름도 처음 들어보는 것이었다. 뿐이랴, 저 어수룩해 보이는 얼굴은 차치하고라도 지극히 평범해서 특별한 곳이라곤 눈을 씻고 찾아봐도 없는데, 저런 인물이 어떻게 금첩의 주인이 될 수 있었던 건지 도무지 알 수가 없다.

궁금한 것은 한 꾸러미지만 그것을 일일이 캐묻는 것은 예의가 아니다. 게다가 더 생각해 봐야 머리만 지끈거려올 뿐이다.

결국 머릿속 복잡한 생각들을 떨쳐 버리고 백학전으로 마저 걸음을 옮겼다.

* * *

백학전은 무학전이나 선학전과는 또 다른 세계였다.

월동문을 넘는 순간, 천풍의 눈앞에는 그야말로 별천지가 펼쳐져 있었다.

먼저 눈에 들어온 것은 호수라고 해도 될 만큼 커다란 연못이었다. 연못의 중앙에는 돌다리가 놓여 있었고, 돌다리의 끝에는 멋들어진 정자가 있었다.

마치 궁궐에서나 볼 수 있을 법한 풍경에 천풍은 황학루가 왜 그리도 유명한지, 사람의 신분을 따지고 자격을 논하는 그 오만함이 대체 어디에서 나오는 건지 그제야 조금은 알 것 같았다.

천풍을 놀라게 한 것은 비단 그것뿐만이 아니었다.

담을 따라 가로수처럼 이어져 있는 것은 분명 매화나무였다. 그리고 매화나무에는 티끌 한점 없이 백매화가 펴 있었다.

이 가을에 백매화라니? 아주 드물게 가을에도 꽃을 피우는 매화가 있고, 그도 언젠가 한 번 본 적은 있지만 그가 보았던 것은 이렇게 화사하지도, 이렇게 풍성하지도 않았다.

'대체 어떻게 관리를 하기에…….'

마치 한순간 계절이 바뀌어 버린 듯도 했고, 그곳만 시간이 달리 흐르는 것 같기도 했다.

한데, 봄의 정취마저 느껴지는 그 놀라운 광경 속에 그런 것들과는 전혀 어울리지 않는 것이 하나 있었다.

사람이었다.

아무렇게나 산발한 머리에 수염은 정리되지 않아 지저분했다. 매화나무 둥치에 등을 기대어 앉은 채, 술 호리병을 벌컥대는 모양새는 산 도적 같기도 하고 상거지 같기도 했다.

취옥선의 한숨소리가 들린 것은 그때였다.

"후우……."

"……?"

한숨이 너무 짙어 탄식처럼 느껴졌다.

천풍이 의아히 취옥선을 보았다.

취옥선의 눈은 아니나 다를까 괴인을 향하고 있었다.

그 눈에는 애잔함도 있었고 안타까움도 있었고 답답함도 있었다. 많은 감정들이 너무 복잡하게 얽혀 있어 왜 그러는지 차마 물을 수가 없었다.

하지만 그도 잠시, 마음을 갈무리한 취옥선이 다시 멈췄던 걸음을 옮겼다.

취옥선을 따라 괴인을 지나쳐가던 천풍은 처음과는 조금 다른 감정을 느꼈다.

'낯이 익은데?'

왠지 그런 생각이 들었다. 산발한 머리가 얼굴의 반을 가리고 있어 얼굴이 제대로 보이지도 않는데도, 왠지 낯설지 않다는 생각이 들었다. 하지만 아무리 기억을 뒤적여봐도 선뜻 생각나는 사람은 없었다.

'하긴 백학전에 있다는 것은 상당히 지체 높은 신분이라는 것인데, 그런 사람을 내가 알 턱이 없지.'

그리 생각하며 이내 사내에 대한 호기심을 지웠다.

그렇게 당도한 최종 목적지는 커다란 건물이었다.

건물의 내부는 무학전과 비슷했다. 다만 무학전과 다른 것이라면 크고 넓은 공간에 비해 식탁의 수가 몇 개 되지 않는다는 것과, 2층에 길게 늘어선 방들 하나하나가 무학전의 것보다 훨씬 크고 넓어 보인다는 것이었다. 거기에 굳이 하나를 더 추가하자면 사람이었다.

수백의 사람들이 무학전을 채우고 있던 것에 비해, 백학전 안에서 술잔을 기울이고 있는 사람은 채 스무 명도 되지 않았다.

천풍의 등장에 무학전에서와 마찬가지로 스무 명 남짓한 사람들의 시선이 일제히 천풍을 향했다.

으레 호기심과 경계가 한데 뒤섞인 눈빛들이다. 이미 무학전에서 한 번 경험했던 터라 새삼스럽지는 않았지만, 그 시선들이 거북하고 불편한 것은 어쩔 수 없었다. 더구나 그들의 눈빛은 무학전에서 받은 눈빛들과는 근본적으로 달랐다.

아니, 무학전과 선학전의 사람들과는 한데 묶을 수 없다 했던 취옥선의 말이 너무도 간단히 납득이 되어 버릴 만큼, 눈빛만이 아니라 은연중 그들이 뿜어내고 있는 기운 자체가 확연히 다른 것이었다.

천풍의 생각을 읽었는지 취옥선이 천풍의 귓가에 대고 나직이 속삭였다.

"지금 백학전에 머물고 계신 분들은 대개 구대문파와 오대세가에서 오신 분들이에요. 무림대회에 참석코자 오신, 현 무림 최고의 인재들이죠."

귓가를 간질이는 숨결에 절로 얼굴이 붉어지는 천풍이다. 민망도 하고 떨리기도 하다. 천풍은 그런 속마음을 들키지 않으려 더욱 과장되게 고개를 주억거렸다.

"아……! 어쩐지 다들 나이가 젊으신 데도 한 분 한 분 대단들 해보이시더라니!"

"이렇게 백학전에 같이 머물게 된 것도 인연이라면 인연일 수 있는데, 어때요? 통성명이라도 나눠보시겠어요? 향후 무림을 이끌어갈 인재들이니 이 기회에 친분을 쌓아둬서 나쁠 건 없을 듯싶은데…… 원하신다면 바로 자리를 마련해 볼게요."

취옥선의 은근한 권유에 천풍이 냉큼 손사래를 쳤다.

"저런 대단한 분들이 저 같은 인사와 친분을 나누고 싶어 할 리도 없는데 통성명이라니요? 괜히 저분들의 심기만 불편케 해드릴 뿐일 겁니다."

"설마 그럴 리가 있나요? 여기에 계신 분들이 아무리 대단한 신분이라 해도 공자님에 비할 바는 아닌 것을요. 공자님께서 제게 보이신 물건들을 저들에게도 보인다면, 도리어 저들이 먼저 공자님과 친분을 맺으려 안달을 할 거예요."

세 가지를 다 보여줄 필요도 없었다. 금첩 하나만으로도 충분했다.

하지만 천풍은 더욱 거세게 손을 내저을 뿐이었다.

"아무튼 싫습니다. 무림대회가 끝나면 다시 만날 일도 없는 분들이신데 통성명이 다 무슨 필요겠습니까? 무엇보다 그런 자리는 제가 불편해서……."

정말 곤란하다는 듯 땀까지 흘리며 빼빼댄다.

그 모습을 보자면 마치 무림 초출처럼 이 모든 상황을 낯설고 어색해하는 것만 같았다. 무림과 상계의 거목들이 자신들의 신패를 맡길 만한 인물이 무림 초출일 리도 없고, 무림 초출이 금첩을 받았을 리도 없는데도 말이다.

보면 볼수록 참으로 종잡을 수 없는 사내였다.

하지만 왠지 싫지가 않았다.

그녀가 상대하는 사람들은 오만을 흉이 아니라 덕목으로 알고 살아가는 세상의 주류들이다. 그래서일까? 천풍의 어수룩하고 순진해 보이는 모습이 신선하기도 하고 재미있기도 했다.

"알겠어요. 공자님께서 불편하시다면 굳이 그런 자리를 만들 이유야 없죠."

취옥선이 기분 좋은 미소를 입가에 걸며 더는 지체 않고 곧장 2층으로 향했다.

"여기가 공자님께서 기거하실 방이에요."

취옥선의 안내를 받아 들어간 곳은 2층에서도 가장 끝자락에 있는 방으로, 문에는 백련실(白蓮室)이라는 문패가 걸려 있었다.

"공자님의 눈에는 누추하게 보일지 모르겠지만, 이 방은 소녀가 직접 꾸민 방이에요. 그래서 소녀에겐 특별히 더 애착이 가는 방이기도 하구요."

은근히 자부심이 느껴지는 말이었다. 그 자부심이 너무도 당연히 여겨질 만큼 방 안은 정말이지 잘 꾸며져 있었다.

한눈에도 대단해 보이는 도자기와 아름다운 서화가 절묘하게 조화를 이루어 화려하지만 요란스럽지 않았고, 고풍스럽지만 낡은 느낌 없이 정갈한 분위기를 연출하고 있었다. 게다가 주루임에도 불구하고 방 안에 은은하게 흐르는 것은 주향이 아니라 묵향이었다. 그리고 그 묵향이 신기하리만치 잘 어울렸다.

천풍이 감탄을 숨기지 않고 크게 고개를 저었다.

"누추하다니요? 오히려 너무 멋스러워서 과분할 지경인데……."

천풍의 그 같은 칭찬에 내심 흡족한지 입가에 걸린 미소가 조금 더 선명해지는 취옥선이다.

"공자님께서 마음에 드신다니 소녀도 안심이 되네요. 그건 그렇고, 식사는 어떻게 할까요? 간단히 요깃거리라도 준비를 할까요? 아니면 일행 분들이 도착하시면 그때 같이 드시겠어요?"

"일행이 오면 그때 같이 먹겠습니다."

"예. 그럼 그리 알고 준비할게요. 그럼 그때까지 편히 쉬고 계세요. 혹시 필요한 것이 있거나 불편한 점이 있으시면 언제든 불러주시구요."

그 말을 끝으로 취옥선이 방을 나갔다.

홀로 남은 천풍은 달리 할 일도 없어 그대로 침상에 드러누웠다.

그렇게 누워 있자니 왠지 마음이 잡히지 않았다.

싱숭생숭한 것도 같고 허전한 것도 같다.

이상하게 눈길은 취옥선이 나간 문으로 자꾸만 향한다.

그러고 보니 그녀에게서 느껴졌던 난초향이 아직도 코끝에 머물러 있는 듯했다.

그 난초향에 괜스레 또 가슴이 설레었다.

처음으로 느껴보는 야릇한 감정이었다. 처음이라 그 감정이 낯설기는 했지만, 천풍은 그것을 거북해하지도 애써 부정하지도 않았다.

특별히 대수로울 것도 없는 일이었다. 건강한 사내라면 누구나 아름다운 여인에게 눈길이 가고 가슴이 떨리는 거야 지극히 당연한 일이니까. 취옥선은 그럴 만큼 충분히 아름다운 여인이었다.

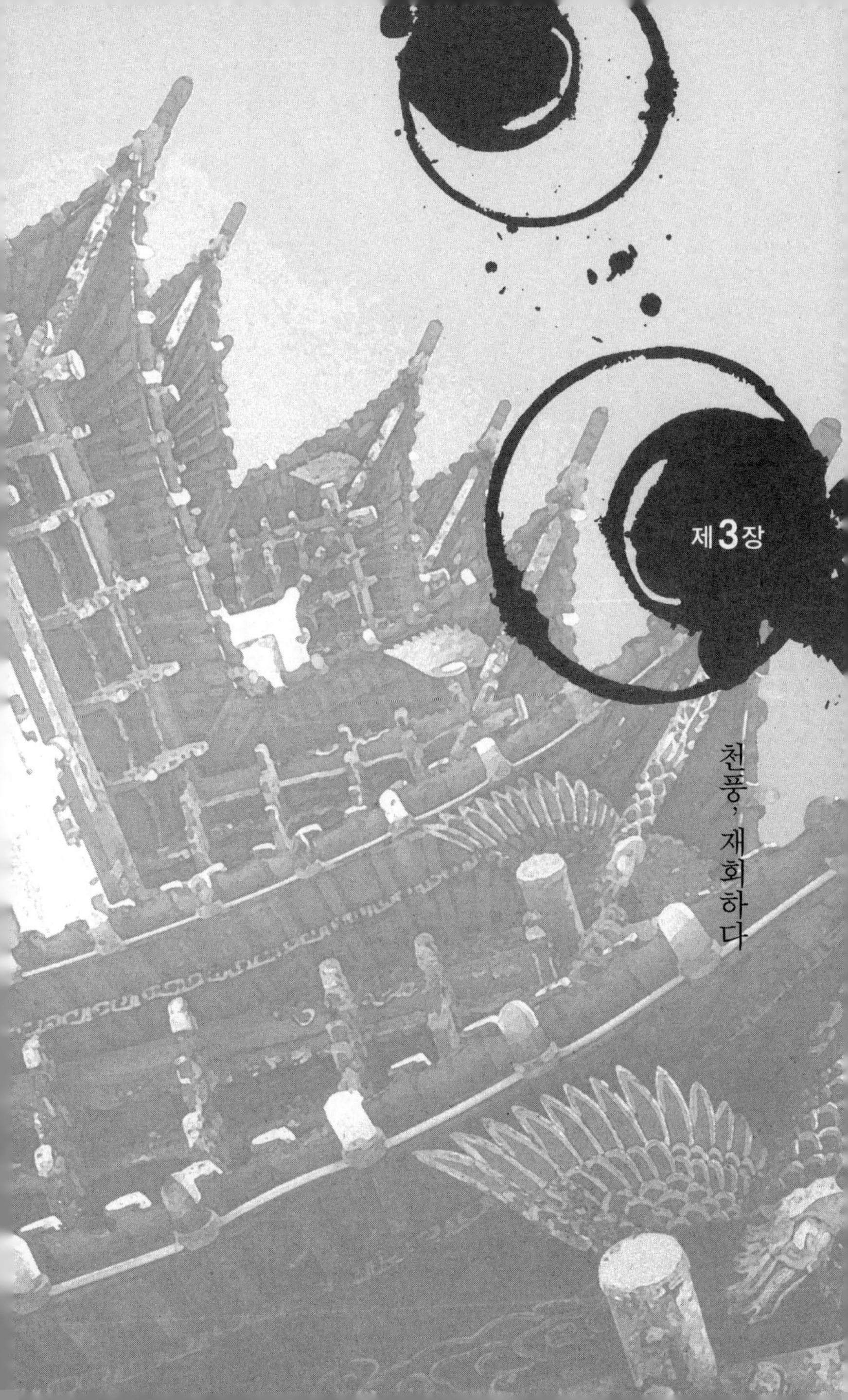

제3장

천풍, 재회하다

천계의 서

까마귀처럼 검은 머리가 미인의 조건이라면, 이제 귀밑머리가 희끗한 그녀는 미인이 아니었다.

초승달처럼 가늘고 유려한 눈썹이 미인의 조건이라면, 눈썹이 짙고 힘 있게 뻗어 있는 그녀는 미인이 아니었다.

희고 고운 피부가 미인의 조건이라면, 이제 세월 속에 주름을 얻어가는 그녀는 또한 미인이 아니었다.

하지만 그녀는 미인이었다. 젊은 날에도 미인이었고, 지천명을 넘어 버린 지금도 사람들은 그녀를 미인이라 칭송했다.

강남제일미(江南第一美) 아니, 지금은 취옥선에게 그 자리를 물려주었으니 마땅히 '전(前)'을 붙여야 옳을 것이다.

전(前) 강남제일미 천향선자(天香仙子) 부용설(芙蓉雪).

그녀의 이름이었다.

"검문주의 신표에 염가상단주의 신패, 거기다 무림대회의 금첩까지, 한데도 이름조차 들어보지 못한 인물이라…… 그 정체가 무언지 나로서도 짐작이 되질 않는구나."

부용설이 고개를 저었다.

그 앞에 앉은 취옥선의 얼굴에 잠시 잠깐 실망의 빛이 스쳐 갔다.

그녀의 어미라면, 30년이 넘는 세월 동안 황학루를 지켜온 천향선자라면 혹시나 알지 않을까 해서 찾아온 것이었다. 한데, 괜한 걸음이었다. 그녀의 어미조차도 모른다 한다.

"네가 보기에는 어떤 인물로 보이더냐?"

도리어 그녀에게 묻는다.

부용설의 물음에 잠시 천풍을 떠올려보는 취옥선이다.

"그냥…… 평범해 보였어요."

"평범해 보였다?"

"예. 어디에서나 흔히 볼 수 있는 그런 사람이었어요."

부용설이 미간을 찌푸렸다.

"그 같은 물건을 가진 자가 평범한 사람일 리가 없지. 평범하지 않은 사람이 평범하게 보인다는 것은 그로써 특별하다는 것이고. 그래, 무공은 어느 정도일 듯하더냐?"

"그건…… 잘 모르겠어요. 눈빛을 보면 내가 고수로는 보이지 않았는데, 몸은 상당히 오랜 시간 단련을 해온 것처럼 보였어요. 하지만 양팔의 근육이 고른 것이 검이나 도를 익힌 것 같지도 않았고, 손에 변형이 없는 것을 보면 권이나 장을 전문적으로 익힌 것 같지도 않았어요. 걸음새에선 퇴법이나 각법의 특징도 보이지 않았구요."

"분명 오랜 시간 무공을 익힌 몸인데 십팔반무예 중 어느 하나에도 부합되지 않는다는 말이냐?"

"예. 소녀가 보기에는 그랬어요."

"허면 결론은 하나구나."

"……?"

"무공을 익히긴 했는데 십팔반무예 중 어느 하나에도 부합되지 않았다면, 그것은 십팔반무예 모두를 익혔다는 뜻일 게다."

"아……!"

"그리고 십팔반무예를 모두 익혔다는 것은 또한 어느 하나도 제대로 익히지 못했다는 뜻이기도 하고. 즉, 그 신분이 얼마나 대단한지는 모르지만 무림에서 스스로 빛날 수 있는 자는 아니라는 말이지."

부용설의 말투에선 실망감이 묻어나왔다.

장강의 뒤 물결이 앞 물결을 밀어내는 것은 항시 있어왔던 시대의 흐름이다. 그렇게 새로운 별이 나타나 무림은 정화되고 나아가는 것이다.

어쩌면 황학루에서 손을 뗀 후 일상이 무료해진 때문일지도 모른다. 취옥선에게 소천풍이라는 사내에 대해 들었을 때, 혹시 그가 바로 새로운 물결은 아닐까 가슴이 두근거렸었다. 무림에 불어오는 새로운 바람은 아닐까 절로 기대하는 마음을 가졌었다. 그녀의 실망은 그러한 이유에서였다.

부용설의 말에 취옥선도 아쉬움을 느끼기는 마찬가지였다. 하지만 그 아쉬움의 이유는 부용설과는 조금 달랐다.

무림의 신성이니 바람이니 그러한 거창한 것이 아닌, 그저 소천풍이란 사내에 대한 지극히 개인적인 호기심이었다. 순진하고 어수룩하던 모습 뒤에 무엇이 감추어져 있는지 궁금했다. 왠지 무언가 감추어져 있을 것만 같은 기대감을 갖게 하는 사내였다. 그래서일까? 스스로 빛날 수 없는 자라는 부용설의 말이 온전히 받아들여지지가 않았다.

"그나저나…… 그 아이는 어찌하고 있더냐?"

그로써 천풍에 대한 관심을 접은 부용설이 화제를 돌렸다.

부용설의 물음에 취옥선의 얼굴이 어두워졌다.

"여전하더냐?"

"예."

"젊은 인재들과 어울리다 보면 조금은 나아질 줄 알았더니만……."

"그들에겐 아예 곁을 주지 않아요."

"쯧쯧, 화산파의 미래라 불리던 아이가 어쩌다 그리된 것인지…… 장문 사형께선 또 왜 그리 미련을 버리지 못하는 것이 고……."

"걱정 마세요, 어머니. 사형은…… 절대로 이대로 주저앉아 있을 분이 아니에요."

"허나, 그 하나 기대를 버리지 못하고 기다린 세월이 10년이지 않느냐. 가장 높이 도약해야 할 시기를 그렇게 놓쳐 버렸는데 이제서 예전의 총기를 되찾는다 한들, 과연 다른 문파의 제자들과 어깨를 나란히 할 수 있겠느냐? 화산파를 위해서도 이제 그만 그 아이에 대한 미련을 버리고 문호를 새로 정리해야 해. 그럴 때가 온 게야.

이는 나만의 생각이 아니라 장로들의 생각도 같으니, 지난번 마황성에서의 일로 인해 장로원에서도 더는 좌시하지 않기로 결심을 굳힌 모양이더구나. 아마도 이번 무림대회가 끝나면 그 아이의 장문 제자로서의 직위를 해지하고, 새로 장문 제자를 선출하고자 장로원에서 움직일 게다."

부용설의 말에 취옥선의 얼굴이 한층 더 어두워졌다.

이 순간 취옥선의 머리에 떠오른 것은 조금 전 백학전에서 보았던, 봉두난발의 괴인이었다.

비록 지금의 몰골은 산 도적에 다름 아니었지만, 그래 봬도 엄연히 대화산파의 장문 제자였다. 한때 무림 최고의 기재로 손꼽혔던 그를, 항상 당당하고 자신감 넘치던 그를 동경했던 적도 있었다. 아니, 그것은 어린 날 그녀가 남몰래 품었던 첫 연정이었다.

그랬던 사람이었다. 그렇게 멋있고 빛나던 사람이 어느 날부터인가 변했다.

검밖에 몰랐던 그가 손에서 검을 놓았다. 검을 잡았던 그 손에 술병을 들었고, 당당히 '천하'를 외치던 그의 입에선 주향만이 진동했다.

'저 아이가 눈에 담지 말아야 할 것을 담아 버렸구나.'

언젠가 화산 장문인, 단학영이 그를 보며 그렇게 탄식했었다.

그것이 무슨 뜻인지 그녀는 알지 못했다. 하지만 그때 단학영의 말속에서 그녀는 체념이 아니라 어떤 기대를 보았다. 그리해 그녀도 희망을 버리지 않았다. 시간이 지날수록 더욱 망가져만 가는 그였지만, 어린 날의 연정은 어린 날로 끝이 나고 이제는 동경이 아닌 연민만이 남았지만, 끝끝내 한 가닥 희망만은 놓지 않고 있었다.

그렇게 10년이었다. 그리고 10년의 시간은 그 한 가닥 희망마저도 놓으라고 그녀에게 강요하고 있었다.

'무림대회가 끝나면 장문 제자로서의 직위를 해지한다…….'

화산이 그를 버린다.

그사이 특별한 기연이라도 얻어 다시 예전의 총기를 되찾는다면 모를까, 장로원이 나서는 거라면 장문인으로서도 이를 막을 명분이 없다. 10년 동안 없던 기연이 갑작스레 찾아올리는 없으니 결국 그렇게 내쳐지고 말 것이다.

'하긴, 재능만을 믿고 기다리기엔 너무 긴 시간이었으니까.'

어쩌면 차라리 그에겐 잘된 일일지도 모른다. 부질없는 기대 속에서 무거운 짐을 짊어진 채 살아가는 것보다 그편이 마음은 편할 테니까.

안타까워하기에 앞서 그렇게 현실에 간단히 수긍해 버리는 스스로가 조금 놀라웠다.

그녀에게도 지난 10년은 긴 시간이었던 것일까? 이제는 정말 미련을 버려야 할 때가 온 것 같았다.

*　　*　　*

한편, 천풍은 좀처럼 눈을 붙이지 못하고 있었다.

일행과는 무사히 합류를 했다. 방 하나를 더 내어준 취옥선의 배려로 옆방에선 두 자매가 모처럼만에 따뜻한 방에서 오붓하게 밤을 보내고 있었고, 그와 같이 방을 쓰게 된 상무와 사우도 잠자리가 무척이나 편했던지 이미 한참 전에 세상모르고 곯아떨어진 상태였다.

천풍도 잠을 청해 보려고 했지만 어쩐지 마음이 잡히지 않아 그게 잘되지가 않았다. 게다가 밖에서 들리는 소음이 자꾸만 신경이 쓰였다. 그렇다고 그 소음이 특별한 것은 아니었다.

그저 조금 시끄러울 뿐이었다.

오대세가와 구대문파의 젊은 인재들이라고 했다. 앞으로 무림을 영도할 인재들이 듣고 있기에도 민망할 정도로 서로가 서로를 추켜세우고, 그러면 거만한 목소리로 어울리지도 않는 겸양의 말을 하는가 하면, 그 순간은 이미 세상의 주인이라도 된 것처럼 장내가 떠나갈 듯 호탕하게 웃어댄다.

백학전에 머물고 있는 것이 그들만은 아닐 텐데도, 그 같은 영웅놀이에 빠져서는 세상 무엇도 안중에 없다는 듯 밤이 깊도록 시끌벅적 떠들고 있었다.

천풍에겐 그야말로 곤욕이었다.

잠은 오지 않고, 귓가로 들려오는 말소리들은 듣고 있기가 심히 괴롭고…… 마음 같아서는 바람이라도 쐬러 나가고 싶었지만, 괜히 나갔다가 인사라도 건네 오면 그것도 난감한 일이었다.

그나마 다행인 것은 그들의 영웅놀이가 아침까지는 이어지지 않았다는 것이다. 끝나지 않는 연회는 없다고, 어느 순간부터 시끄럽던 소음이 조금씩 잦아들기 시작하더니 자정이 넘어가자 드디어 반가운 정적이 그 공간을 메웠다.

그제야 천풍이 침상에서 몸을 일으켰다. 혹시 몰라 조심스레 밖을 살피니 역시 조금 전까지 왁자지껄하던 공간은 텅 비어 있었다.

그제야 안심하고 문을 나섰다.

한데, 적막 속으로 한 걸음을 내딛던 그때였다. 옆방의 문이 열리고 임설아가 나타났다. 그 순간, 어색한 정적이 흘렀다.

이전에도 그랬지만 산적들과의 일이 있은 후로 천풍을 대하는 태도가 더 한층 까칠해진 임설아였다. 왠지 모르게 화가 난 듯도 하고 어딘지 거리를 두는 듯도 했다. 어떨 때는 뭔가 복잡한 시선으로 한참을 물끄러미 바라볼 때도 있었다.

어쨌든 그대로 어색하게 있을 수만은 없어 천풍이 먼저 말을 걸었다.

"상아는 좀 괜찮습니까?"

"이곳의 루주님께서 의원까지 불러주신 덕분에 많이 좋아졌어요. 조금만 늦었더라면 큰 병을 얻게 되었을 거라더군요."

"그거 참 다행입니다."

"이 모든 게 공자님 은덕이죠."

정말로 고마워하는 말투가 아니었다. 왠지 모르게 그 속에 가시가 있었다. 그래서 천풍은 아무 대꾸도 않은 채 어색한 미소만 떠올릴 수밖에 없었다.

그런 천풍을 지그시 바라보던 임설아가 말을 이었다.

"상아가 그러더군요. 공자님은 우리 도장을 위해서 부처님이 보내신 분이라고."

"……."

"처음에는 그냥 우스갯소리로 듣고 넘겼지만 돌이켜 생각해 보면, 그게 그저 우스갯소리만은 아니더군요. 검전도장의 일…… 공자께서 처리하신 일이겠죠?"

왜 뜬금없이 이런 이야기를 꺼내는 건지는 알 수 없었지만 아마도 그것은 그녀가 지난 5일간 가슴에 꾹꾹 눌러 담아둔 말인 것 같았다.

"전날 검전도장의 아이들이 우리 도장에 입문코자 한 것도 분명 공자님과 관계가 있는 것일 테죠. 도장의 지난 은원도 정리해 주시고 큰돈을 들여 부서진 문과 현판도 고쳐주시고…… 그런 것들을 생각해 보면 정말이지 부처님이 보내신 분이 아닌가 저조차도 의심이 들 정도니, 상아 그 아이야 오죽하겠어요? 정말 부처님이 보내서 오신 분은 아니시겠죠?"

적어도 마지막 질문은 웃자고 하는 말이라는 듯 입 꼬리를 살짝 말아 올리는 임설아다.

"공자님은 참 알 수 없는 분이세요. 처음엔 십방청무검법조차도 제대로 익히지 못하는 얼뜨기 서생쯤으로 보이더니, 단신으로 검전도장엘 쳐들어가 송양을 쫓아내는가 하면 흉악한 산적들을 마치 어린아이 다루듯 하고, 돈이 없어 저희 도장에 신세를 지는 거라더니 거금 오백 냥을 아무렇지 않게 쓰고, 염가상단의 단주가 직접 찾아올 만큼 귀하신 몸에 금첩의 주인…… 이제는 공자님 덕분에 말로만 듣던 황학루까지 다 오게 되는군요. 그동안 저희를 가지고 놀아보니 재미있으셨나요?"

임설아의 목소리가 변했다. 눈빛도 달라졌다.

그것은 분명 추궁이었다.

천풍이 당황하여 급히 손을 내저었다.

"절대로 놀리려던 것이 아닙니다. 정말로 어쩌다 보니 그리 된 것뿐입니다. 갑자기 돈이 많아진 것도 그렇고, 염가상단의 단주님이 찾아오신 것도 그렇고, 금첩이 얼마나 대단한 건지는 모르지만 그것도 제가 원해서 가지게 된 것은 아니구요."

"그런가요? 그 모든 것이 우연히 빚어진 일이고 공자님은 애초에 어느 하나도 숨기려는 마음이 없었다는 건가요?"

"그렇습니다."

천풍이 한 올의 거짓도 없다는 듯 힘주어 고개를 끄덕였다.

하지만 그러거나 말거나 임설아는 별로 대수로울 것도 없다는 듯 말했다.

"하긴, 공자님의 진의가 무엇이든 그 덕에 저희가 큰 은혜를 입은 것만은 사실이죠. 그럼 하나만 더 물어볼게요. 공자님은…… 우리 청무도장의 사람인가요?"

임설아의 갑작스러운 질문은 상당히 도전적이었고 또한 난해했다.

천풍이 쉽사리 대답을 못하자 임설아가 재차 물었다.

"공자님이 청무도장에 왔을 때, 공자님은 손님의 신분이었어요. 하지만 그리 길지 않은 시간 저희와 함께하면서 단지 손님만은 아니었다고 생각해요. 한데, 지금은 공자님이 손님인지, 아니면 가족인지 솔직히 모르겠네요. 이것은 청무도장을 이끄는 자로서 반드시 알아야 할 일이에요. 또한 이제는 반드시 짚고 가야 할 문제구요. 그러니 조금의 거짓도 없이 공자님의 진심을 말씀해 주세요. 공자님은 청무도장의 사람인가요?"

임설아의 말대로 처음 상아를 따라 청무도장에서 신세를 지게 되었을 때는 어디까지나 그는 손님이었다. 하지만 그동안 여러 일들을 겪고 여러 좋은 사람들과 어울려 지내다 보니, 어느 순간부터 그런 경계를 짓지 않게 되었다. 내 집처럼, 내 가족처럼 청무도장은 그렇게 자연스레 그의 삶 속으로 들어와 있었다.

너무 당연한 듯 지내와서일까? 사실 깊이 생각할 것도 없는 일인데도 천풍은 한참을 생각했다. 그리고,

"저는……."

긴 침묵의 끝에 천풍이 어렵사리 입을 열었다.

"제가 있을 곳은 청무도장이 아닙니다. 제가 있어야 할 곳은 현천사고, 언제고 돌아가야 할 곳 또한 현천사입니다. 그러니 저는 청무도장의 사람이 아닙니다."

오랜 생각 끝에 나온 것치고는 너무 뻔한 대답이었다.

임설아가 그럴 줄 알았다는 듯 고개를 끄덕인다.

"하긴, 그럴 테죠. 부자가 거지 옷을 입는다고 정말로 거지가 되는 것은 아닐 테니까요."

무심하다 싶을 정도로 차가운 말투였다. 하지만, 애써 무심한 척하고 있지만 거기에는 분명 실망도 있었고 아쉬움도 있

었다. 그것이 수개월간 한 지붕 아래서 한솥밥을 먹으며 쌓아 온 정인지, 아니면 다른 어떤 것인지는 알 수 없었지만 괜스레 미안해지는 천풍이다. 왠지 마음의 빚이라도 져버린 기분이었다.

그러나 어쩌겠는가. 아무리 마음으로 가족같이 생각한다 해도 그는 어디까지나 객이었고, 언제고 떠나야 할 사람이었다. 객이 잠시 머문 집을 제집이라 할 수는 없는 일 아니겠는가.

"어쨌든 솔직하게 말씀해 주셔서 감사해요. 그럼 저도 그렇게 알고 앞으로 실수가 없도록 하죠."

임설아가 더는 할 말이 없다는 듯 공손히 허리를 숙여보이고는 이내 자신의 방으로 모습을 감추었다.

무거운 적막 속에 다시 홀로 덩그러니 남게 된 천풍은 마음이 무거웠다. 방으로 들어가며 보여준, 뭔가 결심이 선 듯한 임설아의 눈빛이 또한 마음에 걸렸다. 그 결심이 어떤 것인지 불안하기도 했다. 하지만 그 결심이 무언지 안다고 해서 그가 어떻게 할 수 있는 일도 아니었다.

천풍은 애써 잡스러운 생각들을 털어내고 예정대로의 걸음을 내딛었다.

지금 그의 머릿속에 있는 것은 백학전에 들어서며 보았던 아름다운 연못이었다. 잔잔하고 차분했던 풍경을 보면 어지러운 마음도 차분히 가라앉을 것 같았다.

하지만 막상 그곳에 도착해 보니 그곳의 풍경은 전에 보았던 차분함과는 사뭇 달라져 있었다.

"하하. 남궁 형. 부끄럽게 왜 그러십니까? 엄연히 화산이 있고 아미가 있고 청성이 있는데, 어찌 형산이 무당과 어깨를 견준단 말입니까?"

"그들이 비록 지금은 무당과 더불어 사대검문으로 추앙을 받고 있다지만 화산에도, 아미에도, 청성에도 없는 것이 형산에는 있지 않습니까?"

"화산에도, 아미에도, 청성에도 없고 형산에는 있는 것이라니요? 그게 대체 뭡니까?"

"형산파에는 바로 위 형이 있지 않습니까? 섬서쌍괴를 단칼에 베어 버린 위 형이시라면 장차 화산을 밀어내고, 형산을 사대검문의 한 자리에 올려놓는다 해도 그리 놀라운 일은 아니지 않겠습니까?"

"하하하하! 남궁 형, 농이라도 그런 말씀은 마십시오. 아무렴 대화산파가 형산에 밀리겠습니까?"

"그야 모르는 일이죠. 무림의 절대적인 가치는 실력이고, 적어도 화산과 형산의 미래는 형산이 훨씬 더 밝은 것이 사실이니까요. 안 그렇습니까?"

"남궁 형의 말씀이 옳습니다. 화산의 저력을 무시할 수는 없지만, 남궁 형의 말씀대로 형산에는 위 형이 계시니 미래의 명암을 따진다면 당연히 형산에 더 무게가 실릴 수밖에요."

"이거 이거, 다들 너무 제 얼굴에 금칠을 하시니 소제는 정말 몸 둘 바를 모르겠습니다. 하하!"

끝난 줄 알았던 그들의 연회는 끝이 아니었던 것이다.

연못 가운데의 정자에 모여서 다시 술판을 이어가고 있었다. 서로를 추켜세우며 희희낙락하는 영웅놀이도 여전했다.

천풍은 눈살을 찌푸렸다.

어지러운 마음을 추스르려 나온 걸음이었다. 기대했던 정취는 온데간데없고 듣고 있기 민망한 대화들을 다시 듣게 되고 보니, 실망이 지나쳐 살짝 짜증마저 치밀었다.

하지만 어쩌겠는가. 황학루는 주루였고 주루에서 웃고 떠드는 거야 당연한 일인 것을.

결국 조용히 밤바람이나 쐬려 했던 계획을 포기하고 발길을 돌릴 수밖에 없었다.

그의 시야에 낯익은 것이 들어온 것은 그렇게 발길을 돌리려 할 때였다.

'저 사람은……'

백매화 나무 아래, 취옥선을 따라 백학전에 들며 만났던 봉두난발의 괴인이 여전히 그곳에 있었다. 다만 처음 보았을 때와는 조금 다른 모습이었다. 그때는 그래도 몸이라도 온전해 보였지만, 지금은 완전히 인사불성이 되어 죽은 듯 널브러져 있었다.

그냥 지나칠 수가 없었다. 낯이 익은 것도 익은 거지만, 만취한 상태로 이대로 추위에 떨게 했다가는 정말 죽어 버리기라도 할까 걱정스러웠다.

그래서 일단은 깨워라도 볼 요량으로 사내에게 다가가려는데, 뒤쪽에서 그런 그를 만류하는 목소리가 들렸다.

"그냥 두는 게 좋을 겁니다. 그러다 괜히 심기라도 잘못 건드렸다가는 막무가내로 행패를 부려댈지도 모르니……."

돌아보니 정자에서 웃고 떠들던 사람들이 천풍에게로 다가오고 있었다.

"그렇잖아도 다들 궁금해하던 참인데 마침 이렇게 뵙게 되는군요."

가장 먼저 천풍에게로 다가와 그렇게 인사를 건네 온 자는 영웅건이 멋스러운 귀공자풍의 사내였다.

"이렇게 만난 것도 인연이라면 인연인데, 서로 통성명이라도 하는 게 어떻겠습니까? 소생은 남궁세가(南宮世家)의 남궁현(南宮炫)이라 합니다."

갑작스러운 인사도 그렇지만 첫 대면이라고 하기에는 지나치게 친근한 말투에 천풍이 잠시 어리둥절해 있자, 남궁현의 뒤를 이어 하나둘 차례로 그에게 인사를 건네 왔다.

"하북팽가(河北彭家)의 팽도량(彭刀樑)입니다."

"사천당문(四川唐門)의 당수옥(唐秀玉)입니다."

"소녀는 황보세가(皇甫世家)의 황보자경(皇甫紫瓊)이에요."

그렇게 차례로 인사가 이어지는 동안 천풍은 여기에 모인 대부분이 오대세가의 사람인 것을 알았다. 오대세가의 사람들인 것을 알고 보니, 이 대단한 사람들이 왜 자신을 이렇듯 반갑게 맞는지 의아함은 더 커졌다.

그나저나 명문은 명문인가 보다. 하나같이 선남선녀인데다 정중히 예를 갖춰오는 모습은 영웅놀이에 빠져 웃고 떠들 때와는 사뭇 다른 느낌이었다. 말에는 힘이 있었고 행동거지는 당당했다. 명문의 기품 같은 것도 느껴졌다.

한데, 그들 중 유난히 다른 느낌의 사내가 하나 있었다. 모두가 화려한 차림인 것에 반해 홀로 유난히 수수하다 싶을 만큼의 복색도 그랬고, 그러면서도 은연중 그들 무리에서 특별한 위치에 있는 듯한 좌중의 분위기도 그랬다.

하지만 사내가 자신을 소개하자 의문은 금세 풀렸다.

"소생은 형산(衡山)의 위서량(僞鼠亮)입니다."

그 사내만은 구대문파의 제자였던 것이다.

과거 오대세가가 구대문파와 어깨를 나란히 하던 때도 있었지만, 무림사세가 확고히 자리를 잡은 후부터 몰락까지는 아니더라도 확연히 힘을 잃은 오대세가였다. 그들이 무림 최고의 가문임에는 분명했지만 이제 더는 무림 최고의 문파는 아니었다. 단적인 예로, 이번 무림대회에 무림사세의 주인들에게만 금첩이 전달된 것만 보아도, 오대세가의 현 위치를 짐작할 만했다. 그러니 그들 사이에 낀 위서량이라는 사내가 특별해 보이는 것은 어쩌면 당연하다면 당연한 일이었다.

천풍은 새삼스러운 눈으로 위서량을 보았다.

구대문파라는 이름이 무색하게, 얼핏 보기에도 가볍고 경박해 보이는 사람이었다. 짐짓 점잔을 빼고 있지만 얼굴은 거만했고 눈빛은 간사했다.

그런 인물됨과는 상관없이 위서량을 보고 있자니 기분이 묘했다. 어린 날 가졌던 구대문파와의 작지만 특별한 인연 때문이었다.

황산사에 든 후로 처음 맺은 인연이 금천우와 구대문파의 후기지수들이었고, 그들 중 하나와는 비무도 했었다.

'도진……이라 했었던 것 같은데? 그분은 화산파였지 아마?'

자신에게 첫 패배의 쓴맛을 안겨준 소년에 대한 기억도 새로웠다.

'혹시 이 사람도 그때 같이 있었으려나?'

그러고 보니 왠지 낯이 익었다. 나이 때도 얼추 맞아떨어졌다.

생각이 거기에 미치자 자연스레 과거의 기억을 더듬게 되는 천풍이다. 하지만 그러한 생각은 길게 이어지지 못했다.

"그럼 이제, 공자의 존성대명을 알려주셔야 하지 않나요?"

모두의 소개가 끝나고도 천풍이 아무 말도 없자 황보세가의 황보자경이 나무라는 투로 눈을 흘기며 그렇게 재촉해 왔다. 그러자 모두의 호기심어린 시선에 일제히 천풍을 향했다.

"존성대명이라니…… 아직 무명소졸이라 내세울 만한 이름이 아닙니다."

"이곳 백학전에 드셨다는 것만으로도 이미 무명소절은 아니라는 뜻인데 그 무슨 겸양의 말씀이세요? 사실 여기에 모인 분들은 무공도 무공이지만 견식으로는 다들 둘째가라면 서러워할 분들인데, 공자의 정체만큼은 도무지 알 길이 없어 다들 얼마나 궁금해하고 있었는지 몰라요. 저희가 감히 존함을 들을 자격이 안 된다 생각하시는 것이 아니라면, 겸양치 마시고 저희의 부족한 견식을 넓혀주세요."

"겸양이 아니라 정말로 내세울 만한 이름이 아닙니다만, 굳이 말씀을 하라시니…… 저는 소천풍이라 합니다."

천풍이 그렇게 이름을 밝히자 순간 정적이 흘렀다.

황보자경이 미간을 살짝 찌푸리기도 하고 고개를 갸웃거리기도 한다. 그 같은 반응은 다른 사람들도 마찬가지였다.

천풍의 말대로 워낙에 무명소졸이라 그의 이름이 낯선 거야 당연했지만, 그들로서는 그 당연한 일이 당연하게 받아들여지지 않는 모양이었다.

괜히 멋쩍어진 천풍이 한마디 덧붙였다

"제가 그랬잖습니까. 내세울 만한 이름이 아니라고."

천풍의 말에 이번엔 남궁현이 물었다.

"혹시 어느 문파에서 오셨는지 여쭤 봐도 실례가 안 되겠습니까?"

"에…… 문파라고까지 하긴 그렇고, 청무도장에서 오긴 했습니다만……."

"청무도장이요?"

천풍의 대답에 이젠 서로를 보며 어깨를 으쓱이는 모양새가 갈수록 미궁이라는 표정들이다. 그때, 사천당문의 당수옥이 아는 체를 하고 나섰다.

"혹시 청해의 청무문을 말씀하시는 건가요?"

"아니, 청무문이 아니라 청무도장입니다. 소흥에 있는……."

"죄송한 말씀이지만 소흥의 청무도장은 제가 들어보질 못했는데……."

"그리 큰 무도관도 아닌데 죄송할 것까지야 뭐 있겠습니까."

"자, 잠깐. 지금 무도관이라 했습니까?"

"그렇습니다만?"

"그러니까 공자께서 말씀하신 청무도장이 문파가 아니라 무도관이었단 말씀입니까?"

"그렇습니다만……?"

천풍이 당연하다는 듯 대꾸하자 이제는 실망과 의아함을 넘어 황당하다는 표정들이다. 그러다 웃는다.

"하하! 공자께서는 농담도 잘하십니다."

"그러게요. 너무 진지하게 말씀하셔서 깜빡 속아 넘어갈 뻔했지 뭐예요. 호호."

천풍의 대답이 농담처럼 들린 모양이다. 그래서 천풍이 말했다.

"농담이 아닌데요?"

"하하. 농은 이제 그만하시지요. 우리가 비록 가문에만 갇혀 있어 강호 경험이 일천하다고는 해도, 진담과 농담도 구분 못할 만큼 어수룩하진 않습니다. 무엇보다 공자께서 정말 무도관의 사람이라면 우리와 지금 이렇게 마주하고 있을 리가 없지 않습니까? 황학루의 루주께서 공자를 직접 백학전으로 모셨을 리도 없고."

"그건…… 거기에는 그럴 만한 사정이 있어서……."

"그럴 만한 사정이라구요?"

"먼 길 여정 중에 아이가 병이 나서 말입니다. 급히 따뜻한 방이 필요했는데 밤을 지낼 곳은 마땅치 않고, 그러던 차에 이곳의 루주님께 부탁드렸더니 고맙게도 인정을 베풀어주신 겁니다."

"그러니까 공자께서 이곳에 머물게 된 것이 단지 루주의 측은지심 때문이었다는 말씀입니까?"

단지 측은지심 때문만은 물론 아니다. 하지만 금천우의 신표라던가 무림대회의 금첩에 대해서는 굳이 들먹이고 싶지 않았다. 그런 속사정까지 말하기에는 애당초 친분도 호감도 그리 깊지가 못했다.

천풍이 긍정의 뜻으로 아무 말 않고 있자 그제야 천풍의 말이 농담이 아님을 알아차리는 눈치다.

아무리 측은지심이었다고는 해도 취옥선이 무학전도 아닌 백학전으로 그를 불러들인 것을 여전히 미심쩍어하긴 했지만, 얼마간 더 살피듯 천풍을 훑어보고는 그 미심쩍어하던 마음마저도 지워 버렸다. 무엇보다 그들의 눈에 비친 천풍은 아무리 좋게 봐줘도 백학전과는 어울리지 않았던 것이다.

그 순간, 좌중의 분위기가 돌변했다.

천풍을 향하던 반가운 미소는 싸늘한 조소로 변했고, 부담스러울 정도로 친근했던 태도는 언제 그랬냐 싶게 무시로 바뀌었다.

천풍에게 먼저 말을 걸어온 것도 그들이고 통성명을 청한 것도 그들이었다. 한데도 괜한 불청객 취급이다. 낄 자리가 아니면 알아서 물러가라는 듯 대놓고 눈치를 주는가 하면, 천풍이 마치 그들을 속여먹기라도 한 것처럼 노골적으로 불쾌한 티를 내기도 한다.

이를 보자니 천풍으로서는 기가 막힐 따름이다.

'역시 가까이 지낼 부류들은 아냐.'

그래도 크게 기분 나쁘지는 않았다. 오히려 괜히 붙들려서 원치 않는 동석을 강요받는 것보다는 차라리 그편이 마음도 홀가분하고 잘되었다 싶었다.

천풍은 그들의 마음이 혹여 바뀔 새라 가볍게 목례를 해보이고는 급히 걸음을 돌렸다.

그러다 주춤 멈춰 섰다.

이번에도 봉두난발의 괴인이 눈에 걸려서였다.

이대로 두고 가려니 발길이 떨어지지 않았다. 그래서 방에라도 데려다 눕힐 생각으로 괴인을 들쳐 업으려는데, 다시 남궁현이 그런 그를 만류했다.

"그냥 두는 게 좋을 거라 말씀드렸습니다만?"

짜증이 듬뿍 묻어나는 것이 조금 전의 친절과는 사뭇 다른 어투였다.

천풍은 의아스러웠다.

말투 때문이 아니라 봉두난발의 괴인을 보는 남궁현의 시선 때문이었다.

어쩐 일인지 그 눈은 천풍을 볼 때보다도 더 불쾌한 빛을 드러내고 있었다. 남궁현뿐만 아니었다. 이 자리에 모인 모두의 눈빛이 남궁현과 크게 다르지 않았다. 특히 입 꼬리를 말아 올린 채로 비웃음을 흘려대는 형산파의 위서량은, 언뜻언뜻 이유 모를 적의까지 보이고 있었다.

이상한 일이었다. 백학전에 들었다는 것은 그 자체만으로도 괴인의 신분이 그들에 못지않다는 뜻이었다. 그것은 곧, 지금 좀 망가진 모습을 보인다고 해도 그들이 이렇듯 노골적으로 무시를 해댈 상대는 아니라는 의미였다.

결국 참다못한 천풍이 물었다.

"이분은 뉘십니까?"

천풍의 물음에 위서량이 친절히 대답했다.

"대화산파의 장문 제자이자, 화산파 제일의 천재라 일컬어지는 화산일룡(華山一龍)이 바로 이분입니다."

친절하긴 했지만 다분히 비꼬는 말투였다.

"화산일룡은 무슨 화산일룡이에요. 화산토룡(華山土龍)이지."

황보자경이 가당찮다며 샐쭉이 입술을 내밀었고 그녀의 말을 하북팽가의 팽도량이 받았다.

"황보 소저의 말씀이 백 번 지당하십니다. 정파의 얼굴에 먹칠을 해도 유분수지, 대화산파의 장문 제자라는 자가 마황성의 잡졸들과 주먹다짐을 한 것만으로도 기가 막힐 일인데 그놈들에게 두들겨 맞기까지 했으니…… 어디 그뿐입니까? 그놈들의 다리 사이를 기며 목숨 구걸까지 했다지 않습니까?"

"그거야 말하기 좋아하는 사람들이 아무렇게나 지껄여대는 말일 뿐, 확인된 것은 아닌데요 뭐. 설마 명색이 화산의 제자가 그런 추태까지야 부렸을라고요. 만일 그게 사실이라면 화산파에서 가만히 있었겠습니까?"

"사실 여부가 중요한 게 아니잖아요. 그런 소문의 빌미를 제공했다는 게 문제인 거죠. 그 바람에 마황성의 잡졸들이 우리 정파를 얼마나 우습게 여기고 있는지 남궁 공자님도 잘 아시잖아요. 정파에 그런 굴욕을 안긴 작자에게 용이라니, 가당키나 한 것이에요? 용은커녕 지렁이도 과분할 지경 아니에요?"

황보자경의 독설에 분위기는 점차 격해졌다.

하나둘 성토의 목소리를 높였다.

그동안 차마 입 밖으로 내지 못했던 불만들을 그러한 분위기에 휩쓸려 모조리 쏟아내고 있었다.

너 나 할 것 없이 괴인에 대한 비난과 화산에 대한 불만을 토해내고, 그에 동조는 하면서도 도가 넘지 않도록 남궁현이 중심을 잡으며 분위기를 조율한다. 한 발 물러선 위서량은 뭐가 그리도 즐거운지 연신 입 꼬리를 실룩대고 있었다.

그러는 사이 다시 '없는 사람' 이 되어 버린 천풍이다.

하지만 천풍의 관심 또한 괴인에게만 쏠려 있어 그는 소외감을 느낄 겨를이 없었다.

'화산파의 제자라고?'

지금 그의 머릿속을 가득 채우고 있는 것은 세월 속에서 퇴색되고 희미해진 얼굴 하나였다.

'설마…… 아니…… 분명 닮은 것도…… 하지만…….'

점차 흐릿하던 기억이 선명해진다.

그때 성토하는 목소리들이 어느 정도 진정이 되자 남궁현이 무리를 다독였다.

"자자, 이러지들 말고 술이나 한 잔 더 합시다. 좋은 날 좋은 자리에 있어야 할 것은 한 잔의 술과 마음을 나눌 지기와 흥겨운 노랫가락이면 충분한 것 아니겠습니까?"

"하하. 남궁형의 말씀이 옳습니다. 술잔을 주고받고 마음을 나누기에도 짧기만 한 밤인데, 여기서 이러고 있을 수는 없죠."

그렇게 그들 무리는 시끌벅적하게 왔던 것처럼 시끌벅적하게 다시 정자로 돌아갔다.

그리해 없는 사람 취급이 아니라 이젠 아예 완전히 없는 사람이 되어 버린 듯한 천풍과, 온갖 독설이 난무하는 중에도 여전히 죽은 듯 미동도 않는 괴인만이 덩그러니 남았다. 그리고 그즈음 천풍은 괴인이 왜 낯설지 않게 느껴졌는지 그 이유를 알았다.

'화산판 17대 제자 도진, 비무를 청합니다!'

총기로 반짝이던 눈은 생기 없이 탁하게 변해 버렸지만, 걸인에 진배없는 저 참담한 몰골에선 과거의 화려했던 모습은 조금도 찾아볼 수 없었지만, 천풍은 이 괴인이 지난날 정중하면서도 비장한 눈빛으로 자신에게 비무를 청해 왔던 그 소년임을 알아보았다.

의외의 장소에서 뜻하지 않게 과거의 인연을 만난다는 것은 즐겁고 설레는 일이었다. 지금 천풍도 그랬다.

첫 비무의 설렘, 그리고 지독하게 쓰라렸던 첫 패배의 아픔…… 그날의 기억이 생생한 만큼 반가움도 컸다. 하지만 반가움보다 앞선 것은 의문과 안타까움이었다.

'어쩌다 저리 되었을까?'

부러울 만큼 당당했던 사람이었다. 만인을 굽어보는 젊은 영웅의 모습이어야 할 사람이었다.

'대체 무슨 일이 있었던 걸까?'

어쨌거나 이대로 둘 수는 없다. 이 괴인이 도진이라는 것을 알고 나니 더욱 그랬다. 그나마 다행인 것은 더는 아무도 천풍에게 신경을 쓰지 않는다는 것이다.

천풍은 자신의 방에라도 데려다 눕힐 생각으로 괴인을 들쳐멨다. 그렇게 다시 건물 안으로 들어가 2층 계단을 오르는데, 문득 뒤에서 그를 부르는 소리가 들렸다.

"공자님."

돌아보니 취옥선이 그에게로 다가오고 있었다.

"공자님께서 도진 사형을 왜……?"

취옥선이 천풍과 천풍의 어깨에 메여 있는 괴인을 보며 의아해한다.

"아, 예. 그냥 술이 과하셨는지 밖에서 주무시고 계시기에…… 이젠 제법 밤공기가 차기도 하고……."

"그렇군요. 괜히 저희 화산의 일로 공자께 폐를 끼치는군요."

"아닙니다. 별것도 아닌데요 뭐."

"그럼 염치없지만 도진 사형의 방까지만 부탁드려도 될까요?"

"물론입니다."

천풍의 흔쾌한 대답에 취옥선이 살포시 웃어 보였다.

그 웃음을 보니 괜스레 또 가슴이 두근거렸다.

'이거 참…… 마구니라도 씐 것인지……'

천풍은 애써 그런 마음을 떨치고 취옥선의 뒤를 따랐다. 그러다 뒤늦게 든 의문에 고개를 갸웃했다.

'저희 화산?'

뿐만 아니라 도진 사형이라고도 했었다.

'그럼 루주님도 화산파의 제자이신 건가?'

그러고 보니 들은 기억이 있었다.

> "황학루는 대대로 여인에게만 전승되어 오는데, 그렇게 다음의 주인으로 정해진 아이는 화산파의 속가제자로 들어가 7년간 무공을 배우는 게 전통이거든. 당연히 취옥선도 화산파에서 무공을 배웠고."

괜히 그녀의 미모에 혹해서 껄떡댈 생각 말라며 누군가 그렇게 말했었다.

'화산파의 속가제자라…….'

그렇다면 지난 10년 사이 도진에게 무슨 일이 있었는지도 잘 알고 있지 않을까?

생각이 거기에 미치자 궁금함을 참지 못하고 취옥선을 불러 세웠다.

"저기 말입니다."

"왜 그러시죠?"

"저기 이분 말입니다. 그간 무슨 안 좋은 일이라도 있었습니까?"

"안 좋은 일이라뇨?"

"그게, 예전과 많이 달라지신 듯 보여서요."
천풍의 말에 취옥선이 놀란 눈을 했다.
"도진 사형을 아시나요?"
"안다기보다는 예전에 한 번 잠깐 뵌 적이 있습니다."
천풍이 대수롭지 않게 대답했다.
살피듯 그윽한 눈으로 천풍을 보던 취옥선이 이윽고 들릴 듯 말 듯한 한숨을 내쉬며 처연한 목소리로 말했다.
"예전이라시면…… 공자께서 기억하시는 것은 적어도 10년 전의 도진 사형이겠군요."
"그럼 이분이 이리 되신 게 10년이나 되었다는 말씀입니까?"
"아마 그쯤 되었을 거예요."
"10년 전에 대체 무슨 일이 있었기에……?"
취옥선이 고개를 저었다.
"자세한 것은 소녀도 알지 못해요. 장문인께서도 달리 말씀이 없으셨고…… 이유라도 알면 이리 답답하지는 않을 텐데 말이에요."
취옥선의 말에는 거짓도 숨김도 없어 보였다.
천풍은 고개를 갸웃했다.
10년이라면 공교롭게도 그가 도진과 만났던 바로 그 무렵이다.
단지 우연일까?
불현듯 지난날 금천우가 그에게 했던 말이 생각났다.

"네놈으로 인해 앞날이 창창한 인재 하나가 완전히 못 쓰게 망가졌다는 거다."

도진을 보며 그렇게 말했었다. 천풍이 화산파에 씻을 수 없을 만큼 큰 죄를 지었다고도 했다.

하지만 그 말을 들었을 당시에도 그랬지만 지금도 이해할 수 없기는 마찬가지였다. 아무리 생각해 봐도 도진이 망가질 이유가 없었다. 오히려 망가져야 했던 것은 지독하게 쓰린 패배를 맛본 천풍이었어야 했다. 만일 금천우로부터 풍파결을 전수받지 못했다면 정말 그리되었을지도 몰랐다.

'그래. 무슨 다른 사연이 있는 거겠지.'

모든 걸 다 떠나서 그날의 승부에서 이긴 것은 다름 아닌 도진이니까.

제4장

천풍, 다시 비무 신청을 받다

검이다.

그것도 낡고 작은 목검이다.

그리고 참으로 무식하기 그지없는 단순한 찌르기다.

속도는 또 어찌나 느린지 마치 지렁이가 기어가듯 한다.

그 앞에 자신이 서 있다.

어떻게 된 것일까?

저 따위 한심한 찌르기를 피할 수가 없다. 어떻게 막아야 할지도 모르겠다. 이 순간 마치 온몸이 쇠사슬에라도 꽁꽁 묶인 것처럼 옴짝달싹도 할 수가 없다.

도진은 지금의 상황을 간단히 정리했다.

'또 꿈이로군.'

벌써 수백 번도 더 꾸었던 꿈이다.

매번 같은 꿈을 꾸다 보니 이젠 꿈이 일상처럼 느껴질 정도였다.

처음에는 겁에 질리기도 했다. 살기 위해 발버둥도 쳤고, 그것이 지금껏 그를 괴롭히고 있던 심마의 실체라는 것을 깨닫고 나서는 필사적으로 맞서 싸워보기도 했다.

하지만 다 부질없는 짓이었다.

살기 위해 아무리 발버둥을 쳐도, 심마를 이겨내기 위해 아무리 필사적으로 맞서 싸워보아도 결국엔 무기력하게 목을 꿰뚫릴 뿐이었다.

이젠 더는 발버둥 칠 기력도 없었고 맞서 싸울 의지도 없었다.

지금 이 순간, 목을 꿰뚫을 듯 덮쳐오는 목검을 보면서도 도진은 어떠한 저항도 하지 않았다. 그런 그의 눈에 담긴 것은 습관적인 냉소와 그저 약간의 짜증, 그리고 지겨움이었다.

이윽고,

푸욱!

목검이 도진의 목을 뚫었다.

* * *

도진은 그렇게 눈을 떴다.

사위는 분간할 수 없을 만큼 어두웠다.

눈은 초점이 잡히지 않아 흐릿했고 목은 지독한 갈증에 찢어질듯 따갑다. 몸도 그야말로 천근만근이다.

참 신기하게도 생사기로의 무시무시한 악몽조차도 점차 익숙해지는데, 이놈의 숙취는 도무지 익숙해지지가 않는다.

'망할 놈의 술!'

만일 술을 끊게 되는 날이 온다면 그것은 아마도 심마를 극복해서가 아니라, 다음 날의 숙취가 단지 두려워서일지도 모르겠다.

그런 생각을 하며 도진은 잠시 더 그대로 누워 있었다.

얼마 지나지 않아 서서히 날이 밝아왔다. 어둡기만 하던 사위도 차츰 본연의 색을 찾고 목을 따갑게 하던 갈증도 어느 정도 진정이 되었다.

그제야 지금 누워 있는 곳이 자신의 방임을 확인한 도진은 이내 눈살을 찌푸렸다.

'내가 어떻게 여기에 있는 거지?'

백학전 밖 정원에서 밤늦게까지 술을 마신 기억밖에는 없었다.

의아해하며 다시 기억을 더듬어보려는데 문득 밖에서 인기척이 들렸다.

조심스레 문이 열리고 나타난 것은 취옥선이었다.

"왜?"

도진이 대뜸 퉁명스레 물었다.

기분이 나빠서가 아니라 언젠가부터 습관이 되어 버린 말투였다.

대답 대신 눈에는 걱정을 담고 입가에는 온화한 미소를 머금은 취옥선이 말없이 뭔가를 내밀었다.

꿀물이 담긴 그릇이다.

'사매 짓이로군.'

그가 여기에 누워 있는 이유.

하긴, 그녀 말고 달리 누가 있으랴.

이번이 처음도 아니다.

어쨌거나, 목이 말랐던 참이다.

한 치의 망설임도 없이 그릇을 집어 들어 입으로 가져갔다.

벌컥 벌컥!

들이붓다시피 하며 꿀물을 먹어치웠다. 하지만 도진의 입에서 나온 말은 그러한 행동과는 상반된 것이었다.

"누차 말했지만 이왕 목을 축이는 거면 술이 낫다니까."

그 같은 억지스러운 투정에도 취옥선은 처음의 온화한 미소를 지우지 않았다.

"흥!"

오히려 도진이 짜증스레 콧방귀를 꼈다.

방황이 시작되고 10년, 그를 둘러싼 모든 것이 변했다. 화산의 자랑이라는 수식어는 언젠가부터 화산의 망신으로 바뀌었고, 그를 중심으로 돌아가던 세상은 철저히 그를 주변인으로 내쳤다. 친구도 떠났고 동기도 등을 돌렸다. 정혼녀인 단화영조차 그를 포기했다.

그런 중에도 변하지 않은 것은 사부의 인자한 눈과 취옥선의 저 미소였다.

고마운 일이었다. 하지만 스스로에 대한 일말의 희망마저도 버려 버린 도진에게는 그들의 변함없는 지지가 거추장스러울 뿐이었다.

도진은 몸을 일으켜 세웠다.

숙취로 인해 몸이 마음처럼 움직여지지 않았다.

"끄응……."

오만상을 찌푸리며 힘겹게 자리를 떨치고 일어섰지만, 그 즉시 머리가 깨어질 듯한 두통이 찾아왔다. 현기증마저 일었다.

비틀.

결국 두 걸음을 떼기도 전에 중심을 잃고 휘청거렸다.

취옥선의 가늘고 부드러운 손길이 도진을 부축했다. 하지만 그 별것 아닌 호의조차도 순순히 받지 못할 만큼 그의 마음은 피폐해져 있었다.

"놔!"

거칠게 취옥선의 손을 뿌리쳤다.

그렇게 문을 나서려는데, 불쑥 취옥선이 말을 걸어왔다.

"무림대회가 끝나면 사형은 장문 제자의 직위를 잃게 될 거예요."

"……."

도진이 걸음을 멈추고 취옥선을 돌아보았다.

"장로원에서 나설 것이라 하니 이번만큼은 장문인께서도 방패막이가 되어주시지 못할 거예요."

도진의 표정이 변했다.

장문 제자의 직위를 잃게 될 거라는 것 때문이 아니었다.

어차피 시간의 문제였을 뿐, 언제고 그리될 일이었다. 장문 제자의 직위 따위 눈곱만큼의 미련도 없었다.

도진의 표정에 변화가 생긴 것은 취옥선의 태도 때문이었다.

항상 묵묵히 지켜만 볼 뿐 지금껏 먼저 말을 건네 온 적이 단 한 번도 없던 취옥선이다. 한데 지금은 먼저 말을 걸어왔다. 그것도 굳이 하지 않아도 될 말을.

듣는 이도, 말하는 이도 불편하기만 할 뿐인 것을 굳이 털어놓았다는 것.

그것은 명백한 경고의 의미였다. 또한 이젠 그에 대한 미련을 접겠다는, 그녀 나름의 통보이기도 했다.

'큭큭. 느려. 느려 터졌어.'

어차피 이렇게 될 것이었다.

오히려 너무 늦었다. 진즉에 이리되었어야 했다. 무공은 누구보다도 빠르게 습득하던 그녀가, 속가제자임에도 불구하고 정식 제자들보다도 더 빠른 성취를 보일 만큼 영민하던 그녀가, 도진에 대한 기대는 지금껏 참으로 미련스럽게도 붙들고 있었다.

'명색이 장사치라는 녀석이 그렇게도 사람 보는 눈이 없어서 무슨 장사를 해? 황학루가 여직 망하지 않은 것이 용한 일이지.'

그나마 이제라도 현실을 똑바로 보게 되었으니 황학루를 위해서도 취옥선 본인을 위해서도 다행한 일이다.

물론 축하해 주고 싶은 마음도, 그렇다고 서운한 마음도 없었다. 겨우 이까짓 일에 희비를 느낄 정도라면 희망이란 놈을 그리도 매몰차게 내치지는 않았을 것이다.

"무거운 짐을 내려놓게 되어 홀가분하신가요?"

취옥선의 말속에는 원망도 있었고 걱정도 있었다. 그런 한편으로 그가 정말 마음의 짐을 벗어 버렸으면 하는 바람도 있었다.

하지만 도진은 조금도 관심 없다는 얼굴로 냉소했다.

"무거운 짐? 장문 제자라는 직위 따위 어차피 갖고 있지도 않았어. 이 손에서 검을 놓은 날, 그때 이미 장문 제자라는 허울은 찢어 버렸으니까. 장문 제자라는 허울만이 아니라 화산파마저도 이미 내 마음에서 지워진 지 오래야. 너도 그 손에서 검을 놓았으면 더는 화산파의 일에는 상관 말아."

"저는 검을 놓지 않았어요."

"뭐?"

"화산을 내려와 돈에 웃음을 파는 싸구려 장사치가 되었어도, 마음에서 검을 놓았던 적은 한 번도 없어요. 제가 화산파의 제자란 사실 또한 한순간도 잊지 않았고요. 사형도 마찬가지 아닌가요? 비록 손에선 검을 놓았지만 그 마음은 여전히 검에 매여서 아무것도 담지 못하고 있잖아요."

"닥쳐! 네까짓 게 뭘 안다고 함부로 나불거려!"

"그래요. 저는 사형에게 무슨 일이 있었는지 알지 못해요. 무슨 일이 있어 그토록 당당하던 사형이 이처럼 못나게 변했는지 짐작도 할 수 없어요. 하지만 지금 사형의 머릿속이 다른 어떤 것도 생각할 수 없을 만큼 온통 검으로 가득 차 있다는 것 정도는 알아요."

도진의 살벌한 눈빛에도 취옥선은 거침없이 자신의 할 말을 마쳤다. 그 당당함에 당황한 것은 오히려 도진이었다. 흔들림 없이 마주해 오는 취옥선의 눈빛은 그러면서도 자애로워서 마치 어린 아들을 혼내는 어머니의 그것과 닮아 있었다.

괜스레 맥이 빠지는 도진이다.

그 때문인지 대꾸하는 도진의 목소리는 한풀 꺾여 있었다.

"네 말대로 내 머릿속은 검으로 가득 차 있다. 검에 매여서 이 마음에 아무것도 담지 못하고 있는 것도 사실이지. 하지만 그건 화산의 검이 아냐."

"화산의 검이 아니라면요? 그럼 지금 사형이 보고 있는 것은 뭐죠?"

"몰라. 대체 내가 뭘 보고 있는 건지, 그것이 과연 무언지…… 지난 10년, 내 혼을 집어삼켜 버린 그것이 과연 실재하는지조차도 이제는 혼란스럽기만 하니까. 그날…… 그 재수 없는 자식의 검이…… 그 기억이 모조리 꿈만 같으니까…….”

마지막 읊조림은 취옥선에게 하는 말이 아니었다. 스스로에게 던져보는 의미 없는 질문이었다.

“어쨌든…….”

도진이 이내 말문을 돌렸다.

“내게 있어 화산의 검도 의미가 없는데 장문 제자 따위가 무슨 상관이겠어? 내가 화산의 제자란 것마저도 잊은 지 오래인데. 나는 이미 너의 사형도 뭣도 아냐. 그냥 쓰레기지. 그냥 쓰레기니까 내 일에는 참견 말아. 번번이 여기로 옮겨다 놓는 수고도 하지 말고. 밖에서 자든 추위에 얼어 죽든, 네가 상관할 바가 아냐.”

도진은 더는 말을 섞고 싶고 싶지 않다는 듯 손을 휘휘 내젓고는 멈췄던 걸음을 옮겼다.

그런 그를 취옥선이 다시 붙잡았다.

“어젯밤 사형을 여기로 옮긴 것은 제가 아니에요.”

도진이 의아히 취옥선을 돌아보았다.

“네가 옮긴 것이 아니라면?”

“그렇지 않아도 사형께 물어보려 하던 참이에요. 혹시 소천풍이란 사람을 아세요? 과거에 사형과 만난 적이 있다 하시던데…….”

혹시라도 천풍에 대한 약간의 단서라도 알 수 있을까 해서 던진 질문이었을 뿐, 큰 기대는 하지 않았다. 한데, 도진의 반응은 그녀의 생각과는 판이하게 달랐다.

"지금…… 누구라 했어?"

마치 벼락이라도 맞은 듯한 얼굴이다.

천지가 개벽한다 해도 눈 하나 깜빡하지 않을 것 같던 도진이, 소천풍이란 이름 석 자에 이렇게도 격한 반응을 보일 줄은 전혀 생각지 못했던 터라 순간 할 말을 잃은 취옥선이다.

"지금 소천풍이라 했어?"

취옥선에게서 대답이 없자 도진이 조급히 물었다.

"네가 그 자식의 이름을 어떻게 알아?"

세 개의 질문이 연속해서 이어지고 나서야 겨우 취옥선의 입이 열렸다.

"그야 사형을 이 방으로 옮겨준 사람이 그 사람이니까요."

"뭐? 그럼 그 자식이 지금 이곳에 있단 말이냐?"

"어제 저녁 백학전에 방을 내어드리긴 했어요."

"어디야? 어디 있어? 백학전 어느 방이야?"

"백련실이에요. 하지만 날이 밝는 대로 떠날 거라 했으니 지금쯤이면 이미 출발을 하셨을지도 몰라요. 한데, 대체 그 사람과는 어떻게 아는 사이신데……."

취옥선의 말은 끝까지 이어지지 못했다.

쾅

그녀의 말이 끝나기도 전에 도진이 문을 박차고 달려 나가 버렸기 때문이다.

'그 자식이 이곳에 있다고?'

황산사에서의 비무 후, 천풍의 검이 그의 영혼에 깊이 각인되어 버린 것을 깨달았을 때, 그가 바란 것은 오직 하나였다.

다시 한 번…… 다시 한 번만 더 그 재수 없는 자식의 검을 보고 싶다.

그 하나를 위해 황산사도 가보았고 영은사도 가보았다.

하지만 그 모든 수고는 허탕으로 끝나고 말았다. 그리고 때를 같이하여 그의 방황도 시작된 것이었다.

한데, 이곳에 있다 한다. 그토록 만나고 싶었던 천풍이 바로 옆에 있다 한다.

얼마나 간절히 바라왔던 순간이던가.

생각만으로도 심장이 미친 듯이 뛰었다.

이미 떠나 버렸을지도 모른다고 했다.

그가 떠나기 전에 기필코 만나야 했다.

지금 도진의 머릿속은 천풍을 만나야 한다는 일념으로 가득 차 있었다.

그로 인해 그를 뒤따르는 취옥선의 존재도, 아침 식사를 위해 삼삼오오 모여 있던 낯익은 얼굴들의 형식적이면서도 가식적인 인사도 눈에 들어오지 않았다. 그중에는 지난밤 천풍이 만났던 오대세가의 자제들과 형산의 위서량도 있었다. 여느 때와 다른 도진의 다급한 걸음새와 절박한 표정에 하나같이 의아해한다.

그런 가운데 도진이 백련실에 도착했다.

인기척이 있었다.

잠깐의 머뭇거림…… 하지만 그의 손은 이내 백련실의 문고리를 움켜쥐었다.

그리고 주저 없이 문을 열어젖혔다.

먼저 낯선 두 명의 소년이 보였다.

그리고 역시 낯선 사내가 보였다.

낯선 사내…… 하지만 또한 낯설지가 않은 사내…….

'그 자식이다!'

비록 많은 세월이 흘렀고 그런 만큼 기억 속의 소년과는 많이 달려져 있었지만, 저 멍청한 얼굴을 어떻게 잊을 수 있겠는가.

지난 10년의 방황, 그 깊은 절망의 끝에 드디어 만났다.

이 순간 도진이 할 일은 하나뿐이었다.

지난 10년, 오매불망 바라왔던 일…….

"화산파 제17대 제자 도진, 비무를 청합니다!"

그것은 다시 한 번 천풍의 검을 보는 것이었다.

* * *

백학전 안이 잠시 정적에 휩싸였다.

그리고 이내 파문이 일었고 그 파문은 순식간에 소란으로 바뀌었다.

소란의 대부분은 도진이 비무를 청한 자가 대체 누군가 하는 것이었고, 일부는 도진이 드디어 실성을 한 것이라 그리 생각했다. 물론 도진이 실성을 한 것이라 생각하는 일부란 오대세가 자제들과 형산의 위서량이었다. 적어도 그들은 천풍이 소흥의 일개 무도관인 청무도장에서 왔다는 것 정도는 알고 있었으니까.

"이봐 도진. 장난질도 적당히 하는 게 어떻겠나?"

결국 형산의 위서량이 나섰다.

"내 그동안은 화산의 일에 감히 나설 수 없어 참았네만, 더는 보고도 못 본 척할 수가 없군. 대체 구대문파의 위신을 어디까지 떨어뜨려야 직성이 풀리겠는가?"

대화산파의 장문 제자가 일개 삼류 도장의 관원에게 먼저 비무를 청했다는 것은, 마황성에 쳐들어가 행패를 부린 것과는 차원이 다른 문제였다.

적어도 마황성을 향한 도발은 명분이라도 있었지만, 지금의 행동에는 그 어떤 명분도 찾을 수 없었다. 그저 약자에 대한 괴롭힘, 화풀이 정도로밖에는 설명되지 않는다.

그래서 위서량이 나선 것이다. 약자를 괴롭히는 한심한 불한당을 응징하기 위해, 정의의 사도가 되어 오늘의 주인공이 되기 위해, 과거의 일인자를 발판으로 명실상부 구대문파 최고의 인재임을 인증받기 위해, 무엇보다 열등감으로 응어리진 지난 세월을 말끔히 해원하기 위해서!

그리해 도진에게 다가갔고 도진의 어깨를 움켜쥐었다.

한데,

"치워!"

그런 위서량을 도진이 거칠게 밀쳐 버렸다.

그 힘에 밀려 주루룩 세 걸음이나 뒷걸음쳐야 했다. 순간, 위서량의 얼굴에선 오만함이 사라졌다. 오만함을 대신한 것은 놀람이었다.

그를 밀쳐낸 힘…… 10년 세월을 허투루 흘려보낸 한심한 탕아의 것이 아니었다. 거기에는 생각지도 못한 강함이 있었고 또한 굳건함이 있었다.

'이 자식……!'

놀람은 잠깐이었다. 이어진 것은 창피함이었다.

그가 뒷걸음질을 쳤다는 것, 그것은 그가 도진의 힘에 눌리고 기세에 눌렸다는 뜻이었다. 물론 방심의 탓이 컸지만 그렇다고 해도 모두가 보는 앞이었다.

위서량의 뒷걸음질이 무슨 의미인지 알아차리지 못할 사람들이 아니다.

아니나 다를까 좌중의 시선은 둘로 나뉘어 있었다.

도진에게 한 가닥 숨은 재주가 있다고 판단하고는 새삼스러운 눈으로 도진을 보는 시선과, 반대로 위서량의 실력을 의심하는 시선.

어느 쪽이든 그가 원하는 바는 아니었다.

위서량의 얼굴이 불쾌하게 구겨졌다. 그것은 또한 살의와도 닮아 있었다. 그로 인해 시끌벅적 소란스럽던 좌중의 분위기가 일촉즉발의 긴장으로 바뀌었다.

도진을 향해 당장이라도 검을 뽑을 듯 위협적으로 이빨을 드러낸 위서량과 애당초 위서량의 존재에는 눈길 한 번 주지 않은 채 천풍만을 보고 있는 도진.

천풍은 이 모든 상황이 그저 어리둥절하기만 할 뿐이다.

'대체 이게 다 무슨 일인지…….'

행장을 다 꾸리고 이제 떠나려던 참이었다. 취옥선에게 감사의 인사라도 전하기 위해 문을 나서려던 찰나, 돌연 도진이 나타나서는 대뜸 비무를 청해 온다.

그것만으로도 갑작스럽다 못해 황당할 지경인데 위서량까지 끼어들어 분위기를 흉흉하게 하니 정말이지 난감하고 곤혹스럽기만 했다.

"화산파 제17대 제자 도진, 비무를 청합니다!"

도진이 재차 비무를 청해 왔다.

10년 전 그날과 똑같았다. 그 말과 토시 하나 다르지 않았다.

지금과 같은 상황만 아니라면 잠시 지난 추억에라도 젖었을지도 모른다. 하지만 그러기에는 도진의 지금 행동이 도무지 이해가 되지 않았다. 자신을 향해 던져오는 저 강렬하고 절박한 눈빛도 의아하기만 했다.

그렇게 어찌할 바를 몰라 할 때였다.

"도 소협. 그건 좀 곤란하겠습니다."

그들 사이를 끼어드는 목소리가 있었다.

내공이 실린 것도 아닌데 그 목소리에는 모두의 시선을 잡아끄는 힘이 있었다. 그렇게 모두의 시선이 집중된 가운데 백학전 안으로 들어서고 있는 사내…… 순간, 가장 먼저 반응 한 것은 천풍이었다.

"염 단주님……?"

놀랍게도 그는 이번 무림대회의 주최자이자 염가상단의 단주 염장이었다.

이 자리에 모인 사람들 중 중원 상계의 신성을 몰라볼 만큼 견문이 좁은 자는 없었다.

깊게 가라앉은 정적 속에서 묘한 파문이 일었다.

그 속에서 유유히 계단을 오른 염장이 천풍을 향해 인사를 건네 왔다.

"공자. 그간 안녕하셨습니까?"

"염 단주님께서 여긴 어찌……?"

"그야 공자님을 모시러 왔지요."

"제가 여기 있는 건 어찌 아시고요?"

"그러니까 말입니다. 오시기 전에 미리 기별이라도 주시지 그러셨습니까? 그랬다면 마중이라도 했을 텐데요. 제가 눈과 귀가 어두운 탓에 공자님을 제대로 모시지 못했으니 이 큰 결례에 어찌 용서를 구해야 할지……."

천풍과 인사를 주고받는 염장의 태도는 그야말로 극경이라 할 만큼 지극히 공손했다.

그 같은 염장의 태도는 정적 속에 일고 있는 파문을 더 한층 가중시켰다.

증폭되는 의문들 속에서 가장 혼란스러워하는 것은 뭐니 뭐니 해도 일개 무도관의 문하라 무시했던 오대세가의 자제들과 위서량이었다.

일개 무도관의 문하에게 화산의 장문 제자가 비무를 청하더니, 이젠 염가상단의 단주가 친히 달려와 허리를 굽실거린다. 지금 눈앞에 보이는 현실을 보이는 그대로 받아들이기엔 너무 현실성이 없는 상황들이었다.

"자자. 여기서 이럴 게 아니라 그만 저희 상단으로 가시지요. 공자님을 모시기에 소홀함이 없도록 준비를 해두었습니다."

염장이 천풍을 재촉했다.

그러자 이번엔 도진이 그들을 막아섰다.

"잠깐. 난 아직 답을 듣지 못했습니다!"

도진의 눈은 처음과 그대로 천풍에게 고정되어 있었다.

"답이라…… 비무 말씀이시오?"

이번에도 도진의 대답을 받은 것은 염장이었다.

도진의 눈이 그제야 염장에게로 옮겨졌다.

그로서는 난데없이 끼어든 불청객의 방해가 반가울 리 없었다.

"당신이 관여할 일이 아닙니다!"

가득한 불쾌함이 고스란히 염장을 향했다. 아니, 도진의 눈에선 불쾌함을 넘어 언뜻 살기마저 엿보였다. 그러나 염장은 아랑곳하지 않았다.

"아니지요. 적어도 무림대회가 끝나기 전까지는 강소성에서 일어나는 모든 일은 저희 염가상단의 책임하에 있습니다. 더구나 여기 공자께서는 제가 친히 모신 분이고, 또한 무림대회 최고의 귀빈이신데 어떻게 제가 관여를 하지 않을 수가 있겠습니까?"

입가의 미소도 지우지 않았고 태도도 유들유들했지만, 그 뜻만큼은 단호하기 이를 데 없었다.

도진이 반문했다.

"그래서요?"

염장이 대답했다.

"죄송하지만 두 분의 비무는 불가합니다."

"불가하다?"

"예. 지금은 불가합니다."

"염 단주님은 지금 자신이 얼마나 주제넘은 짓을 하고 있는지 알고 계십니까? 아무리 무림대회를 주최하는 곳이 염가상단이라 해도 무림의 사사로운 은원에까지 관여할 자격은 없습니다!"

살기가 한층 강해졌다.

반대로 염장의 입가 미소도 한층 더 짙어졌다.

"아무래도 제 말씀을 곡해하신 듯하군요. 제가 두 분의 비무를 불가하다 한 것은 두 분의 사사로운 은원에 끼어들려 함이 아닙니다. 단지 두 분의 비무가 무림의 도리에 맞지 않기 때문입니다."

"무림의 도리에 맞지 않다?"

"도 소협이 소림의 방장께 비무를 청한다면 그것이 과연 도리에 맞는 일이겠습니까? 도 소협이 무당의 장문께 비무를 청한다면 무당 장문께선 과연 그 비무를 받아들이겠습니까? 도 소협은 제게 무림의 은원에 관여할 자격이 없다 하셨지만 정말로 자격이 안 되는 것은, 이분 공자께 무례를 범하고 있는 것은 바로 도 소협이라는 말씀입니다."

염장의 말이 끝나자 백학전 안에 일던 파문은 순식간에 거센 파도가 되어 요동쳤다.

일개 화산파의 장문 제자가 비무를 논할 위치가 아니다. 염장은 그리 말하고 있었다. 그 말인즉슨 천풍의 지위가 구대문파의 수장들과 동등하다는 뜻이었다.

이제 갓 약관을 넘겼을 법한 나이에 구대문파의 수장들과 어깨를 나란히 하는 인물이라니? 대체 정체가 뭐란 말인가?

모두의 시선이 염장에게서 천풍에게로, 천풍에게서 다시 도진에게로 모아졌다.

비무를 청한 도진이라면 천풍의 정체를 알고 있을 것이기에 그의 반응부터 살피는 것이었다.

한데, 지금껏 격한 반응을 보이던 도진이 어쩐 일인지 아무런 반박도 하지 않고 있었다.

그도 그럴 것이 적어도 그만은 어렴풋이나마 천풍의 실체를 알고 있었기 때문이다.

오래도록 품어왔던 의문이었다.

천풍이 과연 이름 없는 절의 이름 없는 노승의 제자가 맞는 걸까?

이름 없는 절의 이름 없는 노승의 제자가 과연 그런 검을 펼칠 수 있는 것일까?

자신이 알지 못하는 뭔가 다른 숨은 내력이 있는 것은 아닐까?

금천우의 관심을 받게 된 것도 사실은 그 때문이 아닐까?

그의 마음에서 천풍의 검이 커져갈수록 그와 같이 커져 버린 의문들…… 이젠 확신이 되어 버린 생각들이 염장의 말을 부정하지 못하게 만들었다.

10년의 세월 동안 자신을 옭아맸던 검이 거짓도 환상도 아닌 것처럼, 염장의 말도 결코 허언이 아니다. 그의 혼을 집어삼킨 그 검의 주인이라면 정말로 구대문파 수장들에 버금가는 어마어마한 내력을 숨기고 있었는지도 모른다. 만일 염장의 말이 사실이라면 염장의 말대로 자신에겐 감히 비무를 청할 자격이 없다.

염장의 말이 터무니없는 허풍이기를 이 자리에 있는 그 누구보다도 간절히 바라는 것이 도진이지만, 간절함만으로 염장의 말을 부정하기엔 천풍의 존재가, 천풍의 검이 그에게는 너무 커져 버린 것이다. 그리해 입을 닫고 있을 수밖에 없었다.

그렇게 불신과 충격으로 모두가 입을 닫고 있는 가운데 염장이 다시 천풍을 재촉했다.

"보아하니 이미 떠날 채비는 마치신 듯하니 바로 출발하실까요?"

염장이 천풍을 잡아끌다시피 했다.

그때까지도 갑작스레 벌어지는 상황들에 어찌할 바를 몰라하던 천풍은 별다른 저항 없이 이내 염장을 따랐다. 더 머뭇거리기에는 사람들의 시선도, 분위기도 너무 불편했다. 그래도 역시 도진만큼은 마음에 걸렸다. 급히 내딛는 걸음의 와중에도 어쩔 수 없이 도진을 돌아보게 된다.

사실 도진이 비무를 청해 왔을 때, 당황하기도 했지만 한편으로 설레고 두근거렸었다. 염장이 끼어들어 비무 불가를 말했을 때는 그 역시 아쉽기는 마찬가지였다.

검을 겨뤄보고 싶었다. 자신이 지난 10년 동안 얼마나 강해졌는지 자신에게 첫 패배를 안겨준 도진을 상대로 확인해 보고 싶었다. 지난 10년 동안 도진은 또 어떻게 변했는지 그 또한 궁금했다. 그리고 무엇보다 도진에게 자신의 존재를 알리고 싶었다.

10년 전과는 다르다는 것을, 이젠 그때처럼 무기력하지 않다는 것을.

'나중에 또 기회가 있겠지.'

아쉽지만 지금은 좀 더 조용하고 좀 더 한적한 때를 기약할 수밖에 없었다.

제5장

아니 땐 굴뚝에 연기를 피우다

천극의 서

그렇게 염장을 따라 황학루를 나오고 보니 한 대의 마차가 그들을 기다리고 있었다.

"우와!"

"우와! 우와!"

"우와아아아!"

상무와 사우, 상아가 누가 더 크게 입을 벌리는지 경쟁이라도 하듯 감탄사를 연발한다. 그도 그럴 것이 참으로 휘황찬란하고 으리으리했다. 온통 금빛 수실로 수놓아진 화려한 휘장에다가 넓은 관도가 비좁아 보일 정도로 어마어마한 크기. 게다가 마차를 끄는 말은 무려 여덟 마리나 되었다. 그야말로 황제가 타는 마차가 이렇지 않을까 싶을 정도였다.

돌이켜보면 지난번 청무도장으로 염장이 찾아왔을 때, 그때의 마차는 이처럼 요란스럽지 않았었다.

'평소에 타는 마차는 아니라는 건데…….'

그렇다면 자신들을 위해 일부러 준비했다는 뜻이다.

단지 손님에 대한 예의라고 하기에는 지나치게 호사롭다. 덕분에 이른 아침인데도 구경꾼들이 늘어서서 마차를 보며 신기해하고 있었다. 그들의 시선은 마치 어느 경극단의 요란한 행차를 대한 듯 호기심과 기대감으로 가득했다.

그러한 시선들을 한 몸에 받게 된 천풍이다. 당연히 민망하기도 하고 불편하기도 했다. 그런 한편으로, 자신들을 마중 오면서 이렇게까지 시끌벅적한 광경을 연출한 염장의 의도가 괜스레 불안하기도 했다.

"자자. 어서 오르시지요. 날이 어두워지기 전에 소주에 도착하려면 서둘러야 합니다."

염장의 재촉을 받으며 마차에 올랐다. 한데, 들뜬 얼굴로 천풍을 따라 마차에 오르려던 아이들을 어쩐 일인지 임설아가 막아 세웠다.

"관주님……?"

"언니, 왜 그래?"

임설아가 의아해하는 아이들을 무시하고 염장에게 말했다.

"저희는 같이 가지 않겠습니다."

"왜 그러시는지……? 제가 혹시 무슨 실례라도……?"

"아니에요. 단지 단주님의 환대를 받을 이유가 없기 때문이에요. 이분 공자님과는 그저 길이 같아 잠시 동행했을 뿐, 일행이 아니니까요."

임설아의 눈이 천풍을 향했다.

"그렇지 않은가요?"

임설아의 예상치 못한 행동에 적잖이 당황하던 천풍은 그제야 지난밤 그녀와 나누었던 대화를 떠올렸다.

그녀는 그에게 청무도장의 사람이냐고 물었고 그는 아니라고 대답했었다. 그 후 그녀가 보여주었던, 뭔가 결심이 선 듯한 눈빛의 의미가 바로 이것이었던 것 같았다.

"허나……."

지난 수개월 동고동락하며 지내온 사인데, 그 인연을 이렇듯 갑자기 무 자르듯 잘라 버릴 수는 없는 일이었다.

"굳이 그렇게까지 따질 필요야 없지 않겠습니까? 염 단주님께서도 이런 일로 문제 삼지는 않으실 터인데……."

천풍이 동조를 구하듯 염장을 바라자 염장이 흔쾌히 고개를 끄덕였다.

"물론입니다. 조금도 부담을 가지실 필요가 없습니다."

"참 쉽게들 말씀하시네요."

"그게 무슨……?"

"당연히 공자님의 얼굴을 봐서라도 염 단주님께서 저희를 소홀히 하시지는 않겠죠. 그리고 저희는 여기 황학루에서 받았던 것처럼 저희가 꿈도 꾸지 못할 과분한 대접을 받게 될 테고요. 어쩌면 공자님 덕분에 청무도장이 무림대회에서 무림인들의 관심을 한 몸에 받게 될지도 모르죠. 하지만 그 후에는요?"

"……."

"무림인들의 관심을 받게 된다는 것은 분명 흥분되는 일이지만 한편으로는 그만큼 위험에 노출된다는 의미기도 하죠. 원치 않은 은원도 생기고 예기치 못한 사고도 생기겠죠. 그때 공자님께선 이미 떠나고 안 계시다면요? 보셨다시피 저는 일개 이름 없는 산적조차도 감당을 못할 만큼 힘이 없는데, 그땐 누가 청무도장을 지켜주죠?"

조금은 격앙된 말투로 따져 묻듯 하던 임설아가 잠시 숨을 고른 후 말투를 차분히 하며 말을 이었다.

"공자님은 저희에겐 몸에 맞지 않는 옷이에요. 몸에 맞지 않게 크고 화려한 옷이죠. 때문에 흙탕물이 튀지 않을까 노심초사해야 하고, 혹여 돌부리에라도 걸려 넘어지지 않을까 매사에 조심해야 해요.

안타깝게도 저희 청무도장에는 튀는 흙탕물을 피할 능력도, 넘어지는 걸 막을 재주도 없어요. 그러니 염가상단에 괜한 민폐를 끼치기 전에 공자님과는 여기에서 정리를 하는 게, 서로를 위해서도 옳은 일이라 생각되는군요."

천풍은 임설아의 말이 끝나고도 한참을 아무 말도 하지 못했다.

미처 거기까진 생각해 보지 않았다.

무책임한 선의는 악의와 진배없는 것이라 했다. 자신으로 인해 청무도장이 위험에 처할 수도 있다는데 달리 무슨 말을 더하겠는가.

“어차피 한 번 맺은 인연이 고개를 돌린다고 끊어지는 것도 아니고, 청무도장은 항상 그 자리에 있으니 마음만 있다면 언제고 다시 뵐 수 있겠죠. 그러니 지금은 공자님도 공자님의 길을 가도록 하세요. 그동안 청무도장을 위해 힘써주신 일들, 그 은혜 잊지 않을게요. 정말 감사했어요. 그리고 염 단주님의 배려도 마음에 깊이 새겨서 잊지 않겠습니다.”

공손히 허리를 숙여보인 임설아가 할 말을 마쳤다는 듯 황학루의 한편, 그들이 타고 온, 염가상단의 것에 비하면 참으로 초라하고 볼품없는 마차로 향했다.

“뭣들 해? 어서 오지 않고!”

그들의 중간에서 어찌할 바를 몰라 울상만 짓고 있던 아이들이 임설아의 명령에 쭈뼛거리며 마지못해 임설아를 따른다. 상아조차도 대꾸 한마디 하지 못할 정도로 임설아의 태도는 단호했고, 또한 서슬이 퍼렇게 서려 있었다.

너무도 일방적인 이별 통고에 천풍은 그저 멀뚱히 지켜만 보고 있었다. 자신의 존재가 청무도장에 해를 끼칠 수도 있다고 하니 차마 말릴 수도 없고, 그렇다고 이대로 지난 수개월의 정을 매몰차게 끊어 버릴 수도 없는 노릇이었다.

천풍이 도움을 청하는 눈으로 염장을 바라보았다. 하지만,

"저 소저의 말씀이 옳습니다."

염장의 뜻도 임설아와 같았다.

"아주 사소한 은원으로도 생사혈투가 벌어지는 곳이 무림입니다. 수많은 인간 군상들이 모이게 될 무림대회에서, 쓸데없이 사람들의 이목을 끄는 것은 결코 바람직한 일이 아니지요."

'그렇다면 이토록 호화찬란한 마차를 끌고 와서 사람들의 이목을 끄는 염 단주님의 의도는 대체 뭡니까?' 라는 질문이 천풍의 목구멍까지 차올랐지만, 왠지 선뜻 묻기가 어려웠다.

염장이 걱정 말라는 듯 힘주어 말했다.

"저분들이 소주에 머무는 동안 조금의 불편함도 없도록 저희 상단에서 책임을 지고 모시겠습니다."

그 말을 들으니 조금은 안심이 되었다.

그사이 이미 청무도장의 마차는 출발하고 있었다.

마차의 창문으로 아이들의 사슴 같은 애처로운 눈망울들이 스쳐 지나갔다.

이 갑작스러운 이별에 가장 충격을 받은 것은 어쩌면 저 아이들이 아닐까 싶었다. 아이들이란 항상 어른들의 속사정에 희생을 강요당하기 마련이다. 그 역시 그러한 어른들의 속사

정에 가문에서 버려지지 않았던가. 그래서 더 마음이 좋지 못했다.

물론 이걸로 끝일 거라는 생각은 하지 않았다. 어차피 비무대회 날이면 다시 만나게 될 터였다. 그런 기약도 없었다면 아무리 임설아의 서슬이 무섭다고 해도 저 아이들이 저리 고분고분하게 그녀를 따르지는 않았을 것이다. 적어도 그 정도의 정은 쌓였다 생각하는 천풍이다.

"그럼 우리도 출발을 하지요."

염장이 마차에 올랐다. 궁궐 같은 마차 안에 달랑 두 명이 앉아 있으니 유난히 더 넓어 보였다. 지금껏 비좁은 마차에서 아이들과 북적대며 여정을 해온 탓에 뭔가 허전하기도 하고 어색하기도 했다.

문득 임설아의 말이 떠올랐다.

'공자님은 저희에겐 몸에 맞지 않는 옷이에요.'

맞지 않는 옷…… 그에겐 지금 이 마차야말로 맞지 않는 옷이 아닐까 싶었다.

서서히 마차가 움직였다.

창밖으로 구경꾼들의 얼굴이 스쳐 지났다. 워낙에 마차가 크다 보니 구경꾼들의 얼굴 하나하나가 민망할 정도로 지척에 있었다. 그 속에서 잠시 잊고 있던 얼굴 하나가 시야에 선명하게 들어왔다.

취옥선이다.

'그러고 보니 인사도 제대로 하지 못했군.'

눈과 눈이 마주치고 취옥선이 고갯짓으로 먼저 인사를 건네왔다.

반사적으로 천풍도 고개를 숙여보였다. 언뜻 취옥선의 입가에 미소가 그려지는 듯했지만, 그때는 이미 마차가 속도를 내기 시작해서 그것이 정말 미소였는지는 확실치가 않았다.

마음이 허전했다. 조금 전 일행들과 헤어진 후 느꼈던 허전함이 홀로 남겨진 적막함이라면, 지금의 허전함은 차가운 바람이 가슴을 쓸어가는 듯한 쓸쓸함이었다.

천풍의 표정이 좋지 못하자, 이 역시 일행과의 헤어짐 때문이라 여긴 염장이 위로의 말을 건넸다.

"어차피 소주는 그리 크지 않습니다. 공자께서 원하신다면 언제든 만나보실 수 있을 것이니 너무 심려치 마십시오. 게다가 공자께는 앞으로 더 큰 인연들이 준비되어 있으니 작은 인연들에 너무 연연해하는 것도 바람직한 일은 아닙니다. 무림의 인연이란 항시 흘러가는 것이니……."

"더 큰 인연이요?"

염장의 말이 왠지 의미심장해서 반문했다.

"하하. 별다른 뜻이 있어 한 말은 아닙니다. 그저 하늘이 영웅을 낼 때에는 마땅히 큰 인연을 준비해 두기 마련이라는 거지요."

정말 별다른 뜻 없다는 듯 호탕하게 웃으며 넘긴다. 하지만 그마저도 의미심장하게 느껴지는 것은 자신이 너무 예민한 탓일까?

어쨌든 소주를 향한 여정의 마지막은 그렇게 염장과 함께였다.

좁고 불편한 마차에서의 한나절과 크고 아늑한 마차에서의 한나절은 확연히 달랐다.

요란한 진동도 없었고 의자는 푹신했다. 두 발을 뻗어 누워도 될 만큼 공간 또한 넉넉했다. 덕분에 엉덩이도 아프지 않았고 지난밤 부족했던 잠을 편안히 보충할 수도 있었다. 그래서인지 시간도 잘 가서, 어떻게 지나갔는지도 모르게 한나절이 후다닥 흘러가 버렸다.

밖은 어느새 해가 뉘엿뉘엿 넘어가 석양이 짙게 드리워져 있었다.

소주에 도착한 지도 꽤 되었고 '이제 곧 총단에 도착합니다.' 라는 말을 들은 것도 꽤 되었다.

같은 강소성인데도 소주의 밖과 안은 분위기가 또 달랐다.

들뜬 분위기와 한층 더 달아오른 흥분뿐만 아니라, 거기에는 어떤 긴장감이 스멀거리고 있었다.

"무림대회가 단지 축제만은 아니기 때문입니다. 하늘보다 높은 자존심을 가진 것이 무림인입니다. 그런 무림인들이 모이는 곳에서는 경쟁과 분란은 필연적으로 따르게 마련이지요. 그것이 비무를 통한 무공 실력의 겨룸이든 아니면 집단 간의 세력 과시이든 말입니다."

천풍의 생각을 읽은 염장의 설명은 조금 더 이어졌다.

"더구나 이번 무림대회는 암흑기 이후 최대 규모입니다. 그 전에도 몇 차례의 무림대회가 있긴 했지만 그건 어디까지나 각 성 단위의 소규모였지 지금처럼 무림사세가 참여하는, 진정으로 무림대회라 할 만한 것은 아니었습니다. 사실 소림사도 아니고 일개 상단이 개최하는 무림대회가 이토록 큰 규모로 치러진다는 것 자체가 있을 수 없는 일입니다. 천하사절에 대한 무림인들의 관심만으로는 다 설명이 되지 않지요. 한데도 대륙 전역에서 무림인들이 이곳으로 모여들고 있습니다. 왜인 줄 아십니까?"

"천하사절 때문이 아닙니까?"

"물론 천하사절의 명성이 큰 부분을 차지하는 것은 사실입니다. 하지만 그것만이 전부는 아닙니다."

"그것만이 전부가 아니라면요?"

"새로운 질서에 대한 열망!"

"……?"

"무림은 암흑기 동안 참으로 많은 변화를 겪었습니다. 암흑기 이후 수십 년이 더 지난 지금은 훨씬 더 많은 변화가 있었습니다. 한데도 무림의 질서는 구시대의 것 그대로입니다. 무림사세, 구대문파, 오대세가, 호북칠패, 강서팔문…… 이미 그들을 능가하는 신흥세력들이 힘을 키워 웅지를 펼쳤는데도, 기존의 기득권자들이 여전히 무림의 주인 행세를 하는 있는 실정입니다.

오랜 평화로 인해 실력은 있는데 이름을 얻지 못한 자들, 이름은 얻었지만 지금에 만족치 못하고 더 큰 이름을 얻고자 하는 자들, 바로 그들이 새로운 질서를 열망하고 있는 것입니다. 다시 말해 이번 무림대회가 이만큼이나 큰 규모로 치러지게 된 것은, 기나긴 기다림에 터질 듯이 팽창된 그들의 열망과 그 시기가 절묘하게 맞아떨어진 덕분이라는 것이지요."

염장의 일장 연설에 천풍은 그제야 무림대회란 것이 단순히 웃고 즐기는 놀이마당이 아님을 알았다.

'새로운 질서라…….'

열변을 토하는 염장의 말투가 격앙되어서일까? 아니면 그 단어 자체가 가진 어떤 힘 때문일까? 괜히 마음이 뜨거워지는 것을 느끼는 천풍이다.

또다시 그런 천풍의 마음을 읽은 것인지 염장이 흥분을 가라앉힌 목소리로 말을 이었다.

"천하사절은 새로운 질서의 상징과도 같은 존재입니다. 그들의 등장은 정체된 무림에 큰 파문을 일으켰고 큰 바람을 몰고 왔습니다. 천하사절의 비급은 사람들의 잠재된 열망을 대변해 주는 환상이고 희망이 되었지요. 간절한 염원이 있고, 그것을 이끌어줄 사람이 있을 때 변화는 생깁니다.

지금은 그 역할을 천하사절이 하고 있지요. 하지만, 천하사절은 실체가 없습니다. 그리해 명분과 구실은 될 수 있지만 변화의 중심에 서서 변화를 이끌지는 못합니다. 그렇다고 시대의 흐름이 이대로 꺾일 리도 없지요. 난세가 영웅을 나게 하듯이, 분명 사람들의 열망을 짊어지고 새로운 변화를 이끌 새로운 얼굴이 나타날 것입니다. 어쩌면 그 새로운 얼굴의 주인이 공자님일 수도 있고요."

"예? 저요?"

"전에도 말씀드렸다시피 공자님의 상은 대영웅의 상입니다. 이럴 때야말로 웅지를 펴고 신위를 떨치는 것이 대영웅의 운명이지요. 어떻습니까? 이왕 말이 나온 김에 한 번 변화의 중심에 서서 새 역사를 만들어보지 않으시겠습니까?"

염장의 말투는 유혹하는 듯하면서도 농담 같았고, 그러면서도 의미심장해서 도무지 진의를 파악하기가 어려웠다.

잠시 염장을 살피던 천풍은 이내 고개를 내저었다.

"전에 제게 이런 말씀도 하셨죠. 무림인이란 그냥 그렇게 불리는 사람이라고. 단주님이 그렇게 불러줄 테니까 저는 무림인인 거라고. 하지만 저는 아직도 제가 무림인이라는 생각이 들지 않습니다. 무림의 일에 크게 관심도 없고, 무림에서 뭔가를 해보고 싶은 것도 없습니다."

"그럼 이제라도 무림의 일에 관심을 갖고 무림에서 하고 싶은 일을 찾으면 되지 않겠습니까? 명성을 얻어 문파를 세우고 인재를 모아 천하를 도모한다. 사내라면 마땅히 꿈꿔볼 일이 아닙니까? 또한 변화는 거기에서 시작되는 것이고요."

"문파를 세운다구요? 제가요?"

"못할 건 또 뭐겠습니까?"

"단주님은 저를 너무 높게 평가하시는 것 같습니다. 아니면 그저 놀리는 말씀인데 제가 너무 진지하게 받아들이는 것인지……."

"절대 놀리고자 드리는 말씀이 아닙니다."

"그럼 저에 대해서 완전히 착각하고 계신 겁니다. 저는 변화를 이끌 만한 그릇도 되지 못하고 문파를 세울 만한 능력도 없습니다. 애당초 저를 무림인이라 생각하는 사람은 단주님 혼자뿐이지 않습니까?"

"저 혼자만은 아닌 듯 보였습니다만?"

"……?"

"비무를 청했다는 것은, 화산의 도 소협도 공자님을 무림인으로 보고 있다는 것 아니겠습니까?"

"그건…… 그건 그저 그럴 만한 사정이 있어서……."

"그럴 만한 사정이라…… 화산파의 장문 제자가 먼저 비무를 청할 정도라면 보통 사정은 아니겠군요?"

"크게 특별할 것도 없습니다. 그저 과거에 조금 인연이 있었던 것뿐이니……."

시시콜콜 꺼내놓을 이야기는 아니라는 생각에 천풍이 그렇게 얼버무렸고, 염장도 그런 천풍의 뜻을 알고는 더 캐묻지 않고 말문을 돌렸다.

"어쨌거나 공자님이 스스로 아무리 무림인이 아니라고 해도 공자님은 무림인입니다. 화산의 도 소협은 물론이고 그곳에 있던 사람들 모두가 공자님을 무림인이라 할 것입니다. 이왕지사 무림인이 된 것이라면, 그렇다면 보다 큰 꿈을 꾸어도 좋지 않겠습니까? 공자님께서 결심만 하신다면 저희 염가상단은 온 마음과 온 힘을 다해 공자님을 도울 것입니다."

정말이지 이해 못할 일이다. 자신과 염장의 인연이라고 해봐야 어린 시절 얼굴 몇 번 마주친 것이 전부인데, 대체 뭘 믿고 온 마음과 온 힘을 다해 자신을 돕겠다는 것일까?

관상이니 대영웅의 상이니 하는 말을 귀담아들을 만큼 순진하진 않다. 고작 관상 하나를 믿고 경솔히 움직이는 인물이었다면 애당초 큰 상단의 주인이 되지도 못했을 것이다.

그렇다면 염장의 진정한 의도는 대체 뭘까?

염장의 의도는 알 수 없지만 하나 확실한 것은 있었다.

그가 지금까지 보여준 그 모든 호의가 그저 순수한 마음에서 비롯된 것은 아니라는 것.

무언가 자신에게 원하는 것이 있는 것이다.

한낱 무명소졸에 불과한 자신이 거대 상단의 주인에게 과연 무슨 소용이 있을까 싶기도 하지만, 분명 필요에 의한 친절이고 호의였다. 새로운 질서니 변화의 중심이니 하며 열변을 토한 것도 그와 무관하지는 않을 것이다.

생각이 거기에 미치자 마음이 급속히 식었다.

애초에 신뢰를 바탕으로 쌓아온 관계가 아니었기에 배신감이 들지는 않았지만 마음 한편의 서운함과 실망은 어쩔 수 없었다.

자연스레 천풍의 태도는 시큰둥해졌고, 그 후로 몇 마디 말을 더 이어가던 염장도 어색한 공기에 떠밀려 이내 입을 닫았다. 하지만 염장에게선 천풍의 달라진 태도에 대한 걱정이나 자신의 경솔함에 대한 자책은 보이지 않았다. 오히려 그런 천풍의 변화를 재밌어 하는 눈치였다.

쉼 없이 내달리던 마차가 마침내 멈춰선 것은 그로부터 얼마 지나지 않아서였다.

"도착을 한 것 같군요."

먼저 염장이 마차에서 내렸고 그 뒤를 천풍이 따랐다.

역시 좋은 마차는 뭐가 달라도 달랐다.

지금까지 오랜 시간 마차를 타고 나면 땅에 닿는 발의 감각도 이상하고 살짝 어지럼증도 느껴졌었는데, 지금은 신기할 만큼 말짱해서 오히려 그 말짱함이 더 낯설게 느껴질 지경이었다.

"단주님을 뵙습니다!"

마차에서 내려서기가 무섭게 우렁찬 목소리가 귀를 쩌렁쩌렁 울렸다.

천풍이 놀란 눈으로 목소리가 들린 곳을 바라보았다.

먼저 눈에 들어온 것은 그가 살아오면서 한 번도 본 적이 없는 거대한 전각이었다. 지붕 처마는 고개를 한껏 뒤로 젖혀도 그 끝이 까마득할 정도로 높았고, 담벼락은 어디서부터 어디까지가 끝인지도 분간이 되지 않았다. 그 규모만으로도 사람을 압도하기에 충분해서 말로만 듣던 자금성이 이러할까 싶었다.

쩌렁쩌렁 우렁찬 목소리의 주인은 그 아래에 있었다.

두 명의 호위무사들이었다. 각각 허리에 칼을 차고 있었고 눈은 부리부리했으며 깍듯이 머리를 숙인 모습에선 절도가 느껴졌다.

하지만 천풍의 눈은 그들에게 그리 오래 머물지 않았다. 그들의 뒤로 괴상한 것이 그의 관심을 끌었기 때문이다.

처음에는 웬 커다란 공이 굴러오는 줄 알았다.

잠시 후 그것이 사람이란 것을 확인한 후에도 과연 저게 사람이 맞는지 쉽게 의심을 접지 못했다.

걸음새는 뒤뚱뒤뚱하고 걸음걸음마다 쿵쾅쿵쾅 지축을 울린다. 커다란 문이 무척이나 좁게 느껴질 만큼 옆으로 퍼져 있는 사내였다.

"단주님 오셨습니까?"

염장에게로 달려온 사내가 가쁜 숨을 헉헉거리며 인사를 건네 왔다. 그러다 천풍을 발견하고는 만면에 반가운 기색을 띄웠다.

"오! 이분이 바로 그분이십니까? 인사 여쭙겠습니다. 소인 조충이라 합니다. 고명하신 분을 이렇게 뵙게 되어 삼생의 영광입니다!"

거대한 체구만큼이나 목소리도 괄괄했다. 한눈에도 사람이 호인임을 알 수 있었다.

'조충이라면…… 염가상단의 부단주인가?'

언젠가 염가상단의 인명부에서 그 이름을 본 기억이 있었다.

"공자님이 기거하실 곳은?"

"헌원전(憲遠殿)에 마련을 했습니다."

"한 치의 소홀함도 없이 준비를 했겠지?"

"제가 만사 다 제쳐두고 하루 종일 거기에 매달렸는데 이르다 뿐이겠습니까. 공자님이 기거하시기에 조금의 불편함도 없을 것입니다."

조충이 자신 있게 가슴을 탕탕 쳤다.

만족스레 고개를 끄덕인 염장이 그제야 천풍을 안으로 이끌었다.

"그럼 들어가실까요?"

천풍은 그렇게 염가상단의 문을 넘었다.

마음은 복잡했다.

염장의 숨겨진 의도에 대한 경계도 있었고 홀로 남겨진 쓸쓸함도 여전했다. 그리고 어떤 막연하고도 실체 없는 불안감도 있었다. 그럼에도 그의 걸음에 주저함이 없는 것은 앞으로 있을 무림대회에 대한 기대와 무림이라는 미지의 세계에 대한 설렘 때문이었다.

*　*　*

그렇게 기대와 설렘으로 염가상단을 들어서는 천풍과는 반대로 천풍을 안내해 준 조충은 접대용 웃음 뒤로 실망감을 잔뜩 감추고 있었다.

"저자가 정말 천하사절의 전인인지 전인쯤 되는 자인지가 맞긴 맞는 거요?"

천풍을 헌원전에 데려다주고 나오는 길이었다.

조충의 호언장담만큼이나 헌원전은 정갈하게 잘 정리되어 있었고, 천풍도 상당히 만족해하는 눈치였다. 그래서 드물게도 이 못미더운 아우에게 칭찬이라도 해주려는데, 어쩐 일인지 불신 가득한 얼굴로 그렇게 물어왔다.

"왜?"

"천하사절의 전인쯤 되는 자라면 뭐가 달라도 달라보여야 할 텐데 아무리 봐도 그리 대단한 인물로는 보이지 않아서 하는 말이오."

"그러니까 대단한 거지. 평범하지 않은 자가 평범하게 보이니 말이다. 내 일전에 말했지 않느냐? 단전이 파괴된 불구의 몸이거나 아니면 반박귀진이거나 둘 중 하나일 거라고. 네 눈에는 저분이 단전이 파괴된 불구의 몸으로 보이더냐?"

"그럼 형님 말씀은 정말 저자가 반박귀진의 경지에라도 올랐다는 거요? 그거 정말 진심으로 하시는 말씀이오?"

"왜? 아니란 법도 없지 않느냐?"

"허! 형님은 반박귀진이 대체 어떤 건지 알고나 계시는 거요? 나도 무림에 대해서는 무지렁이에 진배없지만 그래도 반박귀진이 오기조원보다도, 삼화취정보다도 훨씬 더 높은 경지란 것쯤은 알고 있소. 무림사를 통틀어도 그 같은 경지에 오른 자가 손가락에 꼽힌다는 것쯤은 알고 있단 말이오.

한데, 이제 고작 약관이나 되었을 법한 어린놈이 이미 희대의 무림고수가 되었다는 게 말이나 되는 거요? 형님이 하시는 말씀이라면 하늘에 달이 둘이라 해도 믿는 나지만 이번만큼은 정말 믿지 못하겠소. 아까 그 붓 못 보셨소? 고작 붓 따위를 그토록 고급스런 붓통에 담아서 애지중지하는 자가 어딜 봐서 무림고수란 말이오? 무림고수는커녕 영락없는 서생 나부랭이더구만."

"서생 나부랭이에게 화산파의 장문 제자가 비무를 청하지는 않지."

"그건 또 무슨 말씀이시오? 화산파의 장문 제자가 비무를 청했다니?"

"말 그대로야. 내가 황학루에 도착했을 때, 화산파 장문 제자 도진이 그분께 비무를 청하고 있었다. 그분이 한낱 서생 나부랭이였다면 도진이, 아무리 화산의 골칫거리로 전락을 했다 하더라도 그래도 명색이 화산의 장문 제자가 비무를 청했겠느냐?"

"그래서 어떻게 되었소?"

"어떻게 되긴 뭘 어떻게 돼. 그 전에 내가 말렸지."

"그걸 왜 말려요? 천하사절의 전인인지 전인쯤인지의 실력을 직접 확인할 수 있는 기회였는데?"

"이런 멍청한! 내가 몇 번이나 말을 해야 돼? 사람이 말을 하면 그냥 귀에만 담아두지 말고 이해를 하란 말이다! 이해를! 소문이란 실체가 없을수록 커지는 법이다. 천하사절이 이만큼이나 큰 반향을 일으킬 수 있었던 것도 바로 그 실체란 것이 없었기 때문이야. 즉, 천하사절에 관한 것은 숨기면 숨길수록 세상의 관심은 더더욱 천하사절에 집중될 것이란 말이야.

아직은 부족해. 더 커져야 돼. 세상의 관심이 더욱더 천하사절에 모아져야 돼. 세상의 관심이 더할 수 없을 만큼 천하사절에 모아질 때까지는 그분의 존재가 세상에 드러나서는 안 돼. 그리고 세상의 관심이 더할 수 없이 천하사절에 모아졌을 때, 그때 필요한 것은 최고의 무대와 최고의 상대지 고작 타락할 대로 타락한 화산파 장문 제자 따위가 아니란 말이다! 내 말 무슨 말인지 알겠어? 이제 좀 이해가 가?"

이해는 갔다. 하지만 이름을 높이든 실체를 숨기든 간에, 중요한 것은 천풍이 과연 최고의 무대와 최고의 상대에게 걸맞은 인물이냐 하는 거였다.

화산파 장문 제자가 비무를 청했다면 분명 단순한 서생 나부랭이는 아닐지도 모른다. 하지만 역시나 염장이 생각하는 정도의 고수라고는 도무지 받아들여지지가 않았다.

여전히 불안을 지우지 못하는 조충이지만 천풍에 대한 불신보다는 염장에 대한 믿음이 더 큰데다, 괜히 토를 달아봐야 핀잔만 받게 된다는 것을 알기에 더는 따지지 않았다.

"그건 그렇고, 비급의 주인들은?"

"아직 단 한 명도 오지 않았소. 이러다 무림대회 당일이 되어서도 아무도 오지 않는 거나 아닌지 모르겠소."

"그럴 일은 없을 게다. 무엇보다 천하사절에 대한, 그 전인에 대한 호기심은 그들이 가장 강할 테니까. 천하사절의 전인을 어떻게 대해야 할지 사실 지금 가장 혼란스러운 것은 그들일 거야.

천하사절의 전인을 인정해 버리자니 고작 비급이나 얻어 거들먹거리는 자신들이 너무 초라해지고, 그렇다고 무작정 부정해 버리자니 마음의 스승이자 은인인 천하사절에 대한 도리가 아니고…… 그래서 잠시 돌아가는 상황을 살피고 있는 중이겠지. 어쩌면 대책을 논의하기 위해 따로 약속을 잡고 어딘가에서 머리를 맞대고 있는지도 모르지."

"물과 기름처럼 한데 섞이지 못하던 비급의 주인들인데, 그런 그들이 한자리에 모여서 머리를 맞대고 있을지도 모른다구요? 허! 그런 일이 가능하기나 하겠수?"

"오월동주라는 말이 괜히 생겨났겠느냐? 위기에 내몰리면 물과 기름 아니라 고양이와 쥐도 손을 맞잡을 수 있는 게 세상

이치다. 고양이와 쥐가 손을 맞잡고 개를 물어뜯을 수도 있는 게 세상이다. 그들이 머리를 맞대고 생각하는 것이 설혹 역적 모의라고 해도 하등 이상할 것이 없다는 말이다."

"허면, 천하사절의 전인에게 칼을 들이댈 수도 있다는 말씀이오?"

"그럴 수도 있지."

"그럼 큰일이 아닙니까?"

"어차피 말 몇 마디로 마음을 얻을 수 있는 자들이 아냐. 힘으로 눌러야 돼. 힘으로 눌러서 굴복을 시켜야 돼. 그것 말고는 방법이 없어. 그리고 그게 그분이 해야 할 첫 번째 과제인 거고."

"그러다 잘못되기라도 하면요?"

"그럼 그걸로 끝인 거지. 앞으로 자신의 수족이 될 자들조차 감당하지 못한다면 세상을 영도할 대문파의 주인 자리는 애당초 무리인 거고, 그런 자를 택한 나는 천하에 다시없을 멍청이가 되는 거지. 물론 그럴 일은 절대 없을 테지만 말이야. 그건 그렇고 다른 소식은?"

염장의 질문에 조충의 얼굴이 그렇잖아도 할 말이 있었다는 듯 지금까지와는 달리 사뭇 진지한 어투로 되물었다.

"혹시 소식 들으셨소?"

염장이 의아히 물었다.

"소식?"

"무림대회에 참석하고자 마황성에서 온 자가 부성주 광마(狂魔) 벽조운(壁朝雲)이라 하오."

조충의 말에 염장이 눈을 휘둥그레 떴다.

"뭐? 광마가?"

"비단 마황성뿐만이 아니요. 검문에서는 패천일검의 대제자 검치랑군(劍峙郎君)이 올 거라 하고 봉문을 선언했던 무당파마저도 이번 무림대회를 계기로 문을 열었다 합디다."

들을수록 거짓말만 같은 말이었다.

광마에 검치랑군에 무당파라니? 그 어느 것도 이번 무림대회와는 어울리지 않는 이름들이었다. 물론 염장의 가슴에 품은 포부는 그에 못지않았다. 하지만 시작부터 그 큰 이름들을 듣게 될 거라고는 전혀 생각지 못한 일이었다. 까놓고 말해서 고작 상인 나부랭이가 개최하는 그저 그렇고 그런 무림대회가 아니던가. 적어도 무림사세의 눈에는 그렇게 비춰지는 게 정상이었다.

한데, 그저 그렇고 그런 대회에 마황성의 부성주는 물론이고 검문의 차기 주인까지 움직였다 한다. 수십 년 동안 문을 단단히 걸어 잠그고 있던 무당파가 문을 열었다 한다. 이 거짓말 같은 소식을 어찌 믿을 수 있겠는가.

"지금 나랑 농담 따먹기 하자는 거지?"

"지금 이게 농담 따먹기나 할 사안이오?"

"허나, 말이 안 되잖아 말이. 이게 말이 된다고 생각해?"

"나도 말이 안 된다고 생각은 했지만, 산이 놈의 말을 들어 보니 어쩌면 말이 될 수도 있겠다 싶더이다."

"산이 놈이 무슨 말을 했는데?"

"산이 놈이 가져온 정보라 정확하지는 않지만……."

"그러니까 무슨 정보냐고!"

왠지 어울리지 않게 뜸을 길게 들이는 것이 심상치 않았다. 그래서 보통 정보는 아닐 거라고 짐작은 하고 있었다. 하지만 한참을 더 애태운 끝에 조충의 입에서 흘러나온 말은 그의 상상을 훨씬 더 뛰어넘는 것이었다.

"도제 백무강이 은거를 깨고 이곳으로 오고 있다는 소식이오."

순간, 벽조운의 이름을 들었을 때와도 비교도 안 될 정도의 놀람이, 아니 경악이 염장의 눈에 새겨졌다.

"지금 누가 온다고?"

"도제 백무강이요."

"누구?"

"도제 백무강."

"누구라고?"

"아, 글쎄. 도제라니까 도제! 도제 백무강 말이오! 귓구멍에 못이라도 박았소?"

물론 귓구멍에 못은 박혀 있지 않았다.

허나, 도제 백무강이라니?

이런 곳에서 아무렇게나 튀어나올 이름이 결코 아니었다.

도제 백무강이 누군가?

이미 20년 전 은거에 들었다고 알려진 전대의 거성이었다.

도문을 만든 도문의 개파조였고 그러한 도문을 100년 남짓한 시간 만에 당당히 무림사세의 하나로 올려놓은 입지전적인 인물이었다.

현 검문주 금천우의 스승이자 전대 검문의 주인인 검황이 스스로 검을 꺾게끔 했던, 천하제일이라는 이름에 가장 근접했던 무인. 그러면서도 출신은 물론이고 정확한 나이조차도 알려진 것이 없는 신비인.

그랬다. 그런 백무강이 20년 만에 세상에 나왔다고 한다. 그것도 고작 상인이 개최하는 그저 그렇고 그런 무림대회를 위해.

귀에 못은커녕, 천 리 밖을 들을 수 있을 만큼 귀가 밝다 한들 이 어찌 온전히 들리겠는가 말이다.

"어디까지나 산이 놈이 가져온 소식이니 온전히 다 믿을 수는 없는 일이지만……."

조산은 조충의 막냇동생이었다.

사람 만나기를 좋아하고 술을 좋아해서 염가상단의 대외 총관직을 맡고 있었고, 그 자리에서 충분한 역량도 발휘하고 있었다. 다만 사람이 가벼운 위인이라 말이나 행동이 신중치 못해 때때로 분란을 야기하기도 했다.

하지만, 그가 아무리 경솔한 위인이라 해도 도제 백무강의 이름을 함부로 입에 담을 정도로 경솔한 위인은 아니었다. 그리고 무엇보다 도제 백무강이라면 광마와 검치랑군, 무당파 등, 일련의 일들이 모두 설명이 되었다.

염장의 표정이 심각하게 일그러지자 조충이 의아히 물었다.

"뭘 그리 심각해하는 거요? 도제에 광마, 검치랑군, 그리고 무당파까지…… 그건 그만큼 무림대회의 위상이 높아진다는 거니 오히려 잘된 일이 아닙니까?"

"멍청한 소리! 도제의 등장으로 인해 모든 관심은 도제에게로 향하게 될 것은 자명한 일이고, 그리되면 천하사절이고 뭐고 간에 죄다 도제의 들러리밖에 되지 않을 텐데 그게 무슨 잘된 일이란 말이냐! 내가 고작 도제의 들러리나 하려고 무림대회에 본단의 사활을 걸었는지 아느냐? 나는 문파를 만들려는 거다. 그것도 무림사세와 어깨를 견줄 만한 문파를 말이야. 그러기 위해서는 도제에게 시선을 빼앗겨서는 안 돼!"

"허나, 무슨 수로 그리 만든단 말씀이오? 형님 말씀대로 도제와 천하사절은 지닌 바 이름의 무게가 다른데……."

그러니까 문제인 것이다.

천하사절이 아무리 당금 무림 최고의 신비인이라 해도 도제와는 비교 자체가 되지 않았다.

염장의 말대로 도제의 이름이 전면에 등장하는 순간 모든 관심은 도제에게로 향할 것이다. 염장의 그릇으로는 그 거대한 흐름을 막을 방도가 없다. 자칫하면, 무림대회마저 스스로 통제할 수 없는 지경이 되어 버릴지도 몰랐다.

계획의 변경이 불가피했다.

"선수를 쳐야겠다."

"선수라뇨?"

"도제의 이름이 전면에 등장하기 전에 우선 천하사절의 이름을 보다 확실히 각인시켜야겠어."

"어떻게 말씀이오?"

"소문을 퍼트려야지."

"……?"

"천하사절의 전인이 약관의 청년이라더라. 송옥이나 반안에 견줄 만한 절세의 미남자에 천신의 기품마저 지녔다더라. 지닌 신공절학 또한 현세의 것이 아닐 만큼 너무도 대단해서 화산파의 장문 제자가 그 앞에 머리를 조아리고 배움을 청했다더라."

염장의 말에 조충이 눈살을 찌푸렸다.

"뭐요, 그게? 절세의 미남자는 또 뭐고? 그거 다 구라잖소?"

"소문이란 게 원래 과장되기 마련이니까."

"이건 과장 정도가 아니잖소? 게다가 그 거짓 소문에 화산파 장문 제자까지 끌어들여서 어쩌려고요? 그러다 화산파의 진노라도 사게 되면……."

"어차피 소문이야. 한낱 뜬금없는 소문 따위에 대화산파가 콧방귀라도 뀔 것 같아?"

"뭐, 그건 그렇다 칩시다. 한데, 그게 다 무슨 소용이요? 고작 그 정도로는 도제의 위명을 따르기에는 어림 반 푼어치도 없을 텐데?"

"절세의 미남자니 신공절학이니 하는 것은 어디까지나 밑밥일 뿐이야. 그 위에 하나를 더 얹어야지."

"……?"

"도제와 천하사절의 논검비무!"

"……?"

"이왕이면 '도제가 20년의 은거를 깨고 세상에 나온 것은 천하사절과의 논검비무를 위해서다.' 정도면 좋겠군."

"지금 제정신이유?"

조충은 듣자듣자 하니 가관이구만 하는 얼굴이었다.

염장이 재미있다는 듯 씨익 웃었다.

"제정신이 아니면?"

"미쳤거나 미치고 싶거나, 아니면 죽으려고 환장했거나. 도제 백무강을 두고 장난질하겠다는 게 온전한 정신으로 할 수 있는 일은 아니잖소?"

"뭐 어때? 어차피 소문인데. 말했잖아. 한낱 소문 따위에 흔들릴 위인들이 아니라고. 화산파든 도제든 말이야."

"그러다 자칫 도제의 심기를 건드리기라도 하면요? 그 뒷일을 감당할 자신이라도 있소?"

"없지."

참 간단하게도 대답한다.

조충이 허탈한 얼굴을 하자 염장이 다시 재미있다는 듯 씨익 웃었다.

"어차피 일은 사람이 꾸미지만 성사는 하늘에 달린 것이고, 세상에 위험하지 않은 일이란 건 없어. 이번 일은 말이야. 충분히 해볼 만한 도박이야. 우리가 퍼트리는 소문은 도제에겐 일고의 가치도 없는 한낱 뜬소문에 불과하지만 세상 사람들에겐 그렇지가 않거든. 천하사절이란 이름을 단숨에 도제와 어깨를 나란히 하게 할 수가 있다는 말이지.

누차 말했지만 중요한 건 사실이 아니야. 사람들에게 얼마만큼의 환상을 심어주느냐, 중요한 건 그거야. 그것이 또한 우리 계획의 성패를 좌우하는 열쇠가 될 거고. 도제와 천하사절, 두 이름이 어우러져서 만들어내는 환상이라면 다소의 위험쯤은 감수할 만한 가치가 있지 않겠어?"

어디까지나 임시방편이었다.

도제의 갑작스러운 등장에 순간의 기지를 발휘한 것에 지나지 않았다.

하지만 막상 말을 해놓고 보니 그리 나쁘지 않았다. 아니, 나쁘지 않은 정도가 아니라 상당히 그럴듯하게 느껴졌다. 심지어 도제와 천하사절의 이름을 들먹일 때는 가슴이 뜨거워지기까지 했다.

'그래. 어차피 무림사세에 견줄 만한 문파를 세우는 일이다. 개파의 증인으로 도제 정도는 되어야 구색이 맞지.'

제 6 장

옥면신룡(玉面神龍)은 누구?

"이보게. 그 얘기 들었나?"

"아, 천하사절의 전인에 관한 것 말인가? 그 양반이 대단하긴 대단한가 보더구만. 화산파의 그 무뢰한 같은 놈마저도 스스로 머리를 조아리고 가르침을 청했다고 하니…… 생긴 것도 완전 미공자라 하던데? 오죽했으면 옥면신룡(玉面神龍)이란 별호까지 붙었겠느냐 말일세."

"아니, 그것 말고 도제 백무강에 관한 것 말이네."

"도제? 도제가 왜?"

"아, 글쎄, 도제 백무강이 은거를 깨고 이곳 소주로 오고 있다지 뭔가."

"뭐? 그게 정말인가? 정말 도제가 무림대회에 온다는 말인가?"

"아니네. 아니야. 무림대회 때문에 오는 것이 아니라더군."

"무림대회 때문이 아니면?"

"천하사절과 논검비무를 하기 위해 오는 거라더군. 은거를 깬 것도 그 때문이라 하고. 아마도 옥면신룡이 그들을 주선이라도 한 모양이야."

"그럼 천하사절의 무공이 도제의 은거를 깨트릴 만큼 그렇게 대단하다는 말인가?"

"이르다 뿐이겠는가. 세상에 뿌려진 천하사절의 비급은 그들의 본래 무공의 백분지 일에도 미치지 못하는 것이라더구만. 천하사절 개개인이 이미 반박귀진의 경지를 넘어섰다는 말도 있다네. 도제에 필적할 만한 고수들이라는 거지."

삼 푼의 진실과 칠 푼의 거짓, 그리고 조작이 더해져 천하사절의 전인에 대한 소문은 단 하루 만에 그렇게 급속도로 번졌다.

사람이 둘만 모이면 온통 천하사절과 도제, 그리고 옥면신룡에 관한 것으로 화제의 꽃을 피웠고, 소문에 소문이 더해져 천하사절은 점차 신격화 되어갔다.

무림대회는, 그리고 소주 전역은 그렇게 뜨겁게 달아올랐지만 정작 화제의 주인공은 그 같은 사정도 모른 채 염가상단에서의 시간을 그저 답답해하고 있었다.

*　　*　　*

"심심하네."

천풍이 그렇게 투덜거린 것은 염가상단에 머문 지 사흘째가 되는 날이었다.

청무도장에서의 생활이 그의 삶에 그만큼 깊이 들어와 버린 탓일까? 혼자라는 것이 전혀 낯선 것이 아닌데도 이상하게 지루했다. 아침을 먹고 방에 드러누워 있자니 왠지 모르게 몸이 찌뿌드드하기도 하고 마음이 산만하기도 했다.

결국 좀이 쑤셔 못 견딜 지경까지 이른 천풍이 자리를 털고 일어났다.

"상아나 보러 갈까?"

이 순간 가장 먼저 떠오르는 것은 역시 청무도장의 식구들이었다.

하지만 막상 염가상단을 나서려고 보니 청무도장의 식구들이 어디에 묵고 있는지 알지 못했다. 염장으로부터 그저 크고 깨끗한 객잔에 짐을 풀게 했다는 말만 들었다.

그리해 천풍은 먼저 염장을 찾아갔다.

"청무도장 분들 말씀이십니까?"

"예. 어디에 있는 어느 객잔인지 알 수 있을까 해서요."

"인근에는 빈 방이 없어서 조금 외곽에다 마련을 해드렸습니다만…… 찾아가 보시게요? 걸어가기에는 거리가 만만치 않은데…… 그러지 말고 마차를 내어드릴 테니 그걸 타고 가시는 게 어떻겠습니까?"

천풍은 마차라는 말에 전날 그 요란뻑적지근했던 팔두마차를 떠올리고는 급히 손사래를 쳤다.

"마차는 됐습니다. 그냥 어디 객잔인지만 알려주십시오. 항주와 더불어서 지상의 천당이라 일컫는 소주인데, 구경삼아 쉬엄쉬엄 다녀오죠 뭐."

"그럼 길 안내를 겸해서 호위라도 데려가시지요?"

천풍은 이번에도 손을 내저었다.

"그렇게까지 폐를 끼치고 싶진 않습니다. 우선 제가 번거롭기도 하구요"

"그래도 천지가 온통 칼을 찬 무림인들인데 만일을 위해서라도 호위는 데려가시는 것이 좋지 않겠습니까?"

사실 염장이 걱정하는 것은 천풍의 안위가 아니었다. 기껏 힘들게 포장해 놓은 옥면신룡이라는 상품에 혹여라도 작은 흠집이라도 날까, 그래서 앞으로의 큰 계획에 어떤 지장이라도 초래하지나 않을까 그것을 저어함이었다. 정말이지 가능만 하다면야 손발을 꽁꽁 묶어서라도 밖으로 내보내고 싶지 않은 것이 그의 솔직한 심정이었다.

그런 염장의 속내를 알길 없는 천풍은 그저 번거로움이 싫어서 연신 손사래를 쳤다.

"단주님의 호의는 감사하지만 정말 혼자가 편합니다."

그 후로도 수차례 더 권유를 해보았지만 천풍의 고집을 꺾기에는 역부족이었다.

그리되고 보니 어쩔 도리가 없었다.

"그럼 말이라도 타고 가시지요? 말씀드렸다시피 걸어서 오갈 만한 거리가 아닙니다."

마차도 싫고 호위도 싫다 하니, 오가는 길에 사람들과의 접촉이라도 최소로 하겠다는 의도였다. 다행히 이번만큼은 천풍도 거절하지 않았다. 그것마저 거절하기에는 염장의 성의를 지나치게 무시하는 것 같기도 했고, 마차와 달리 말이라면 그리 거추장스럽지도 않을 것 같아서였다.

"그럼 잠시 빌리도록 하겠습니다."

그리해 염장으로부터 한 필의 말을 빌리게 되었다.

한데, 염장이 내어온 말은 지금껏 천풍이 한 번도 본 적이 없는 말이었다.

체고는 일반 말보다 한 뼘 정도가 더 높은데, 고개를 빳빳이 세운 채 사람을 내려다보는 그 오만하고 강렬한 눈빛은 그보다도 더 높아 보였다. 말에 대해 무지렁이에 가까운 천풍이지만 그런 그조차도 이 말이 대단한 명마임을 한눈에 알 수 있을 정도였다.

"순수 혈통의 최상급 한혈마입니다."

염장의 목소리에서 자부심이 묻어나왔다.

"한무제 때 수천 마리가 들어왔지만 그중 서극천마(西極天馬)라 불릴 만한 최상급 양마는 고작 스무 필에 불과해고, 그중 대부분도 대륙의 환경에 적응하지 못해 병사하고 말았지요. 제가 알기로 대륙 전역에 퍼져 있는 순수 혈통의 서극천마의 수는, 현재 황실에서 특별히 관리하고 있는 것을 제외하고 열두 필밖에 되지 않는 걸로 알고 있습니다. 이놈이 그중 한 놈이지요."

한혈마가 얼마나 귀하고 좋은 말인지는 천풍도 들어 알고 있었다.

돌을 밟으면 자국이 나고 전견박부(前肩膊部)에서 피와 같은 땀을 흘리며 하루 천 리를 달린다. 한무제가 한혈마를 갖기 위해 서역의 대완국을 정벌한 일화는, 이제 한 잔 술의 안주거리도 되지 않을 만큼 유명한 고사였다.

"이렇게 귀한 말을 제가 어찌……."

"아니지요. 이렇게 귀한 말이니까 공자께서 타셔야지요. 아니, 이참에 아예 공자께서 가지시겠습니까? 사실 뜻하지 않게 기회가 생겨서 욕심을 내긴 했습니다만, 저 같은 장사치에게 한혈마는 가당치도 않은 신물이지요. 타고 다니자니 세상의 웃음거리만 될 테고, 그렇다고 썩혀 두자니 아깝고…… 그렇잖아도 처지 곤란이던 참인데 공자께서 가지시겠다면 기꺼이 드리겠습니다."

갑작스러운 제안에 천풍이 질색을 했다.

"당치도 않습니다. 저 한 몸 건사하기도 힘든데 어찌 이런 귀한 말을 가지겠습니까. 게다가 곧 다시 산으로 돌아가야 할 처지이기도 한데…… 마음은 정말 감사하지만 그냥 오늘 잠깐만 빌리도록 하겠습니다."

"하긴, 이놈 이거 이름값을 하느라 여간 까탈스러운 것이 아니니 공자께 도리어 짐이 될 수도 있겠군요. 말이란 것이 돌보고 관리하는 일이 그리 만만한 것도 아니고. 그럼 더는 권하지 않겠습니다. 허나, 이곳에 머무는 동안만이라도 필요하시다면 괘념치 마시고 언제든지 사용하십시오."

"예. 그리하겠습니다. 한데, 이놈 이름이 뭐죠?"

"적운(赤雲)이라 합니다."

붉은 구름. 핏빛 갈기와 굉장히 잘 어울리는 이름이라 생각하며 천풍은 말 등에 올랐다.

"타실 때 조심하셔야 할 것입니다. 여타의 다른 말을 탈 때와 같이 생각하셨다가는 큰 낭패를 당할지도 모릅니다."

"……?"

"빠릅니다. 아니, 단순히 빠르다는 말로는 다 설명이 안 될 만큼 빠릅니다. 한혈마가 왜 명마인지, 하루에 천 리를 달린다는 말이 어떤 의미인지 한 번 달려보시면 아실 겁니다. 마음먹고 달리면 여기서 황학루까지 불과 두 시진이면 도착할 정도니까요. 물론 고삐를 단단히 잡고 계시지 않으면, 그 의미를 알기도 전에 땅의 단단함을 먼저 아시게 될 테지만 말입니다.

허허허."

염장이 짓궂게 웃었다.

천풍은 새삼 한혈마의 대단함을 느꼈다.

전날, 황학루에서 이곳까지 오는 동안 걸린 시간이 거의 여섯 시진이었다. 아무리 마차였다고 해도 여덟 필의 말도 하나 같이 명마라 하기에 부족치 않았고, 또한 상당히 속도를 냈었다.

'그보다 세 배나 빠르다는 건가?'

언뜻 잘 상상이 되지 않는다. 하지만 염장이 걱정하는 만큼 그렇게 속도를 내고 달릴 일이 있을까 싶었다. 들어보니 청무도장의 식구들이 묵고 있는 객잔은, 걸어서는 제법 먼 거리였지만 쉬엄쉬엄 내달려도 반 시진은 걸리지 않을 거리였다.

어쨌거나 그렇게 염가상단을 나섰다.

한데, 사람들의 시선이 따가웠다.

거리를 오가던 사람들이 저마다 신기해하는 눈으로 천풍을 본다. 아니, 그들의 관심을 한 몸에 받고 있는 것은 적운이었다. 지닌 능력만큼이나 보이는 것도 특출하다 보니 자연스레 사람들의 눈길을 잡아끄는 것이었다.

전혀 반갑지 않았다. 이건 말안장에 앉은 건지 가시방석에 앉은 건지 분간이 안 될 만큼 불편했다. 결국 견디다 못한 천풍은 풍경이나 감상하며 쉬엄쉬엄 가겠다는 처음의 생각을 접었다.

어차피 이렇게 불편해서는 제아무리 아름다운 경치라 해도 제대로 눈에 들어올 것 같지도 않았다. 그래서 그냥 여유부리지 않고 힘껏 달리기로 마음먹었다.

하지만 막상 힘껏 달리기로 작정하고 나니 불쑥 생각 하나가 더 생겼다.

'여기서 황학루까지도 두 시진이면 갈 수 있다 했었는데…….'

불쑥 떠오른 생각은 황학루였다. 정확히는 취옥선의 얼굴이었다.

생각이 취옥선에 미치자 왠지 마음이 바쁘다.

황학루를 생각하자 도진도 떠올랐다.

'그분과도 다시 한 번 만나보고도 싶고…….'

청무도장과 황학루 사이에서 잠깐의 갈등은 있었지만, 거기에 도진까지 더해지자 마음은 급격히 황학루 쪽으로 기울었다.

'하긴, 지금 내가 상아를 만나러 가는 건 그들에게 괜한 폐만 끼치게 되는 것일 수도 있으니…… 게다가, 몸에 맞지 않는 옷이라고도 했었고…….'

물론 핑계에 지나지 않았다. 가족처럼 지낸 사람들보다 한 여인에게로 저울추가 기우는 자신의 이해 못할 마음에 대한 변명이었다.

하지만 어쩌겠는가? 이제 막 첫 연정에 눈을 뜬 사내에겐 항상 가족보다는 그 순간의 마음이 우선인 것을.

그리해 천풍은 말고삐를 돌렸다.

*　　*　　*

그렇게 두 시진을 내달려 도착한 황학루는 여전했다.

조금 고풍스럽고 조금 운치 있는 외관도 그랬고, 안에서 들려오는 무림인들의 호탕한 웃음소리도 그랬다. 그리고 문 앞에서 한 무리의 사람들이 상당히 분에 겨워하며 거칠게 점소이를 닦달해 대고 있는 것도 그랬다.

"뭣이! 들여보내줄 수가 없어? 네놈이 지금 우리가 누군지 몰라서 그러는 것이냐? 아니면, 우리 가문을 우습게보고 무시하는 것이냐?"

"아이구! 그럴 리가 있겠습니까요? 다만 지금 루의 사정이……."

"그러니까 그놈의 사정이란 것을 말해 보란 말이다! 아니면? 정말 우리 가문이 자격이 안 된다 이 뜻이냐? 내 듣기로 전날 백운방의 사람들은 받아줬다 하던데, 같은 강서팔문임에도 우리 가문이 백운방보다 못하다 이 말인 것이냐?"

점소이가 아무리 변명을 하고 달래보아도 사태는 점점 악화일로였다. 이젠 아예 주먹까지 치켜들며 위협을 해댄다.

취옥선이 조금만 더 늦게 나타났다면, 어쩌면 주먹질 아니라 칼부림까지 났을지도 몰랐다.

하지만 취옥선의 등장에도 사태는 별반 나아질 기미가 보이지 않았다.

막무가내도 여간 막무가내가 아니었다. 점소이에게 하듯 사납게 굴지는 않았지만, 취옥선이 아무리 어르고 달래도 조금도 물러날 기미를 보이지 않고 고집을 부려댔다.

그 한심한 작태를 보고 있자니 절로 눈살이 찌푸려졌다. 한번씩 취옥선에게마저 무례한 언사를 서슴지 않을 때는 울컥 화가 치밀기도 했다.

한데, 그런 와중에도 하나 이상한 것은 취옥선의 태도였다. 전날 백운방의 사람들을 대할 때와는 사뭇 달랐다. 여전히 웃음으로 상대를 해주곤 있지만 그 태도만큼은 추호의 양보도 없었다.

'말을 들어보니 같은 강서팔문인 것 같은데…… 같은 강서팔문이라도 그 명성이 백운방에는 미치지 못하는 건가?'

어쨌거나 이대로 실랑이가 끝나기만을 마냥 기다릴 수는 없는 노릇이었다. 언제가 되어야 끝이 날지 기약도 없을 뿐더러, 그들의 무례하고 한심한 작태를 더 지켜보기에는 그의 인내에도 슬슬 한계가 오고 있었다.

그리해 취옥선에게로 다가갔다.

"루주님. 안녕하셨습니까?"

천풍이 인사를 건네자 그제야 천풍을 발견한 취옥선이 놀란 눈을 했다. 그러다 곧 만면에 화색을 띠며 반갑게 맞았다.

"어머? 공자님! 공자님께서 어떻게……?"

"허기도 채울 겸, 그냥 지나던 길에 잠깐 들렀습니다. 제가 괜히 방해가 되는 거나 아닌지 모르겠습니다."

"방해라뇨? 무슨 그런 말씀을…… 공자님처럼 귀하신 분이 황학루를 찾아주시는 건 저희로서는 더할 수 없는 영광인 걸요."

취옥선이 살포시 입가에 미소를 떠올렸다.

이렇게 가까이에서 취옥선의 미소를 대하니 새삼 마음이 설레었다. 코끝을 스쳐가는 난초향도 새삼 좋았다.

'역시 오길 잘했어.'

그렇게 스스로의 결정을 대견해하고 있는데, 취옥선이 적운을 보며 의아히 물었다.

"한데, 이 말은……?"

"염 단주님께서 잠깐 빌려주셨습니다."

"혹시 한혈마가 아닌가요?"

"예. 그렇다더군요."

순간 취옥선의 눈에 놀람이 어렸다.

"아! 정말 한혈마인가요? 말로만 들었지 실제로 한혈마를 보는 건 처음이에요."

놀람의 뒤에는 들뜬 흥분이었다. 목소리마저도 작은 떨림이 있었다.

한혈마가 아무리 귀한 말이라고 해도 단순히 그것 때문에 저런 반응을 보이는 것은 아닌 것 같았다.

'말을 좋아하는 건가?'

저 표정, 저 눈빛으로 짐작컨대 그것도 상당히 좋아하는 것이 틀림없었다.

"나중에 한 번 타보시겠습니까?"

"정말요? 정말 태워주실 수 있나요?"

지금 취옥선은 그야말로 고양이의 눈망울을 하고 있었다. 초롱초롱 빛이 나면서도 왠지 애처롭고 안쓰러운…… 그 눈망울을 마주하고도 거절할 수 있는 남자가 과연 존재하기나 할까 싶었다.

"제 것은 아니지만, 루주님이 원하신다면 기꺼이 빌려드리겠습니다."

천풍이 흔쾌히 수락을 하자 마치 뛸 듯이 좋아하는 취옥선이다.

어쩌면 저 천진난만하고 소녀다운 모습이야말로 황학루라는 두꺼운 껍질 속에 숨겨놓은 그녀의 참모습일지도 모르겠다.

즐거웠다.

지금껏 한 점 흐트러짐도 없이 차분하기만 하던 그녀였기에, 그래서 냉정하게도 느껴졌던 그녀였기에, 그런 모습만 알고 있던 천풍으로서는 한 꺼풀 벗은 듯한 취옥선의 모습이 신선하기도 하고 재밌기도 했다. 또한 그녀와의 거리가 한 발짝 더 가까워진 듯도 느껴졌다.

천풍이 흐뭇한 눈길로 그녀를 보고 있자 취옥선이 움찔하며 얼굴을 홍시처럼 붉혔다.

"이런 참! 여기서 이러고 있을 일이 아닌데…… 죄송해요.

적운이 너무 멋져서 그만 공자님께 결례를 범하고 말았네요. 어서 안으로 드세요. 식사는 바로 준비해 드릴게요."

"예. 한데, 그 전에 이놈을 어찌해야 할지……?"

천풍이 적운을 만지며 곤란해하자 취옥선이 물었다.

"달리 맡기실 곳이 없으신가요?"

"예."

"음…… 이렇게 귀한 말을 다른 손님들 말과 같이 둘 수는 없는 일이고……."

"둘 때만 있다면 어디든 저는 상관이 없습니다만……."

"아니에요. 천마의 후손이라고까지 일컬어지는 천하제일의 명마인데 어떻게 아무데나 둘 수가 있겠어요? 그건 한혈마에 대한 도리가 아니죠. 아니, 그건 죄악이에요. 게다가 귀한 사람은 귀한 대접을 받으면 오만해지지만, 귀한 말은 귀한 대접을 받아야 마땅히 귀한 값어치를 하는 법이에요."

말에 대한 얘기가 나오자 다시금 흥분하는 취옥선이다.

그 모습이 또한 귀엽게만 보이는 것은 이미 눈에 콩깍지가 씌워 버린 탓인지도 몰랐다.

"할 수 없네요. 제 개인 축사를 적운한테 잠시 빌려주는 수밖에. 부족하긴 하지만 거기라면 적운도 크게 불편해하지는 않을 거예요."

고민 끝에 그렇게 결론짓고는 점소이에게 지시를 했다. 그러자 점소이가 눈을 휘둥그레 뜨며 반문했다.

"하지만 거긴 백향(白香)이 있지 않습니까요?"

"잠시 옆 칸에 두는 건데 뭐."

"하오나 지금 백향의 상태가……."

"괜찮아. 별일 없을 테니 그리하도록 해."

대화를 들어보니 백향은 아마도 취옥선의 애마인 듯했다.

황학루의 주인이, 그것도 말에 대한 애정이 무척이나 깊은 취옥선의 애마라면 모르긴 몰라도 대단한 명마일 것이다. 한데, '뭔가 문제가 있는 건가?'

백향의 상태를 들먹이던 점소이의 말이 아니더라도, 취옥선의 표정만으로도 백향에게 뭔가 문제가 있음을 알 수 있었다.

"백향이라는 말이 어디가 안 좋습니까?"

"아, 아니에요. 공자님께서 마음 쓰실 일은……."

천풍의 질문에 웬일인지 당황한 기색이 역력한 취옥선이다. 그러고 보니 얼굴까지 빨갛게 달아올라 있다.

그도 그럴 것이 지금 백향은 때 아닌 발정기가 와 있었다.

대개 말의 짝짓기는 봄에 이루어지는데 올해는 유난히 늦었다. 게다가 사납기도 다른 때 같지 않아서 혹여 어디가 아프기라도 한 건지 걱정이 많던 참이었다.

혹여 욕구불만인가 싶어 내로라하는 명마들과 합사를 시켜보기도 했지만, 그럴 때마다 합사를 시킨 수컷들이 온전하지를 못했다. 발굽에 채이고 이빨에 뜯기고, 심지어 그중 한 마리는 다리가 부러져 아예 못쓰게 된 녀석도 있었다.

점소이가 걱정하는 것도 그 때문이었다. 혹시 백향이 말썽을 부려 적운을 다치게나 하지 않을까 그것을 걱정하는 것이었다.

하지만 괜한 걱정이었다. 황학루의 축사는 그런 것을 걱정할 만큼 그리 부실하지 않았다.

어쨌거나 차마 천풍의 앞에서 발정기란 단어를 입에 담을 수가 없어서, 그렇게 얼버무린 것이었다.

오히려 그래서 더 궁금한 천풍이었지만 거기에 대해 다시 언급하는 건 왠지 실례인 것 같아 더는 캐묻지 않았다.

"어서 안으로 드세요."

취옥선이 그를 재촉했다.

취옥선의 재촉을 받은 천풍이 걸음을 내딛었다.

그 잠시 동안 완전히 소외되어 잊혔던 존재가 다시금 자신의 존재를 알린 것은 바로 그때였다.

"이보시오. 루주! 아직 우리 이야기는 끝나지 않았잖소?"

천풍의 등장 전까지 취옥선과 실랑이를 하던 사내였다.

천풍이 나타나고, 자신들을 대할 때와는 판이하게 다른 취옥선의 태도에 배알이 뒤틀렸지만 참았다. 천풍에게 정신이 팔려서는 자신들을 없는 사람 취급하며 지들끼리 희희낙락할 때도 굴욕감에 치가 떨렸지만 참았다.

참을성이 강해서도, 마음이 바다와 같이 넓어서도 아니었다.

처음은 적운 때문이었다.

첫 등장 때부터 압도당해 버렸다.

취옥선이 한혈마란 이름을 들먹였을 때는 아예 넋을 놓고 적운을 감상하기에 바빴다.

이어진 것은 천풍에 대한 궁금함이었다.

보기에는 별반 대수로울 것이 없어 보였다. 하지만 한혈마를 타고 다니는 자가 별반 대수로울 것이 없는 인물일 리가 없었다. 황학루의 주인이 저토록 살갑게 대하는 인물이라면 더더구나 그랬다.

한순간의 만용으로 목숨을 잃을 수도 있는 것이 무림이다. 때를 가리고 장소를 가리고 사람을 가리지 못하면 멸문지화를 당할 수도 있는 것이 무림이다.

그래서 없는 사람 취급할 때도 없는 사람인 양 쥐 죽은 듯이 있었다.

하지만 그렇다고 자신들에 대한 무시를 그대로 용인한 것은 결코 아니었다. 그저 차순으로 밀린 것을 인정한 것일 뿐이었다.

천풍과의 대화가 일단락되었으면 그 다음은 당연히 자신들과의 이야기를 마무리할 차례였다. 한데, 더는 용건 없다는 듯 천풍을 데리고 들어가 버리려 하지 않는가.

그래서 불러 세웠다.

"황학루가 아무리 대단하다 해도 우리 가문을 어찌 이리도 무시할 수가 있단 말이오!"

목소리에는 분기가 탱천했다.

취옥선이 나직이 한숨을 내쉬고는 차분한 목소리로 말했다.

"무시하는 것이 아닙니다. 지금은 사정이 되지 않는다 누차 말씀드렸지 않나요? 다른 날 다시 찾아주신다면 지금과 같은 무례는 절대로 없을 것이니 오늘은 이만 사정을 봐주세요. 안 되는 일을 붙들고 자꾸만 이리 고집을 부리시면 소녀도, 그리고 저희 황학루도 정말로 곤란하답니다."

말은 차근차근 했고 입가에는 옅은 미소도 있었다. 하지만 단호했고, 또한 그 속에는 서릿발 같은 차가움이 있었다.

그 같은 기세에 눌려 사내가 눈만 깜빡거리고 있자, 취옥선이 더는 귀찮게 하지 말라는 듯 가볍게 허리를 숙여보이고는 이내 천풍을 이끌고 황학루의 문을 넘었다.

"괜찮겠습니까?"

천풍이 취옥선의 손에 이끌려 황학루 안으로 들어서며 걱정스레 물었다.

무림인에게 있어 수치심이란 죽음보다도 더 괴로운 것일 수가 있었다. 그리고 사내는 생김부터가 그리 속이 넓어 보이지 않았다. 굳이 그렇게까지 매몰차게 뿌리칠 필요가 있었나 싶었다.

"괜찮아요. 걱정하지 않으셔도 되요."

취옥선이 괜찮다고 했지만 별로 괜찮아 보이지 않았다.

문 너머에서 느껴지는 살기가 벌써 예사롭지 않았다.

천풍이 걱정을 지우지 못하자 취옥선이 덧붙였다.

“무림사세라면 모를까, 고작 강서팔문이 함부로 패악질을 부릴 만큼 저희 황학루가 허술한 곳은 아니에요. 저들에겐 그럴 만한 용기도 없구요. 저건 위협이 아니라 그냥 투정일 뿐이에요. 게다가, 어쩔 수 없는 건 어쩔 수 없는 거니까요. 지금은 정말 손님을 함부로 받을 형편이 못 되요.”

그러고 보니 무학전 안의 분위기가 전날과는 많이 달랐다.

전날에는 무림인들로 가득 차서 왁자지껄했었는데, 지금은 자리를 차지하고 있는 사람이 그때의 절반도 되지 않았다. 분위기도 사뭇 차분하고 조용한 느낌이었다.

“공자님께서 떠나시고 그날 저녁에 정말로 귀하신 분이 저희 루를 찾아주셨어요. 그분이 기거하시는데 자그마한 불편도 드리면 안 되겠기에, 최대한 사람을 가려서 받는 중이에요.”

“귀하신 분이라 하면 어떤……?”

“그분의 존함을 감히 제 천한 입으로는 담을 수도 없고, 담아서도 안 되는 것이니 공자님께서 이해해주세요.”

에둘러 대답을 피한다.

‘감히 입에도 담을 수 없을 만큼 귀하신 분이라…….’

황제라도 된다면 모를까, 과연 그럴 만한 사람이 존재하기나 할까 싶었다.

“어쨌든 그래서 저들은 안 돼요. 진가장의 오만함과 무례함이야 새삼스러울 것도 없는데, 그런 사람들을 그분 곁에 둘 수는 없는 일이죠.”

순간, 천풍이 놀란 눈을 홉떴다.

"지금…… 진가장이라 했습니까?"

"예. 그런데 왜……?"

천풍의 표정이 심상치 않자 취옥선이 의아한 눈을 했다.

천풍은 망치에 머리라도 한 대 맞은 듯한 느낌이었다.

진가장이라니? 이런 데서 그 이름을 듣게 될 줄은 생각지도 못했다.

"그럼 아까 그 사람의 이름이……?"

"진가장의 장자 진천일(眞天溢)이죠. 아직 서른도 되지 않은 나이에 처첩을 여덟이나 거느리고 있는 천하의 호색한으로도 유명한 사람이죠. 한데, 왜 그러세요? 혹시 아는 분이신가요?"

알다 뿐인가. 비록 나온 배는 다르지만 그와는 한 핏줄을 타고난 형제였다.

참으로 까마득히 잊고 있던 이름이었다. 이름뿐만 아니라 얼굴도 전혀 기억에 없었다.

아니, 잊었다 생각했다.

하지만 남아 있었다. 지금 이 순간, 망각 저편 언저리에서 잊고 있던 지난 기억들이 스멀스멀 기어 나오고 있었다.

그래. 그런 사람이 있었다.

그에겐 형이었지만 형이라 부르는 것을 싫어했던 사람.

자신에겐 천풍이라는 이름이 있었지만 천풍이라 부르기를

싫어했던 사람.

이름 대신,

'병신.'

'쓰레기.'

'종놈의 새끼.'

그렇게 부르기를 좋아했던 사람.

자신의 얼굴에 서슴없이 가래침을 뱉어대던 형.

기억이 났다.

그때 그 얼굴…… 소년에서 이제 장성한 모습이 되었지만. 그래, 그 얼굴이었다.

"공자님……."

천풍의 분위기가 심상치 않자 취옥선이 걱정스레 불렀다.

취옥선의 목소리에 그제야 깊은 상념에서 빠져나온 천풍이 다시금 문 너머로 시선을 던졌다. 문에 가로막혀 보이진 않지만, 바로 거기에 진천일이 있다고 생각하니 마음이 한바탕 회오리를 쳐댄다.

"진가장의 장자와는 어떻게 아시는지……?"

취옥선이 재차 궁금해하며 물었다.

천풍은 고개를 저었다.

"아니, 아닙니다. 모르는 사람입니다."

어차피 그는 버려졌고 또한 잊혔을 것이다.

그 또한 지금까지처럼 잊힌 채로 사는 게 편했다. 이제와 기억을 떠올려 과거에 매달려봐야 속절없는 증오와 부질없는 원망 말고는 얻을 게 없다. 그러니 그냥 이대로 모르는 사람인 채로 두는 게 나았다.

그리 생각을 정리하니 어지럽던 마음이 한결 진정이 되었다.

천풍은 멈췄던 걸음을 다시 옮겼다.

취옥선은 그런 천풍이 못내 이상했지만 더는 캐묻지 않았다. 어차피 사람이란 저마다의 사정을 안고 살아가기 마련인 것이고, 그녀 또한 남들에게 말하지 못하는 사연 하나쯤은 가지고 있으니까.

*　*　*

처음과는 다르게 분위기가 다소 무거웠다.

취옥선이 평소보다 말을 많이 하며 무거워진 분위기를 돌려보려 애쓰고는 있었지만, 그게 잘되지가 않았다. 천풍도 가라앉은 마음을 바꿔보려 억지로 웃어도 보고 그녀의 말에 맞장구도 쳤지만, 생각처럼 자연스럽지가 못해서 오히려 분위기만 더 어색하게 할 뿐이었다.

그렇게 어색함 속에서 도착한 백학전은 어쩐 일인지 텅 비어 있었다.

전날의 기억이 있어서인지 삭막하기도 하고 왠지 을씨년스럽기도 했다.

"아무도 없습니까? 전에 같이 묵고 계셨던 분들은……?"

"그분들은 공자님이 떠나신 직후 바로 뒤따라 루를 나가셨어요. 그 후로는 백학전에 방을 내어드릴 만한 분은 한 분도 오지 않으셨고요. 백학전에 방을 내어드릴 만한 분들은 대개 무림대회에 정식으로 초대를 받으신 분들이라, 굳이 이 먼 곳에 행장을 풀 이유가 없는 것이죠. 더구나 이제 사흘 후면 무림대횐데 사전에 분위기도 익혀야 할 테고요."

그렇게 설명을 한 취옥선이 불쑥 물었다

"혹시 옥면신룡에 대한 소문 들어보셨나요?"

"옥면신룡이요?"

질문은 뜬금없었고 옥면신룡이란 이름은 생소했다.

천풍이 어리둥절한 얼굴을 하자 취옥선이 묘한 눈빛을 건넨다.

"천하사절의 전인인데, 모르시나요? 무림대회에 참석코자 소주에 와 있다 하던데……."

"천하사절의 전인이 비급의 주인들 말고 또 있단 말입니까?"

"비급의 주인들은 그저 비급을 얻은 것일 뿐, 천하사절의 진정한 전인이라고는 할 수 없죠. 항간에 떠도는 말로는 그 비급들은 천하사절이 가진 것의 백분지 일도 되지 않는다고 하니까 말이에요."

"그럼 옥면신룡이란 자는 천하사절의 무공을 모두 물려받았다는 말씀입니까? 듣기로는 천하사절은 하나가 아니라 넷이라 하던데……?"

"물론 천하사절은 하나가 아니에요. 아무리 백년지재라 해도, 한 사람이 네 종의 무공을 익혀 모두 그 같은 경지에 이른다는 것은 현실적으로 불가능한 일이니까 말이에요. 당연히 옥면신룡도 그들 중 하나의 제자겠죠. 검절의 후예일 거라는 소문이 있기는 하지만, 워낙에 신비에 쌓인 인물이다 보니 확실한 것은 아직 아무것도 알려진 것이 없어요."

"한데, 갑자기 왜 옥면신룡에 관한 걸 물으시는지?"

"글쎄요……."

묘한 눈빛만큼이나 묘한 미소를 지어보이는 취옥선이다.

"듣기로는 전설 속 송옥과 반안에 비견되는 미남자라 하더군요. 그래서 옥면신룡이라는 별호가 붙었고요. 거기다 그 무공 실력은 어찌나 대단한지 무림사세의 주인들도 함부로 승부를 장담치 못할 거라더군요. 그런데 이상한 것은, 그렇게 떠도는 소문 중 하나에 도진 사형의 이름이 끼어 있다는 거예요. 도진 사형이 옥면신룡에게 머리를 조아리며 가르침을 청했다는 뭐 그런…… 도진 사형은 그런 일이 없었는데 말이에요. 가르침을 청하기는커녕 옥면신룡의 얼굴조차 모르는데 말이에요. 이상하지 않나요?"

"……."

"세상사라는 것이 아니 땐 굴뚝에도 연기가 나기도 한다지만, 소문이란 것이 때로는 뜬금없이 번지기도 한다지만, 거기에 사형의 이름이 들어간 건 정말 이상한 일이죠. 요 근래, 사형이 사람을 만나 그나마 말이라도 나눈 상대는 공자님뿐인데 말이에요. 비무를 청했다는 것이 가르침을 청했다는 것으로 와전될 수는 있다지만, 그래도 그건 어디까지나 옥면신룡과는 무관한 일인데 말이에요. 그렇지 않은가요?"

천풍은 대답하지 않았다.

취옥선이 정말로 궁금해하는 것은 그것이 아닌 듯 보였다.

'대체 무슨 말이 하고 싶으신 거지?'

오래 고민할 필요는 없었다. 취옥선이 오래 뜸을 들이지 않고 정말 묻고자 하는 것을 물어왔기 때문이다.

"그 옥면신룡이라는 사람…… 혹시 공자님이 아니신가요?"

"예?"

"저는 소문의 옥면신룡이 바로 공자님이라 생각하고 있는데…… 아닌가요?"

제7장

죄인(罪人)과 은인(恩人)은 한끝 차이?

천극의 서

개방이 무림에서 가장 방대한 정보량을 자랑한다면 황학루는 그 특성상 가장 빠른 정보가 모여드는 곳이다.

당연하게도 옥면신룡에 대한 소문 또한 가장 먼저 들어왔고, 그것은 지금의 것과는 조금은 다른, 과장되지도 보태어지지도 않은 원문 그대로의 것이었다.

옥면신룡에 대한 소문을 접한 그녀는 그 소문이 의도된 것이란 것을 바로 알아차렸다. 또한 소문의 진원지가 염가상단이란 것도 알았다.

그 순간 떠오른 것이 다름 아닌 천풍이었다.

무림대회의 금첩도 보았고, 검문주 금천우의 신패도 보았다. 천풍을 대하던 염장의 극진한 태도와 도진의 일도 직접 목격했다. 그런 그녀가 소문을 접한 순간 천풍을 떠올린 것은 어쩌면 당연한 일이었다.

그녀의 양어머니 부용설은 천풍을 가리켜 무림에서 스스로 빛날 수 없는 자라 했다. 하지만 만일 천풍이 옥면신룡이 맞다면, 그가 정말 천하사절의 전인이라면 어쩌면 무림의 신성들 중 가장 크게 빛을 낼 수 있는 사람은 바로 그일지도 몰랐다.

이상하게 기억에 남던 사람이었다. 짧은 순간, 일진풍파가 되어 황학루를 들쑤셔놓고 떠나 버린 그가 자꾸만 생각이 났다. 천풍이 어떤 사람인지 궁금하기도 했다. 그날의 조금은 순진하고 조금은 어수룩한 모습을 떠올릴 때면 절로 웃음이 나기도 했다.

그래서일까? 천풍이 옥면신룡일지도 모른다 생각하니 마치 자신의 일처럼 기대도 되고 설레기도 했다.

그런 한편으로 어쩌면 다시는 만날 일이 없을지도 모른다고 생각하니 서운한 마음도 들었다. 어차피 황학루는 나루터와 같아서 오지 않으면 만날 수가 없는데다 천풍이 다시 황학루를 찾아줄지도 기약할 수 없었으니까.

그런 중에 천풍을 다시 만났다.

그 순간의 반가움은 그녀 스스로도 놀랄 만큼 컸다.

적운을 보며 그토록 흥분했던 것도 천풍의 짐작처럼 말에 대한 애정이 남달라서이기도 했지만, 천풍에 대한 반가움이 그만큼 그녀를 들뜨게 한 때문이기도 했다.

한데,

"뭔가 오해가 있으신 것 같은데…… 저는 옥면신룡이라는 자가 아닙니다."

조금의 머뭇거림도 없이 옥면신룡이 아니라 한다.

"애당초 천하사절에 대해서는 전혀 알지도 못하는데다 그 이름을 들은 것도 고작 반년 정도밖에 되지 않는데 그런 제가 천하사절의 전인이라니, 당치도 않는 일입니다."

"정말인가요?"

"물론입니다. 제가 루주님께 거짓말을 할 이유가 없죠. 게다가 제 얼굴을 송옥이나 반안에 비교한다는 것 자체가 무리가 아니겠습니까?"

"어차피 소문이란 과장되기 마련인 걸요. 더구나 공자님의 외모라면 어딜 가도 빠지는 외모는 아니라고 생각하는데요?"

직업이 직업이다 보니 남을 칭찬하는 데 익숙하기도 했지만, 이는 그녀의 솔직한 심정이기도 했다. 반대로 이런 칭찬에는 전혀 익숙하지 못한 천풍은 그저 민망해서 몸 둘 바를 몰라 했다.

그 모습이 한편으론 귀엽기도 했지만 한편으론 실망도 되었다.

정황으로 보면 분명 옥면신룡에 가장 근접해 있는 사람이었다. 하지만 저 표정이며 말투에선 일말의 거짓이나 가식도 느껴지지 않았다.

'정말 옥면신룡이 아닌 건가?'

바보같이 그저 혼자 착각한 것에 지나지 않았던 것일까?

그때, 천풍이 불쑥 물었다.

"그건 그렇고, 전에 그분도 떠나신 겁니까?"

"전에 그분이라 하시면…… 아, 도진 사형 말씀이신가요?"

"예."

황학루에 온 목적 중 하나가 도진을 만나기 위해서였다.

"혹시 도진 사형의 비무 청을 들어주시려는 건가요?"

취옥선이 눈을 반짝였다.

조금 전의 실망이 다시금 기대로 바뀌었다.

어쩌면 이 눈앞의 사내는 자신이 말한 대로 옥면신룡이 아닐 수도 있었다. 그래서 실망을 한 것도 사실이다. 하지만 정말로 그녀가 알고 싶은 것은 그가 옥면신룡인지 아닌지 그 진위가 아니었다. 그녀가 정말로 알고 싶은 것은 천풍의 진면목이었다.

그가 정말 옥면신룡이 아니라면 그의 무엇을 보고 검문주 금천우가 자신의 신패를 맡긴 것인지, 염장이 어째서 그를 그토록 극진히 대한 것인지, 도진은 또 왜 난데없이 비무를 청했는지…… 저 허술하고 어수룩한 모습 뒤에 도대체 무엇이 감추어져 있는지 그것이 알고 싶었다.

도진은 그녀에게 아무 말도 해주지 않았다.

그래서 천풍과의 관계도, 비무를 청한 이유도 알지 못했다.

그러니 직접 눈으로 확인하는 수밖에 없다.

도진과 천풍의 비무가 이루어진다면, 그래서 그들의 비무를 직접 볼 수 있다면 그보다 더 좋을 수가 없는 것이다.

취옥선이 한껏 기대에 부풀어서 자신을 보자 천풍이 괜스레 민망해져서는 머리를 긁적였다.

"딱히 비무를 해야겠다기보다는…… 그냥 지난번에 제대로 인사도 드리지 못한 듯해서요. 아직 여기에 계십니까?"

"예. 그분은 아직 이곳에 남아 계세요. 단지 지금 당장은 조금 곤란해서……."

그들의 만남이 누구보다도 간절한 그녀였다. 할 수만 있다면 당장이라도 그들의 만남을 주선하고 싶었다. 하지만 지금은 곤란했다.

지금 도진은 뜨거운 열탕에서 자신과의 치열한 싸움을 벌이고 있었다.

천풍과의 만남이 있은 후부터였다.

하루 여덟 시진을 뜨거운 열탕에 틀어박혔다.

수년간 찌든 술독을 빼내기 위함이었다. 무뎌질 대로 무뎌진 감각들을 다시금 살려내려고 그렇게 발버둥을 치고 있었다.

"어쩌면 사형은 공자님을 만나는 것을 그 무엇보다도 중하게 생각할지도 모르지만, 지금 도진 사형이 열탕에서 보내는 시간은 썩은 살을 도려내고 생살을 돋게 하는 아주 중요한 시간이에요. 가능하다면 적어도 그 시간만큼은 방해를 드리고 싶지 않아요. 그래서 말씀인데, 저녁때까지만 기다려주실 수는 없으신가요?"

"저녁까지요?"

"예. 술시(戌時) 이전에는 마치실 거예요."

취옥선의 눈빛이며 말투에서는 간절함이 묻어나왔다.

천풍은 흔쾌히 고개를 끄덕였다.

"그럼, 그렇게 하도록 하겠습니다."

이곳에 온 가장 큰 목적이 도진을 만나는 것이었다. 그리고 무려 10년 만의 해후였다. 고작 반나절을 못 기다려준다면 그것은 도리도 아닐 뿐더러 차후에 큰 아쉬움으로 남을 수도 있었다.

천풍이 흔쾌히 승낙을 하자 살피듯 불안한 눈으로 천풍을 보던 취옥선의 얼굴이 그 순간 환하게 폈다.

"공자님의 배려, 진심으로 감사드려요."

"아닙니다. 어차피 일찍 돌아가 봐야 달리 할 일도 없는데요, 뭐."

"그러고 보면 공자님께는 먼저 감사부터 드려야 했는데 인사가 너무 늦었네요."

"예? 그건 무슨……?"

"사형을 변하게 해주셨잖아요."

"……?"

"사는 것마저도 귀찮아하던 사형을 저렇듯 변화시켜주셨잖아요.”

“아니, 저는 별로 한 게 없는데…….”

“아니에요. 공자님이 아니었다면 사형은 아직도 그 손에 검이 아니라 술병을 쥐고 있었을 거예요. 지난 10년 동안 아무도 잡지 못했던 도진 사형의 마음을 공자님께서 잡아주신 거예요. 화산파가 잃어버렸던 미래를 공자님께서 되찾아주신 거예요. 화산파는 공자님께 억만금으로도 다 갚을 수 없을 만큼 큰 은혜를 입었어요.”

그리 말하고는 천풍을 마주한 채 옷매무새를 단정히 한다.

“큰 은혜를 입었는데 감사를 표하지 않는다면 그건 예의가 아니겠죠. 소녀가 화산을 대신하기에는 턱없이 부족하지만, 화산파의 마음이 소녀의 마음과 조금도 다르지 않을 것이기에 감히 화산을 대표해서 은인께 감사의 절을 올립니다.”

그러더니 그대로 천풍의 앞에 무릎을 꿇고 정말 큰절을 올리는 것이 아닌가.

너무 갑작스러워서 말릴 틈도 없었다.

어떻게 처신을 해야 할지 참으로 난감한 상황이었다.

한데, 황망한 중에도 오랜 기억 하나가 불쑥 떠올랐다.

> “네놈은 네놈이 화산파에 씻을 수 없을 만큼 큰 죄를 지은 죄인이라는 것만 기억하고 있으면 돼.”

금천우가 황산사를 떠나며 했던 말이다.

금천우는 그더러 화산파에 씻을 수 없을 만큼 큰 죄를 지은 죄인이라고 했고, 취옥선은 억만금으로도 다 갚을 수 없을 만큼 큰 은혜를 입은 은인이라고 한다.

'내가 한 일이라고는 그저 비무에 응했던 것뿐인데…….'

그리고 그 비무에서 패한 것뿐인데…….

그 모든 것이 남의 일인 것처럼 어리둥절하기만 한 천풍이다. 그런 한편으로 이런 생각도 들었다.

'다시 한 번 그분과 비무를 하게 되면, 그때는 또 뭐라고들 하실까?'

그것은 의문이기도 하고 기대이기도 했다.

거기에 생각이 미치자 부쩍 조급증이 났다.

어서 도진과 비무를 하고 싶었다.

지난 추억의 향수인지 아니면 어쩔 수 없는 승부욕인지, 어린 시절 첫 비무 때의 설렘이 10년의 시간을 넘어 다시금 그를 두근거리게 했다.

* * *

간단히 요기를 할 참이었다.

그래서 간단하게 주문을 했는데 나온 것은 상다리가 부러질 정도의 진수성찬이었다.

취옥선의 지나친 배려 덕분에 과식을 해 버렸다.

식곤증이 생긴 것은 아니지만 딱히 할 일도 없어 침상에 누웠다.

취옥선은 점소이가 급히 찾자 일찌감치 자리를 떴다. 금방 다시 오겠다고 했지만 쉽사리 몸을 뺄 수가 없는지 반 시진이 넘도록 감감무소식이었다.

그렇게 누워 있자니 생각이 많아졌다. 아니, 여기에 오고 나서 생각할 것들이 부쩍 늘어 버렸다. 그중 가장 큰 비중을 차지하는 것은 불쾌하고 기분 나쁜 진가장과의 조우도, 이름을 감히 함부로 입에도 담을 수 없을 만큼 귀하신 분에 대한 호기심도, 도진과의 가슴 설레는 비무도 아니었다.

'옥면신룡이라 했지?'

옥면신룡이란 이름이었다. 아니, 정확히는 옥면신룡이란 이름이 아니라, 크고 맑은 눈을 반짝이며 옥면신룡에 대해 말을 하던 취옥선의 들뜬 표정이었다. 그리고 그가 옥면신룡이 아니라 했을 때의 실망 가득하던 얼굴이었다.

입맛이 썼다. 얼굴 한 번 본 적이 없는 옥면신룡이라는 자가 괜히 싫었다. 그런 한편으로는, 자신이 정말로 옥면신룡이었으면 좋았겠다 싶을 만큼 옥면신룡이란 자가 부럽기도 했다.

'송옥이나 반안에 비견되는 절세미남자에다가 무공은 또 무림사세의 주인들에 버금간다고 했었나?'

그러고 보니 천하사절의 전인이라고도 했었다.

천하사절이란 이름을 떠올리자 지난번 보았던 절강신룡 위지상과 무명객 이한위의 비무가 생각이 났다. 그와 동시에 그날 가졌던 의문 하나도 같이 생각이 났다.

일류를 이기는 삼류란 소문 그대로 절강신룡 위지상을 꺾어버린 무명객 이한위, 그리고 그가 펼쳤던 자운십이검…… 어째서 그것이 자신이 알고 있는 자운십이검과 그리도 똑같을 수가 있단 말인가?

어찌된 영문인지는 여전히 알 길이 없다.

생각이 거기에 미치자 새삼 천하사절의 비급이란 것이 궁금했다.

비급뿐만 아니라 천하사절에 대해서도, 그리고 그들의 전인이라는 옥면신룡에 대해서도 새삼 호기심이 일었다.

'혹시 염 단주님이라면 옥면신룡에 대해 알고 있지 않을까?'

정말로 무림대회에 참석코자 소주에 와 있다면, 염장이라면 옥면신룡의 소재를 파악하고 있을지도 몰랐다. 어쩌면 염가상단의 그 큰 저택 안 어딘가에 벌써 모셔놓았을 수도 있었다.

'돌아가는 대로 염 단주님께 한 번 여쭤 봐야겠군.'

만일 운이 좋아 만날 기회가 생긴다면 천하사절의 무공을 꼭 한 번 견식 해봐야겠다고 결심했다. 세상에 뿌려진 천하사절의 비급이 정말 지닌 바 무공의 백분지 일도 안 되는 것이라면 다른 무공은 어떤 것들이 있는지, 또 그것들은 자신이 알고 있는 무공들과 어떻게 다른지 그 차이도 비교해 보고 싶었다.

그리 생각하니 괜스레 마음이 바빴다. 마음이 바쁘니 기다림이 멀게만 느껴졌다.

'술시(戌時; 저녁 7시~ 9시)라고 했었지?'

취옥선의 부탁에 별 생각 없이 대답을 하긴 했는데 지금 와서 생각해 보니 너무 늦은 시간이었다. 기다림이 지루한 것도 지루한 거지만 술시나 되어야 도진을 만날 수 있다면, 염가상단까지의 거리를 생각해 볼 때 조금만 지체되어도 여기서 밤을 보내야 하는 사태가 발생할 수도 있었다.

잠깐 다녀오겠다며 나온 걸음이었다. 도중에 행선지까지 바꿨다. 자칫 염장에게 괜한 걱정을 끼칠 수도 있었다. 어쩌면 벌써 그의 행방을 수소문하고 있는지도 몰랐다. 더구나 적운까지 빌려온 처지가 아니던가.

'인편이라도 보내야 하나?'

하지만 천풍의 그런 걱정은 그야말로 기우였다.

그 시각 염장은 너무도 기다렸던 손님의 방문으로 천풍에 대해서도, 적운에 대해서도 전혀 신경 쓸 겨를이 없었던 것이다.

*　　*　　*

쿵쾅쿵쾅!

염장은 저 멀리 툇마루 끝에서부터 들려오는 육중한 발걸음소리에 눈살을 찌푸렸다. 두말할 것도 없이 조충이다. 요즘 들어 부쩍 뜀박질이 잦다. 비무대회가 가까워지고부터는 거의 매일이다시피 했다.

'이번엔 또 무슨 일인지…….'

염장이 대뜸 눈살부터 찌푸린 것은 지금껏 조충이 가져온 소식이란 것들이 대개 문파 간의 분란이나, 그로 인한 중재 요청 같은 골치 아픈 사건들뿐이었기 때문이다. 하나같이 제 잘난 맛에 사는 무림인들이 이 좁은 땅덩어리 안에 모여 있으니, 충돌이 일어나는 거야 당연했지만 그러한 사건사고가 요즘은 정말이지 너무 빈번했다. 그렇다고 뭔가 그럴듯한 이유가 있는 것도 아니었다.

문도들 간에 사소한 말다툼이 칼부림으로 이어지고, 이윽고 문파 간의 분쟁으로 번진다. 대개가 그런 식이다 보니 귀찮다 못해 이젠 지긋지긋할 지경이었다.

하지만 이번에 조충이 가져온 소식은 문파들 간의 지긋지긋한 분쟁에 관한 것이 아니었다. 그것은 무척이나 기다렸던, 반가운 손님의 반가운 방문에 관한 것이었다.

"형님. 천무구룡(天武九龍)이 왔습니다!"

조충이 육중한 몸을 이끌고 쳐들어와 격앙된 목소리로 그렇게 말했다.

천무구룡. 천하사절의 비급을 얻은, 아홉 명의 비급 주인들을 사람들은 그렇게 불렀다.

염장이 급히 물었다.

"천무구룡 중 누가 왔다는 거냐?"

"천무구룡 중 누구 하나가 아니라 천무구룡 전원이 지금 상단의 문 앞에 몰려와 있단 말입니다!"

조충이 한층 심각해진 표정을 하고는 말을 덧붙였다.

"아무래도 조짐이 심상치 않소. 눈빛들이 하나같이 매섭고 살벌한 것이 뭔가 단단히 작심들을 한 모양이더이다."

"작심이라…… 결국 그분에게 칼을 들기로 한 건가? 하긴, 그래야지. 쇠는 모름지기 두드릴수록 단단해지는 법이니까."

염장의 입가에 한 가닥 회심의 미소가 번졌다.

이윽고 염장이 자리를 털고 일어섰다.

* * *

그렇게 천무구룡과 마주한 염장은 그들의 모습에 조금 놀랐다.

생각했던 것과는 사뭇 다른 모습이었다.

일류 고수를 이겼다고는 해도 어차피 삼류였다. 익힌 무공뿐만이 아니라 출신도 그렇고 재능도 그랬다. 그저 운이 좋아 천하사절의 비급을 얻었고 그리해 일약 무림 최고의 신성으로 주목을 받게 되었다지만, 기본 바탕은 숨길 수가 없는 것이다.

그래서 그들의 모습을 상상하기를 하오문의 잡졸들을 떠올렸던 것인데, 지금 그들의 면면은 하오문의 잡졸은커녕 그야말로 무림 고수의 풍모를 보이고 있었다.

'자리가 사람을 만든다는 말이 허튼 소리가 아니었나 보군. 아니면, 천하사절의 비급에 단지 무공 말고도 다른 효용이라도 있는 것인가?'

어쨌거나 그가 세우고자 하는 문파의 얼굴이 되어줘야 할 존재들이 그에 합당한 풍모를 보인다는 것은 즐겁고 또한 유쾌한 일이었다. 인물됨이 수준에 너무 떨어지면 어쩌나 하고 사실 걱정이 컸던 참이기에 적잖이 마음도 놓였다.

"그래. 제게 묻고 싶은 것이 있다구요?"

염장이 기분 좋은 얼굴로 그렇게 물었다.

천무구룡 중 하나가 그 말을 받았다.

"염 단주님께서도 옥면신룡에 관한 소문은 들으셨겠지요?"

추혼검(追魂劍) 장치성(張治星)이라 했다.

천무구룡 중 천하사절의 비급을, 그리고 그 존재를 가장 먼저 세상에 알린 사람이었다. 첫 번째라는 것의 특별함 때문인지 은연중 천무구룡을 대표하는 모양새였다.

"예. 검절의 전인을 말씀하시는 것이라면 저도 알고 있습니다."

"저희의 짐작으로는, 염 단주님이시라면 그자의 행방을 알고 계실 것 같습니다만?"

장치성의 눈빛이 사납다. 장치성뿐만 아니라 천무구룡 모두가 조충이 말한 그대로 매섭고 살벌한 눈빛을 던져오고 있었다.

염장을 보고 있지만 염장을 향한 것은 아니었다. 그것은 옥면신룡을 향한 적의였다. 옥면신룡에 대한 그들의 마음이 어떠한지는 굳이 그러한 눈빛이 아니라 해도, 장치성의 말투만으로 충분히 짐작할 수 있었다.

'그분'이 아니라 '그자'라고 했다. 천하사절의 전인이라 하는데도 최소한의 예의도 갖추지 않는다는 것은 그들의 마음이 그만큼 확고하다는 뜻이다.

"그자는 지금 어디에 있습니까? 혹시 이곳에 있지는 않습니까?"

염장은 숨기지 않았다.

"예. 얼마 전 제가 그분을 이곳으로 모셨습니다. 한데, 옥면신룡을 만나서 어찌하실 생각이십니까?"

"우리는 그저 우리의 뜻을 분명히 하려는 것뿐입니다."

"천무구룡의 뜻이라면 옥면신룡을 절대로 인정하지 않겠다는 것이겠군요?"

"아닙니다."

"아니다?"

염장이 의아한 눈을 했다.

장치성의 대답이 그로서도 의외였기 때문이었다.

"우리의 뜻은 옥면신룡을 인정하지 않겠다는 것이 아닙니다. 그자가 과연 검절의 전인이 맞는지 우리 눈으로 직접 확인하겠다는 것입니다. 그자가 만일 우리 모두를 납득시키지 못한다면 그자가 다시는 천하사절의 이름을 함부로 입에 올리지 못하도록 할 것이지만, 만일 우리 모두를 납득시킨다면……."

"납득시킨다면?"

"사문의 존장에 대한 예와 도를 다할 것입니다. 도절, 창절, 권절의 구분 없이 우리 모두가 그리하기로 뜻을 모았고 피로써 맹약도 했습니다."

염장은 자신이 잘못 판단하고 있었다는 것을 인정했다.

'제 밥그릇 지키기에나 급급해하는 인사들은 아니었다는 거로군.'

역시 자리가 사람을 만드는 것일까? 보이는 풍모만이 아니라 이미 그 그릇도 삼류의 것이 아니다.

이제는 기뻐할 수만은 없었다. 그릇이 크다는 것은 그것을 채울 물도 그만큼 많이 필요하다는 뜻이었다. 그것은 또한 그들 모두를 납득시켜 천하사절의 전인으로 인정받기가 그만큼 어려워졌다는 뜻이기도 했다.

'하긴 쉽게 얻어지는 것일수록 쉽게 잃기 마련이지만, 어렵게 얻어지는 것은 쉽게 잃지 않는 법이니까.'

"그자를 만나게 해주시겠습니까?"

장치성이 물었다.

염장은 이번에도 숨기지 않고 대답했다.

"그분이 이곳에 묵고 계신 것은 사실이지만 지금은 잠시 자리를 비우셨습니다."

염장을 보며 진위를 살피던 장치성이 이내 그것이 거짓이 아님을 알아차리고는 재차 물었다.

"그럼 언제쯤이면 만날 수 있습니까?"

"멀리 가신 것이 아니니 그리 오래 걸리지는 않을 것입니다. 아마도 해가 떨어지기 전에는 돌아오실 겁니다."

그러나 염장의 짐작과는 달리 천풍은 해가 떨어지고도 전혀 돌아올 기미를 보이지 않고 있었다. 그도 그럴 것이 천풍은 염장이 생각하고 있는 것보다 훨씬 더 멀리 가 있었을 뿐만 아니라, 심지어 날이 다 저물도록 때늦은 오수에 취해 있었으니까 말이다.

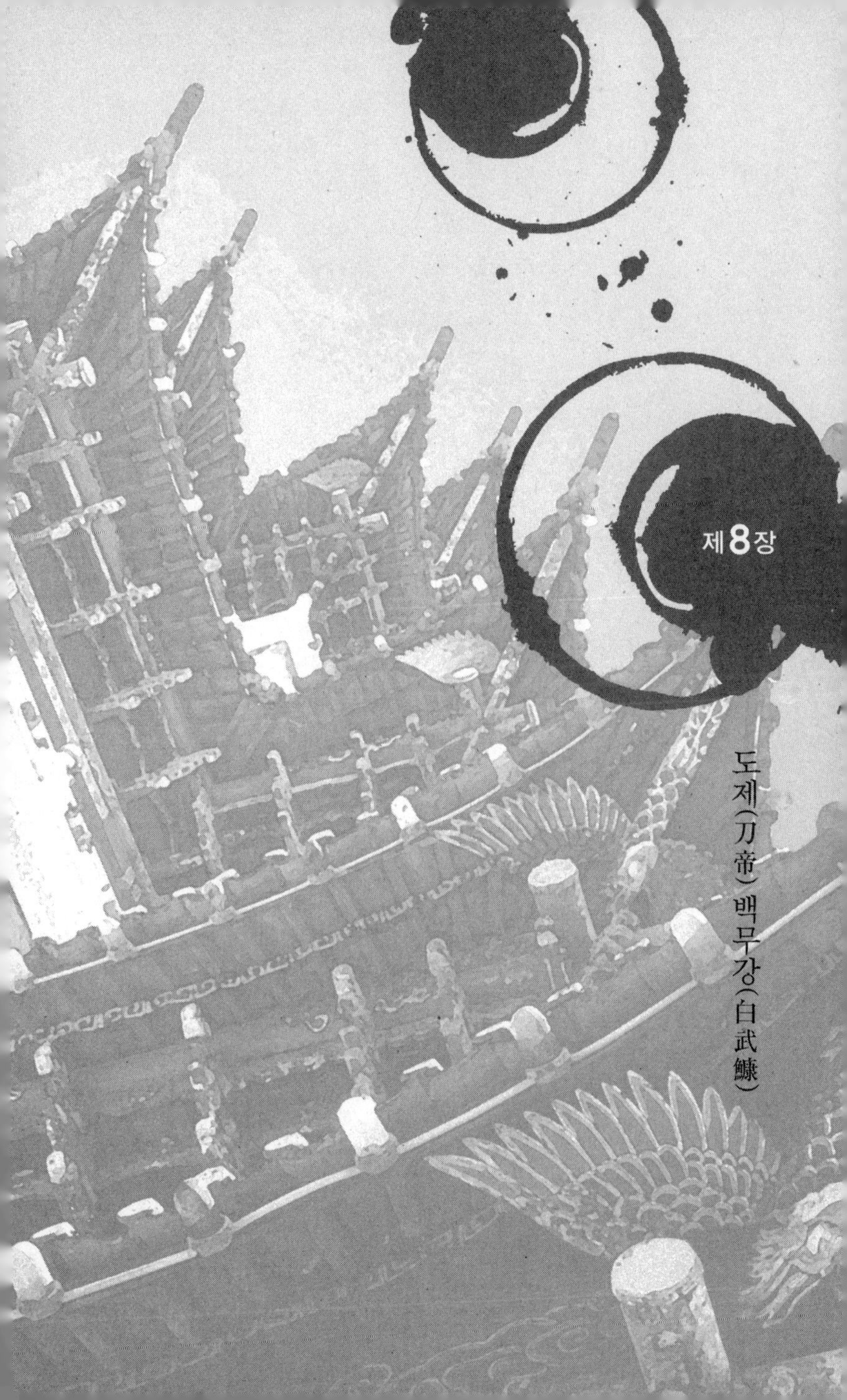

제8장

도제(刀帝) 백무강(白武鱇)

천국의 서

식곤증도 없었고 졸음도 느끼지 못했는데 어느새 깜빡 잠이라도 들었나 보다.

눈을 뜨니 벌써 어스름한 어둠이 방으로 스며들어와 있었다. 불을 켜야 앞이 보일 정도는 아니었지만, 답답한 마음에 화섭자를 꺼내어 불부터 밝혔다.

확실히 전날과는 다른 느낌이었다. 전날은 시끌벅적 떠들어대는 통에 시끄러워서 잠을 못잘 지경이었는데, 지금은 조용한 정도를 넘어 마치 세상에 홀로 덩그러니 남겨진 듯한 적막감마저 느껴졌다.

"하아아암!"

한껏 기지개를 켠 천풍은 그대로 자리를 털고 일어섰다.

바람이라도 쐴 겸 밖으로 나왔다.

텅 빈 건물 안을 가로질러 밖으로 나오니 제법 쌀쌀한 바람이 옷깃을 파고들었다.

해가 지면 부쩍 추워진 요즘이다. 아직 잠이 덜 깬 상태라 오히려 그 쌀쌀함이 기분을 한결 좋게 했다.

그러고 보니 저 멀리 선학전과 그 너머의 무학전은 그래도 사람 사는 냄새가 풍겼다. 전날처럼 소란스럽지는 않았지만, 차분한 중에도 큰 웃음소리와 작은 웃음소리가 간간이 섞여 들려왔다.

"여기만 딴 세상 같군."

그렇게 중얼거리며 정자로 걸음을 내딛던 천풍이 어쩐 일인지 주춤 멈춰 섰다.

그가 의아히 눈길을 향한 곳은 백학전 너머의 전각이었다.

태학전이었다.

'태학전은 세상을 움직이는 아주 높고 크신 분들을 위해 마련되었다고 했었는데……?'

황학루가 생겨난 이래로 지금껏 딱 두 번밖에는 그 문이 열리지 않았다고도 했다.

한데, 그곳에 불이 밝혀져 있었다.

그렇다면 지금 저곳에 세상을 움직이는 아주 높고 큰 사람이 와 있다는 것이다.

'세상을 움직이는 아주 높고 큰 사람이라…….'

순간, '감히 입에도 담을 수 없는 귀하신 분'이 떠올랐다.

아마도 취옥선이 말한 귀하신 분이 지금 태학전에 머물고 있는 것 같았다.

천풍은 한참 동안 태학전에서 시선을 거두지 못했다.

단지 귀하신 분에 대한 호기심 때문만은 아니었다.

묘한 비틀림이 있었다.

불빛이 새어 나오는 그 공간만 홀로 동떨어져 있는 듯한 느낌이었다.

'분위기 때문인가?'

단순히 분위기 때문만은 아닌 것 같았다.

'대체 뭐지?'

호기심 이상의 무언가가 천풍의 걸음을 잡아끌었다.

그것은 마치 본능의 이끌림과도 같은 것이었다.

함부로 태학전의 문을 넘는 것은 취옥선에게도, 그리고 귀하신 분에게도 큰 결례일 수 있었다. 하지만 본능이 이성을 집어삼킨 지금은 그조차도 생각할 겨를이 없었다.

그리해 태학전으로 통하는 문을 넘었다.

천풍은 불빛을 따라 걸었다. 그리고 얼마 걷지 않아 찾고자 하던 것을 발견했다.

그의 시야에 들어온 것은 두 명의 젊은 남녀였다.

아름다운 여인이었다.

아름답지만 어딘가 차갑고 날카로워 보였다.

하지만 천풍의 눈길을 사로잡은 것은 그 아름다운 여인이 아니었다.

천풍이 저도 모르게 '아!' 하며 탄성을 내지른 것은, 그리고 마치 벼락이라도 맞은 듯 놀란 눈을 깜빡이며 그 자리에 얼어붙은 것은 뒷짐을 진 채 달이라도 보는 듯 여유롭게 하늘을 올려다보고 있는, 쉰은 넘었을 듯하고 예순은 되지 않았을 법한 초로의 노인 때문이었다.

생김은 그리 특별한 것이 없었다. 오히려 너무 평범해서 어디서나 흔히 볼 수 있는 시골 어느 마을의 촌로처럼 보였다.

한데도 천풍은 노인에게서 눈을 뗄 줄을 몰랐다.

'없다!'

보이지 않았다.

어린 시절 천 권의 책을 읽자 그의 안에서 새로운 눈이 열린 것처럼, 그리해 무공을 볼 때 허점을 볼 수 있게 되었던 것처럼, 그것이 진화해 이젠 무공만이 아니라 사람에게서도 그냥 볼 수 있게 되었던 그 허점들이 이 노인에게선 어쩐 일인지 하나도 보이지 않았다.

지금까지 이런 적은 한 번도 없었다.

'완전무결하다는 건가?'

아니, 달랐다.

마치 다른 세상의 사람처럼…… 아니, 그것도 아니다. 그가 보고 있는 것이 과연 사람이긴 한 건지 그조차도 의심스러운 그런 느낌이었다.

"뉘시죠? 뉘신데 함부로 여길 들어오신 거죠?"

천풍이 그렇게 멍청해진 눈으로 노인을 보고만 있자, 여인이 그를 가로막듯 하며 날카로운 눈빛을 보내왔다.

하지만 천풍은 노인에게서 눈을 거두지 않았다. 한층 더 혼란이 가중된 눈으로 노인을 보고 있었다.

여인이 다시 뭐라 말을 하려는데, 그때 노인이 나섰다.

"아무래도 나를 보러온 아이인 것 같구나."

생김은 촌로의 모습이지만 그 눈빛은 결코 촌로의 그것이 아니다.

"나를 아느냐?"

천풍은 고개를 저었다.

"모릅니다."

"한데 어찌 나를 보러 왔느냐?"

"어르신을 보러온 것이 아닙니다."

"나를 보러온 것이 아니다? 허면?"

"모르겠습니다. 그냥 오게 되었습니다."

"그냥 오게 되었다라…… 그냥 왔지만 그대로 그냥 돌아갈 것 같지는 않구나."

"하나만 여쭤 봐도 되겠습니까?"

"해보거라."

"어르신은…… 사람입니까?"

천풍은 느낀 그대로 여과 없이 그렇게 물었다.

어쩌면 무례하게 들릴 수도 있는 언사였지만 왠지 이 노인에게는 포장하고 꾸미는 것이 아무 소용이 없을 것 같아서였다.

다행히 노인은 천풍의 질문을 무례하다 생각지 않는 듯 보였다. 그러기는커녕 오히려 재미있다는 표정이다.

"허면, 네 눈에는 내가 무엇으로 보이느냐?"

"모르겠습니다. 단지……."

"단지?"

"어르신에게서는 보이지가 않습니다."

"보이지가 않는다? 뭐가 말이냐?"

노인의 반문에 천풍은 자신에게만 보이는 그것을 어찌 설명해야 할지 잠시 고민했다.

노인의 눈에 이채가 떠오른 것은 그때였다.

"너는……!"

노인의 행동은 말보다 빨랐다.

"예?"

그리고 천풍이 뭐가 어떻게 된 일인지 미처 알아차리기도 전에 노인은 이미 그의 지척에까지 이르러 손을 뻗어오고 있었다.

그야말로 순식간에 벌어진 일이었다.

천풍은 뭐가 어떻게 된 일인지 판단할 여유조차도 없이 그

저 본능적으로 노인의 손을 막으려 했다. 한데,

"어?"

막지 못했다.

빠른 것도 아니고 변화무쌍한 것도 아니었다.

한데도 막을 수 없었다.

뻔히 눈에 보이는데도, 거뜬히 막을 수 있을 것 같았는데도 그러지 못했다.

마치 노인의 손과 자신의 손이 완전히 다른 공간, 다른 차원에 있는 것처럼 닿을 듯하면서도 전혀 닿지 않았다.

"이게 대체……!"

뭐가 어떻게 된 건지 알아챌 새도 없었다. 이미 천풍의 손목은 노인의 손아귀에 단단히 잡혀 버린 상태였다.

"너는 천극지상이로구나."

노인이 놀란 눈을 하며 그렇게 물어왔다. 하지만 그것은 천풍이 놀란 것에 비하면 정말이지 새 발의 피에 불과했다.

천풍이 놀란 것은 자신이 천극의 상임을 알아본 것 때문이 아니었다.

조금 전 노인이 보여준 그 한 수의 동작 때문이었다.

놀람의 크기와는 정반대로 너무도 익숙한 것이었다. 너무도 익숙한 것이기에 오히려 더 놀랐다.

똑같았다.

그것은 10년 전 도진을 상대로 휘둘렀던 자신의 목검과도 같았고, 얼마 전 산적 두목을 제압했던 그 주먹과도 분명 같은 것이었다.

천풍이 노인에게 물었다.

"어르신께도 보입니까?"

뜬금없는 질문이었다. 노인이 눈살을 찌푸리며 의아히 천풍을 본다.

"보이다니? 뭐가 보인다는……."

하지만 스스로가 던진 질문이 채 끝나기도 전에 노인의 얼굴에는 아까보다도 더 큰 놀람이 떠올랐다.

"설마…… '결'을 말하는 것이냐?"

놀람 정도가 아니었다. 그것은 경악이었다. 그리고 경악 속에는 불신과 더불어 왠지 모를 불쾌함이 있었다.

'결?'

이번엔 천풍이 의아히 노인을 보았다.

노인이 다시 물었다.

"설마 너도 '결'을 볼 수 있다는 말이냐? 허면 조금 전 내게서 보이지 않는다고 했던 것이 '결'을 말한 것이었더냐?"

추궁하듯 던져오는 질문들은 사뭇 공격적이었다. 그래서 적잖이 당황했다.

하지만 그런 와중에도 노인이 말한 '결'이라는 것이 바로 그가 묻고자 했던 바로 그것이라는 것을 알았다. 고작 한 음절의 단어에 불과한데도 노인의 입을 통해 흘러나오자 그 안에는 천풍이 보았던 것, 그리고 설명하고자 했던 모든 것들이 담겨 있었다.

순간 많은 생각들이 교차했다.

정말 이 노인에게도 그것이 보이는 것일까?

정말 보이는 것이라면 어떻게 이 노인이 그것을 볼 수 있는 것일까?

'결' 이라고 했다. 세상에선 그것을 '결' 이라 부른다면, 그렇게 명칭이 붙어 있는 것이라면 그럼 '결' 이란 것도 무공 초식이나 심법처럼 배우고 익힐 수가 있는 것일까?

그렇다면 자신과 같은 것을 보고, 같은 것을 느끼는 사람이 노인 말고도 또 있을 수가 있다는 뜻은 아닐까?

급격히 불어나는 의문들에 머릿속이 복잡해진 천풍 못지않게 노인도 혼란스러워하고 있었다.

"그랬군. 그랬어. 결국 천극지상이란 말이로군."

노인의 중얼거림에는 조금 전의 불신과 불쾌감을 간단히 집어삼켜 버릴 만큼의 허탈감이 묻어나오고 있었다.

"죽은 현천이 죽지도 살지도 못하는 나를 비웃으려는 게야."

허탈감의 한편으로 스멀스멀 피어오르는 것은 분노였고 살기였다.

이해할 수 없는 말과 영문 모를 분노…… 현천은 또 누구란 말인가?

결국 참다못한 천풍이 물었다.

"대체 '결' 이란 것이 무엇입니까?"

잠시 천풍의 존재를 잊고 있던 노인이 그제야 다시 천풍과 눈을 맞췄다.

무거웠다. 그 짧은 사이 분노도 걸러졌고 살기도 걸러졌지만, 이렇게 마주하고 있는 것만으로도 가슴을 무겁게 짓눌러 왔다.

위압감과는 다른 것이었다.

천풍의 짧은 연륜으로는 감히 측량할 수도 없을 만큼의 복잡함이, 그 심중의 어지러움이 천풍의 마음까지도 무겁게 했다.

하지만 천풍은 아랑곳하지 않고 다시 물었다.

"'결' 이란 것이 대체 무엇입니까? 어르신은 어떻게 그것을 볼 수가 있는 것입니까? 그리고 왜 어르신께는 그것이 보이지 않는 것입니까?"

꾹 눌러 참고 있던 의문들이 봇물 터지듯 한꺼번에 터져 나왔다.

사뭇 도전적인 눈빛이었다.

그런 천풍의 눈빛을 한참이나 말없이 보고만 있는 노인이었다.

노인이 입을 연 것은 그렇게 한참이 더 지나서였다.

"'결' 이란……."

말투는 차분했다.

"맺음의 결(結)이기도 하고 틈새의 결(缺)이기도 하다."

하지만 그 차분함 속에는 격정이 있었다.

"……?"

"세상 만물 모든 것의 기본은 점이다. 점과 점이 이어져 선이 되고 선과 선이 맞물려 존재가 생겨난다. 그것은 생명이 없는 것이든 생명이 있는 것이든 다르지 않다. 그것이 바로 세상 만물의 근원이다.

그리고 결이란, 바로 그 점과 점을 잇고 선과 선을 잇고 물(物)과 물(物)을 연결하는, 세상 만물의 근원을 이어주는 고리를 말하는 것이다. 그래서 맺음의 결이고 틈새의 결인 것이다."

알 듯 모를 듯한 말.

"점이 세상의 근원이라면 세상을 지탱하는 것은 균형과 조화다. 세상의 모든 존재들…… 사람은 물론이고, 날아가는 새, 나무, 심지어 굴러다니는 돌부리조차도 세상의 균형과 조화를 위해 존재하고, 또한 그 스스로 균형과 조화를 이루면서 존재해 간다."

여전히 알 듯 모를 듯한 말.

"한데, 만일 그러한 존재의 근원에서부터 문제가 생긴다면? 점과 점을 잇는 결을, 세상 만물의 근원을 이어주는 그 고리를 누군가 인위적으로 끊어 버린다면 어떻게 될 것 같으냐?"

대답을 기다리지 않았다. 대답을 기다리는 대신 천풍에게 성큼 다가가서는 손을 뻗어왔다.

아까와 똑같았다. 다만 아까는 천풍의 손목을 잡아챘지만 지금은 천풍의 허리춤을 검지 끝으로 가볍게 눌렀다.

순간, 어찌 저항해 볼 새도 없이 쓰러지듯 그 자리에 맥없이 주저앉아 버리는 천풍이다.

"무한히 많은 결들 중에서 유난히 취약한 곳, 그래서 오히려 점처럼 도드라져 보이는 그곳, 그 고리를 끊어 버리면 이처럼 균형은 무너지고 조화는 깨어진다. 현천은 그것을 '결의 무예' 라고 했었지."

현천이라는 이름이 또 나왔다.

'대체 현천이라는 사람이 누구지?'

들어보니 오히려 노인에게 '결의 무예' 란 것을 가르치기라도 한 것 같은 말투다.

어쨌거나 이번만큼은 확실히 알아들었다.

말로 설명할 때는 알 듯 모를 듯하던 것이 이렇게 직접 몸으로 체험을 하고 보니 구름이 걷히듯 선명해졌다.

'결의 무예' 란 것은 지난번 절강신룡 위지상과 무명객 이한위의 비무가 있던 날 빼곡히 밀집되어 있던 인파 속을 힘 하나 들이지 않고 거침없이 헤집던, 그때의 '작은 힘으로도 전체를 무너뜨릴 수 있는 힘' 과 일맥상통하는 것이었다.

하나를 이해하고 나니 노인이 했던 말이 새롭게 와 닿았다.

지금까지는 그저 보이니까 보이는 대로 동물처럼 본능에 내맡겼을 뿐이라면, 이젠 거기에 수박 겉핥기식이나마 논리와 이해가 보태어졌다.

'결의 무예란 말이지?'

그동안은 멀고 뿌옇기만 하던 것이 지금은 손에 잡힐 듯 가까워진 느낌이었다.

하지만, 그것이 착각임을 깨닫기까지는 그리 긴 시간이 필요치 않았다.

"허나, '결의 무예'는 그것이 전부가 아니다. 진정으로 '결의 무예'라 하는 것은……."

노인이 멀뚱히 자신을 올려다보는 천풍을 내버려두고 걸음을 옮겼다. 그리고 세 걸음 후, 발치에 걸리는 돌부리를 툭 걷어찼다.

"완전한 소멸이다."

"……!"

순간, 천풍은 자신의 눈을 의심했다.

노인이 걷어찬 돌부리가 돌연 시야에서 사라져 버렸다.

보이지 않을 만큼 까마득히 멀리 날아간 것도 아니고 가루가 되어서 흩어진 것도 아니었다.

말 그대로 그 순간 감쪽같이 사라져 버렸다.

뭐가 어찌된 영문인지를 몰라 혼란스러워하는 천풍이다.

천풍의 혼란이야 어떻든 노인은 그러고서도 걸음을 멈추지 않았다.

"세상이란 놈은 말이지. 융통성이라고는 눈을 씻고 찾아봐도 없을 만큼 꽉 막힌 데다가 깐깐하기가 그 짝이 없는 놈이거든. 세상을 이루고 있는 균형과 조화에 조금이라도 문제가 되는 것이 생긴다면, 그것이 설혹 자신을 지탱하고 있던 자신의 일부라 해도 가차 없이 내쳐 버린단 말이지."

노인이 걸음을 멈췄다.

노인이 걸음을 멈춰선 곳은 정원 한가운데에 있는 한 그루의 정원수 앞이었다.

"괴물 같은 자정능력이라고 할 수도 있고, 제 꼬리를 잘라 도주하는 도마뱀의 비정함이라 할 수도 있겠지. 어쨌든 고리만 끊어주면 돼."

노인이 정원수에 기대듯 손을 가져다 댔다.

"존재를 유지시켜주는 고리 말고 세상과 맞물려 있는 고리, 그것만 끊어 버리면 세상이 알아서 처리를 해준단 말이지. 이렇게!"

"……!"

이윽고 그 큰 나무가 조금 전 돌부리가 그랬던 것처럼 그 순간 천풍의 시야에서 감쪽같이 사라져 버렸다.

"……!"

이제는 눈을 의심하는 정도가 아니었다.

자신이 지금 과연 올바른 정신 상태를 하고 있는지 그조차

의심스러웠다.

마치 이 모든 것이 환상처럼 느껴졌다.

원래부터 그곳에 정원수가 있기나 했었던 건지 그마저도 의심스러울 지경이었다.

'완전한 소멸…….'

그랬다.

노인이 말했던 완전한 소멸이란 것이 바로 이것이었다.

진정한 '결의 무예' 란 것이 바로 이것이었다.

노인이 천풍을 본다.

"나에게 사람이냐고 물었느냐?"

"……."

"나는 사람이 아니다. 어떻게 내가 그것을 볼 수가 있는지 물었느냐?"

"……."

"내가 사람이 아니기 때문이다. 왜 내게서는 그것이 보이지 않는지 물었느냐?"

"……."

"그 또한 내가 사람이 아니기 때문이다."

노인의 눈은 천풍을 향하고 있었지만 정작 노인이 보고 있는 것은 천풍이 아니었다.

"오래전 내게 '결' 에 대해 알려준 사람이 있었다."

노인의 눈은 아득히 먼 곳을 향하고 있었다.

"그는 내게 '결' 에 대해 말해 주었지만 또한 내게 나로서는 절대로 '결' 을 볼 수 없을 것이라고도 했다. 그의 말대로였다. 내게는 '결' 이 보이지 않았다. 아무리 보려고 해도, 아무리 발버둥을 쳐도 볼 수가 없었다.

이유는 간단했다. 나는 세상 속에 있었으니까. 흐름 속에서는 그 흐름을 볼 수가 없듯이 세상 속에서는 세상을 볼 수가 없었던 거야.

세상을 볼 수가 없으니 세상의 근원 또한 보이지 않았던 거고. 그러니 '결' 이라고 보일 리가 있나. 그래서 버렸다. 세상을 보기 위해 세상으로부터 부여받은 모든 것을 버렸다. 이름도 버리고 명성도 버리고 인연도 버렸다.

어렵지 않았다. 그저 나란 존재만 버리면 되는 거였어. 그렇게 모든 집착들을 버리고 나니 그제야 세상이 보이더군. 그제야 세상의 근원이 보이고 맺음의 결도, 틈새의 결도 보이더군."

인연을 끊고 집착을 버려 나를 잊는다. 순간 천풍의 뇌리에 떠오르는 단어 하나가 있었다.

"그건 해탈이 아닙니까?"

자라오면서 수없이 듣고 보았던 단어다.

"해탈?"

"아닙니까?"

"해탈…… 등선…… 그래. 그렇게 생각하기도 했었지. 허나, 그리해 보게 된 세상은 내 것이 아니었다. 마침내 세상의 근원을 보게 되었지만 나는 더 이상 인간이지도 않았다. 그렇다고 인간을 초월한 존재가 된 것도 아니었다. 나는 그저 버려졌을 뿐이다.

그래. 내가 세상을 버린 것이 아니라 세상이 나를 버린 것이다. 세상으로부터 벗어나려 한다는 것은, 그 자체로 이미 불균형이고 부조화니까. 불균형과 부조화의 존재가 되어 버린 내가 남아 있을 자리는 세상 어디에도 없으니까."

그제야 깨달았다.

자신을 버릴 수는 있었지만 세상을 버리지는 못한다는 것을. 자신에 대한 집착은 버렸지만 세상에 대한 집착은 버리지 못했다는 것을. 세상에서 벗어났지만 그의 눈과 귀는 더욱 큰 미련과 애증으로 세상을 보고 있다는 것을. 그것이 어찌 해탈이고 등선이겠는가.

다시 세상으로 돌아가고자 발버둥도 쳐보았다. 세상의 문을 두드리고 또 두드린 것이 무려 반백 년이었다. 하지만 세상은 철벽처럼 단단하게 문을 닫은 채 그를 철저히 외면할 뿐이었다.

"그렇게 얻은 것이 '결의 무예'다. 세상으로부터 버려지고, 사람임에도 사람일 수가 없게 되고, 심지어 시간마저도 나와는 상관이 없어서 한 해 한 해 나이가 드는 평범한 삶조차도 그저 부러워만 해야 하는 비참하고 공허한 삶이 바로 내가

'결의 무예'를 얻은 대가였다. 한데, 나는 그렇게 내 모든 것을 버리고 세상으로부터 버림을 받았는데, 너는 어찌하여 모든 것을 다 가지고도 그것을 얻을 수가 있었더란 말이냐!"

노인의 목소리가 격앙되어 흘러나왔다.

걸러졌던 분노와 살기가 다시금 아니, 아까보다도 더 강하게 뿜어져 나오고 있었다.

천풍은 그제야 노인의 분노와 살기가 무엇을 향한 것인지를 알았다.

노인의 말을 전부 다 이해할 수는 없지만 아니, 태반은 이해하기 힘든 말들이었지만 노인의 분노와 살기는 분명 질투였다.

노인은 천풍을 질투하고 있었다.

'결의 무예' 그 하나를 얻기 위해 너무도 큰 희생을 치러야 했고, 또한 지금까지도 치르고 있는 노인이 아무런 희생도 없이 그것을 손쉽게 얻어 버린 천풍을 배 아파하고 있는 것이다.

천풍으로서는 지금의 이 상황이 그저 난감할 뿐이었다.

노인에 비하면 아무런 희생 없이 손쉽게 얻었다고는 하지만, 애당초 노인이 말한 희생이란 것부터가 잘 이해가 안 될뿐더러, 자신이 그러한 희생 없이 손쉽게 얻은 이유에 대해서도 전혀 감이 오질 않았다.

그러니 딱히 대꾸할 말이 없었다. 죄송하다고 해야 할지, 아니면 위로를 건네야 할지 그마저도 선뜻 선택하기가 어려웠다.

무엇보다 지금은 노인의 감정을 세심히 신경 써줄 만한 여력이 없었다.

아직 풀리지 않은 의문들과 그것보다 두 배 세 배 더 불어난 새로운 의문들로 머릿속이 온통 뒤죽박죽이었다. 뒤죽박죽된 것들을 정리하는 것만 해도 버거울 지경이었다.

다행히 노인은 자신의 감정을 오래 붙들고 있지 않았다.

거기서 더 천풍을 추궁하지도 않았고, 격앙되어 흘러나오던 거친 기세도 한결 가라앉았다. 하지만 태도를 차분히 하며 내뱉은 말은 천풍을 더욱 당황스럽게 했다.

"너와 이렇게 마주하고 있는 것이 내게는 그리 유쾌한 일은 아니니 그만 돌아가거라."

느닷없는 축객령이다.

묻고 싶은 것이 태산만큼 많았다.

알고 싶은 것이 또한 태산만큼 많았다.

꼬리에 꼬리를 물어 급격히 불어나고 있는 의문들로 머릿속이 폭발할 지경인데, 그 많은 의문들을 던져주고는 참으로 무책임하게도 그만 돌아가라 한다.

노인의 축객령은 천풍에게는 그야말로 날벼락과도 같은 것이었다.

그래서 조금 더 붙들어보려고 했다.

"하오나 어르신, 저는 아직……."

하지만 그의 말이 채 끝나기도 전에 지금까지 있는 듯 없는 듯 가만히 지켜만 보고 있던 여인이 천풍의 앞을 막았다.

"태사조님께서 돌아가시라 하셨습니다."

북풍처럼 매섭고 한설처럼 차가우며 바위덩이처럼 단호한 말투였다.

말을 듣지 않으면 당장 살수라도 날릴 기세였다.

천풍은 애가 탔다.

아무리 마음이 급하다지만, 싫다는 노인에게 매달리고자 여인과 주먹다툼을 벌일 수는 없는 노릇이었다.

그렇다고 이대로 맥없이 돌아서자니 머릿속이 폭발하는 것은 물론이고 그 답답함에 심장마저도 온전할 것 같지가 않았다.

그래서 마지막으로 수많은 의문들 중에서 가장 중요하고 가장 알고 싶은 것 하나를 물었다.

"어르신! 어르신의 존함만이라도 가르쳐주실 수는 없는 것입니까?"

다행히 그 마지막 질문을 노인은 외면하지 않았다.

"내 이름이라…… 내가 나를 버릴 때에 가장 먼저 버렸던 것이 이름이었다."

노인이 천풍을 보았다.

"허나……."

잠시 갈등의 빛도 보였지만 이내 결심이 선 듯 힘주어 말했다.

"그것이 이제와 다 무슨 소용이겠느냐. 나는 백무강이다. 어떤 이들은 나를 도제라 부르기도 한다더군."

제9장

바람이 불기 시작하다

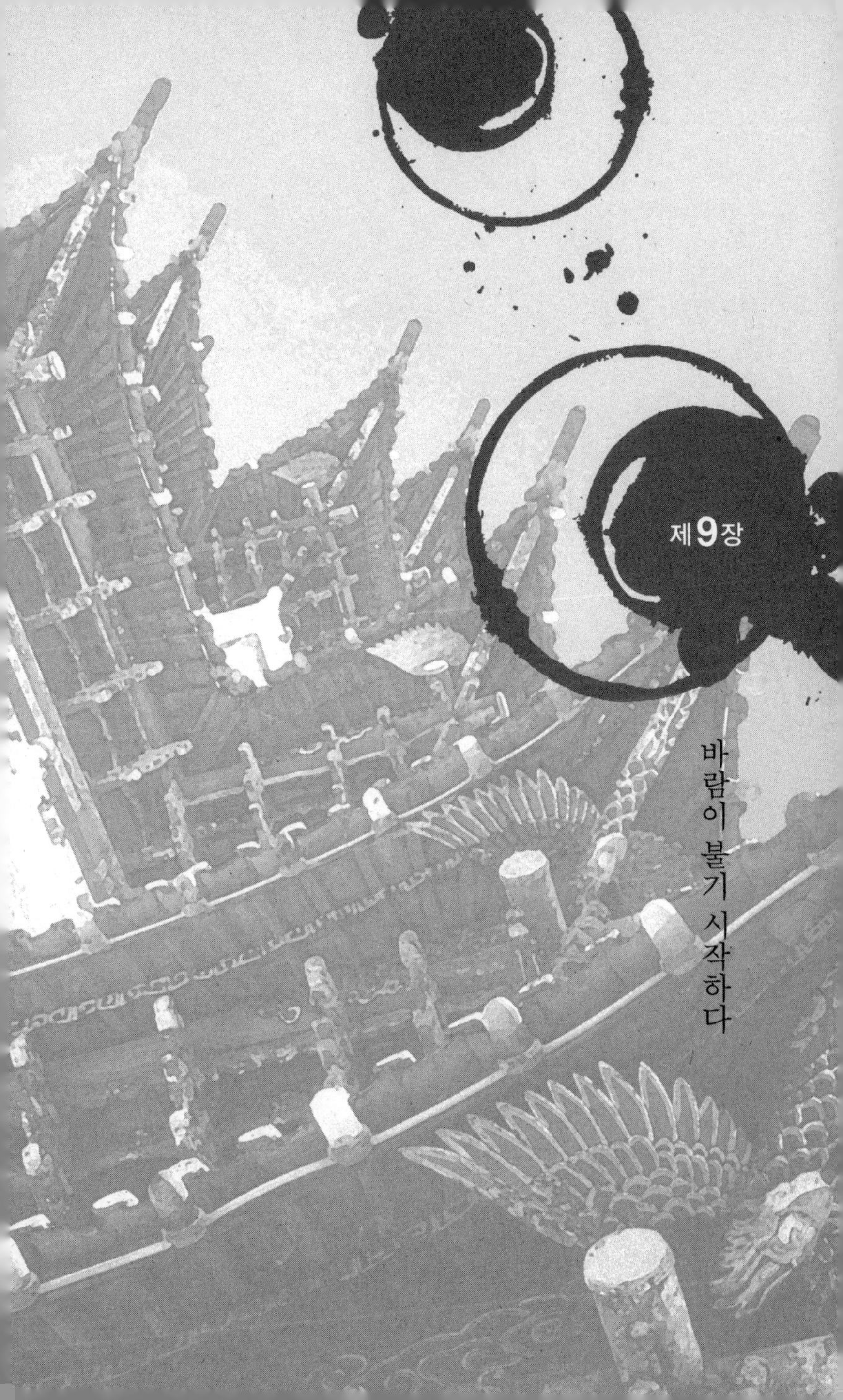

천극의 서

도제(刀帝) 백무강(白武鱇).

천풍도 들어본 이름이다.

도문을 세운 개파조이고 천하제일에 가장 근접해 있다는 무인이다.

패천일검 금천우의 스승이자 전대 검문의 문주인 검황조차 십초지적이 되지 못했다고도 하고 반로환동하여 이미 입신의 경지에 올랐다고도 했다.

이미 초로의 노인이었다.

적어도 반로환동과는 어울리지 않았다.

하지만 도제의 나이를 생각하면 어울리지 않는 것도 아니었다.

알려진 바로는 세수 130이 넘었을 거라 했다.

도문이 세워진 것이 100년을 훌쩍 넘었으니 결코 과장된 소문은 아니었다.

100년 하고도 30년을 더 살았다는 것 자체도 믿기 힘든 일인데, 천풍이 만난 도제 백무강은 그렇게나 오래 산 사람의 모습이 아니었다.

세상으로부터 내쳐져 시간마저도 자신과는 상관이 없는 것이 되었다고 했다.

누구에게나 야속하고 모질기만 한 세월이, 오직 그에게만 관대했던 것은 아마도 그 때문인 것 같았다.

천풍이 걸음을 멈추고 뒤를 돌아보았다.

그를 태학전으로 이끌었던 묘한 비틀림은 여전했다.

도제 백무강이 머물고 있는 그 공간만 홀로 동떨어져 있는 듯한 느낌 또한 그대로였다.

세상으로부터 버려졌다는 것…… 그건 대체 어떤 느낌일까?

조금 전 보았던 모습에선 어떠한 제약도 느껴지지 않았었다.

스스로 사람이 아니라고 했지만 그는 여전히 사람의 모습이었고, 사람처럼 행동했으며 사람의 감정도 가지고 있었다.

늙지도 않고 죽지도 않는다.

불로불사라는 것은 오히려 축복이고 기쁨일 텐데, 대체 세상으로부터 버려진다는 것이 어떤 것이기에 그리도 분해하고 그리도 참담해하는 것일까?

천풍으로서는 도무지 풀 수 없는 의문들이다.

하지만, 지금 천풍이 정말로 궁금해하고 알고 싶어 하는 것은 도제 백무강의 고통도, 세상으로부터 버려진다는 것의 느낌도 아니었다.

지금 온통 그의 마음을 사로잡고 있는 것은 다름 아닌 '결의 무예' 였다.

백무강이 말했던 진정한 결의 무예라는 것, 완전한 소멸이라는 것, 자신의 눈앞에서 나무 한 그루가 거짓말처럼 사라져 버렸던 그 광경을 생각하면 아직도 심장이 떨리고 소름이 돋는다.

처음으로 욕심이란 것이 생겼다.

처음으로 목표란 것도 생겼다.

얻고 싶었다.

그러나 어떻게 해야 그것을 얻을 수 있는지는 막막할 뿐이었다.

백무강은 세상과 맞물려 있는 곳을, 그 고리를 끊어만 주면 된다고 했다.

하지만 세상과 맞물려 있는 고리가 천풍에게는 전혀 보이지가 않았다.

백무강은 돌부리에서도 '결' 을 보고 나무에서도 '결' 을 보았지만 천풍의 눈에는 그저 돌부리는 돌부리였고 나무는 나무일 뿐이었다.

어떻게 해야 볼 수가 있을까?

백무강처럼 그 역시 세상으로부터 내쳐져야 그제야 겨우 볼 수 있게 될까?

아니면, 무공의 초식에서만 보이던 것이 사람에게서도 보이게 되었던 것처럼, 그렇게 언젠가는 자연스럽게 눈이 열릴까?

하나 확실한 것은 이제 더 이상 돌부리를 돌부리로만 볼 수가 없게 되었다는 것이다.

지금 이 순간만 해도 그랬다.

'결' 을 찾고 있었다. 망부석이 되어서는 발밑에 굴러다니는 돌부리를 하염없이 내려다보고 있었다.

뒤에서 인기척이 들린 것은 그때였다.

"뭐……하십니까?"

워낙에 집중하고 있던 터라 첫 물음은 미처 듣지 못했다.

"땅에 뭐라도 떨어뜨렸습니까?"

두 번째 물음이 있은 다음에야 겨우 돌부리에서 눈을 떼는 천풍이다.

천풍이 목소리의 주인을 찾아 고개를 돌렸다.

"아……!"

거기에 서 있는 것은 도진이었다.

그러고 보니 도진을 기다리고 있었다.

백무강과의 만남으로 인해 도진을 까마득히 잊어버리고 있었다.

"조금 전에야 사매에게 소식을 전해 듣고 부랴부랴 달려오는 길입니다만, 너무 오래 기다리시게 한 거나 아닌지 모르겠습니다. 사실 이렇게 다시 찾아오실 거라고는 전혀 생각지도 못한 터라 많이 놀랐습니다."

그렇게 운을 뗀 도진이 더 무슨 말이 필요하냐는 듯 단도직입적으로 물었다.

"저와의 비무, 해주시겠습니까?"

도진은 그사이 완전히 다른 사람이 되어 있었다.

술에 찌들어 탁하기만 하던 눈에는 열게나마 생기가 돌아와 있었다. 걸인에 진배없던 복색은 깔끔한 경장으로 바뀌었고, 봉두난발이었던 머리도 영웅건으로 단정히 묶었다.

도무지 며칠 전의 그 괴인과 동일인물이라고는 믿기지 않는 변화였다. 아니, 이건 아예 변신이라 해야 맞았다.

고작 사흘이었다.

고작 사흘 만에 이렇게나 달라졌다는 것은, 뜨거운 열탕에서 벌이고 있는 자신과의 싸움이 그만큼 치열하고 처절하다는 뜻이었다. 더구나 어쩌면 오직 천풍과의 비무를 위해 그러한 고통을 견뎌내고 있는 것일지도 모르는데, 그런 도진의 청을 어찌 거절할 수 있겠는가.

그리해 비무를 수락했고 그리해 10년의 세월을 건너뛰어 다시 이렇게 도진과 마주하고 섰다.

비무에 앞서 도진이 물었다.

"검은 어찌하시겠습니까?"

생각해 보니 도진과의 첫 비무 때는 스승이 만들어준 목검을 사용했었다.

아마도 그때를 기억하고 있는 모양이었다.

그러나 사실 천풍에겐 딱히 무기가 필요치 않았다.

그에게 있어 무기란 그야말로 손의 연장일 뿐이었다.

그래서 필요 없다고 말을 하려 했다. 하지만 뜻하지 않은 방해가 있었다.

"검은 제가 준비했어요."

선학전으로 통하는 문이 열리고 그곳으로부터 나타난 것은 다름 아닌 취옥선이었다.

"다행히 아직 늦지는 않은 모양이네요."

그렇게 안도하며 천풍과 도진 사이로 허락 없이 끼어든다.

"어디까지나 대련을 위한 비무이니 진검은 합당치 않을 것 같아 준비했어요."

그녀가 천풍과 도진에게 각기 건넨 것은 목검이었다.

그것을 받아든 도진이 차갑게 말했다.

"물러가거라. 네가 있을 자리가 아니다."

그러나 취옥선은 물러나지 않았다.

"아무리 사사로운 비무라 해도 무인들 간의 정식 대결인데, 참관인이 없다는 것은 말이 안 되죠. 저는 황학루의 주인이에요. 지금 이 자리를 주선한 것도 저구요. 이만하면 이번 비무의 참관인으로 자격은 충분하다 생각하는데요?"

취옥선의 말은 조금도 틀린 게 없었다.

반박할 말을 찾지 못한 도진이 천풍을 본다.

중요한 것은 지금 이 자리의 결정권자는 도진도 취옥선도 아닌, 천풍이라는 것이다.

"저는 아무래도 상관없습니다."

취옥선의 표정으로 보아 쉽사리 물러설 것 같지도 않았거니와 굳이 반대할 이유가 없었다. 10년 전 비무 때는 훨씬 더 많은 사람들에게 둘러싸였었다.

그렇게 결정이 났다.

취옥선이 천풍에게 가벼운 목례로 인사를 대신하고는 멀찍이 뒤로 물러섰다.

길게 숨을 들이켜 자세를 가다듬는 도진과는 달리 천풍은 어딘가 산만한 느낌이었다.

취옥선 때문이었다.

시선이 따가웠다.

사형제 간의 정도 정이거니와 화산파의 미래를 생각하자면 도진의 변화에 관심이 더 쏠릴 법도 한데, 어쩐 일인지 시종일관 천풍만을 보고 있다.

거북하다 해야 할지 부담스럽다고 해야 할지, 시선을 의식하지 않으려 해도 자꾸만 의식이 되었고 어깨에도 잔뜩 힘이 들어갔다.

사람이든 동물이든, 하물며 한낱 미물인 곤충이라 해도 마음에 드는 이성 앞에서는 멋져 보이고 싶은 것이 당연한 이치다. 지금 천풍의 마음도 별반 다를 것이 없었다.

하지만 그러한 잡념들은 도진이 목검을 들어 올리는 순간 말끔히 사라졌다.

그 순간, 천풍의 관심사는 오직 '결' 하나였다.

도진에게서 무수한 '결' 들이 보였다.

이제는 일상이 되어서 전혀 특별할 것도 없는 일이었다. 한데, 지금은 왠지 새로웠다.

어딘가 지금까지보다 조금 더 선명하게 느껴지기도 하고, 조금 더 이질적으로 느껴지기도 했다.

'그 어르신이 보는 것도 나와 같은 것일까?'

자신이 도진에게서 보고 있는 '결' 들처럼 백무강의 눈에는 돌부리도, 나무도 그렇게 보이는 것일까?

백무강은 세상 모든 만물이라고 했다.

그렇다면 돌부리와 나무처럼 사람 또한 세상과 맞물려 있지 않을까?

돌부리나 나무처럼 사람에게도 세상과 맞물려 있는 곳이, 세상과 이어주고 있는 고리가 어딘가에 있지 않을까?

혹시 지금 보이는 저 무수한 '결' 들 중에 하나인 것은 아닐까?

이제 천풍의 눈은 단지 '결'을 보고 있지 않았다.

무수히 많은 '결'들 중에서 본질적으로 다른 무언가를 찾고자 집중하고 또 집중했다.

그런 천풍의 태도에 도진이 의아해했다. 하지만 그것은 잠시였다.

생각이 났다.

'그래. 그때도 저랬었지.'

10년 전 비무 때에도 그랬다.

자신이 앞에 있는데도 뭔가 다른 곳을 보고 있었고 비무를 앞두고 있는데도 오히려 비무에는 관심이 없는 듯했었다. 그러나 막상 비무가 시작되자 언제 그랬냐 싶게 그 괴상한 검술로 그의 간담을 서늘케 만들었다.

도진은 더욱더 마음을 다잡았다.

여유를 부릴 때가 아니었다. 마음을 흩트려서도 안 되었다.

오늘의 이 비무는 단지 승패를 가리기 위함이 아니다.

오로지 천풍의 검을 보기 위함이다.

다시 한 번 천풍의 검을 보면 지난 10년 동안 지겹도록 자신을 괴롭힌 것이 대체 무엇인지 그 실체를 알 수 있을 것 같아서였다.

10년 만에 찾아온 기회였다.

단 한순간도 천풍의 검에서 시선을 놓쳐서는 안 된다.

도진은 망설이지 않았다.

"매화노방!"

추호의 주저함도 없이 천풍을 향해 검을 날렸다.

'역시 안 되나?'

찾고자 하던 것을 찾지 못했다.

아무리 눈을 씻고 찾아봐도 특별히 다르다거나 뭔가 이상하다거나 하는 것은 없었다.

그저 늘 보아오던 '결' 일 뿐이다.

결국 미련을 접었다.

더는 거기에 매달려 있을 수가 없었다.

도진의 검이 이미 지척에까지 이르러 매서운 한기를 뿌려대고 있었다.

상대가 온 마음과 온 힘을 다해 마주쳐 오고 있었다.

그렇다면 마땅히 온 힘을 다해 상대해 주는 것이 도리다.

천풍은 목검을 들어올렸다. 이윽고 도진이 그랬던 것처럼 도진의 검을 향해 주저 없이 뛰어들었다. 그리고 무수한 '결' 들 중에서 가장 선명한 것을 향해 목검을 찔러 넣었다.

순간 도진의 눈에 희열이 들어찼다.

지난 10년을 그토록 간절히 원했던 것, 지난 10년을 꿈속에서조차 오매불망 바라왔던 것…….

'이거다!'

보다 강해지고 보다 빨라졌지만, 그것은 분명 도진이 그토록 보고 싶어 하던 것이었다.

눈을 부릅떴다. 부릅뜬 눈에선 찰나조차도 놓치지 않겠다는 지독하리만큼 강한 집념이 느껴졌다.

하지만 상황은 도진의 바람대로만 흘러가지 않았다.

천풍의 검을 보며 어떻게 대응을 할 것인가를 미처 결정내리기도 전이었다.

시간이 정지해 버리기라도 한 것처럼 돌연 천풍의 검이 멈춰 버렸다.

"……?"

뭐가 어떻게 된 건지 살필 겨를도 없었다.

도진과 천풍의 거리는 숨결이 닿을 정도로 가까웠고, 천풍의 목검과는 달리 도진의 목검은 한창 기세를 올리고 있는 중이었다.

거두어들이기엔 이미 늦은 상황이었다.

이윽고 도진의 목검이 천풍의 어깻죽지에 닿았다.

쾅!

"크윽!"

급히 기세를 죽인다고 죽였지만 그 여력만으로도 천풍을 날려 버리기엔 충분했다.

무려 삼 장 거리를 퉁겨져 담벼락에 구겨지듯 처박히는 천풍이다.

"이게 대체……?"

도진이 뭐가 어떻게 된 상황인지를 몰라 어리둥절해 있는 사이, 취옥선이 급히 천풍에게 달려갔다.

"공자님. 괜찮으세요?"

"으음……."

다행히 의식은 잃지 않았다.

얼굴은 고통으로 잔뜩 일그러져 있었지만 의외로 크게 다친 곳도 없어 보였다. 직접적으로 가격 당한 어깨마저도 요란했던 것에 비하면 멀쩡해 보였다.

천풍이 몸을 일으켰다.

"끄응……."

하지만 아직 충격이 적잖이 남았는지 온전히 신형을 가누지 못했다.

그런 천풍을 취옥선이 급히 부축하며 걱정스레 물었다.

"괜찮으시겠어요?"

"아, 예. 뭐……."

별거 아니라는 듯 고개를 끄덕이는 천풍이다.

사실 별거 아닌 것이 아닐 뻔했다.

간담이 서늘할 정도로 아찔한 순간이었다.

위급의 순간, 본능적으로 혈정을 끌어올려 어깨를 보호하지 않았다면 어쩌면 평생 팔 하나를 쓰지 못하게 되었을 수도 있었다.

"정말 괜찮으시겠어요?"

괜찮다 했는데도 걱정을 지우지 못하는 것을 보면 취옥선도 어지간히 놀란 모양이었다.

"정말 괜찮습니다."

자신을 부축하고 있는 취옥선의 손길을 차분히 걷어내고는 다시 도진과 마주하고 섰다.

그리고,

"제가 졌습니다."

정중히 포권을 취해 보인다.

그때까지도 어리둥절해 있던 도진이 그제야 정신을 수습했다.

'졌다고?'

머릿속은 복잡했지만 드러난 상황만 보자면 전혀 복잡할 것이 없었다.

그와 천풍은 비무를 했고 그리고 이겼다. 그것도 단 일초 만에.

명명백백한 그의 승리였다.

'이걸로 끝난 거라고?'

하지만 조금도 기뻐할 수가 없었다.

정작 보고자 했던 것을 보지 못했다.

보였다 싶은 순간 마치 신기루처럼 사라져 버렸다.

'대체 왜?'

천풍이 검을 뻗는 순간, 이미 막을 수 없다는 것을 알았다.

한층 더 빨라지고 한층 더 강해진 그것은 10년 전처럼 힘으로 눌러 버릴 정도의 것이 아니었다.

패배를 직감했다. 비록 패배일지라도 더 크고 값진 것을 얻을 수 있을 거라는 확신도 들었다. 한데, 멈춰 버렸다.

그렇다고 양보를 해준 것은 결코 아니었다.

아무리 목검이라지만 충분히 목숨마저도 잃을 수 있는 절체절명의 순간이었다. 그 긴박했던 순간에 그런 마음으로 검을 멈춘 거라면, 죽고 싶어 환장했거나 제정신이 아니었거나 둘 중 하나일 것이다.

하지만 천풍은 죽고 싶어 환장하지도 않았고 정신도 말짱했다.

천풍이 검을 멈춘 순간, 분명히 보았다.

그때 천풍의 얼굴에 떠올라 있던 것은 여유가 아니라 놀람이었고 당황이었다.

눈에선 어떤 알 수 없는 두려움마저도 엿보였다.

그것이 천풍의 검을 멈추게 했음이다.

그리고 그것이 염원하던 천풍과의 비무를 이토록 허무하게 끝내 버린 것이다.

의문보다 아쉬움이 컸고, 아쉬움보다 허탈감이 컸다.

'대체 그 순간에 뭘 보고 있었던 거야?'

도진은 잘못 알고 있었다.

천풍이 검을 멈춘 것은 뭔가를 보아서가 아니라 뭔가를 보지 못했기 때문이었다.

여느 때와 다름없이 '결'을 향해 검을 찔러가던 순간, 어떤 생각 하나가 뇌리를 스쳤다.

만일 정말로 세상을 이어주고 있는 고리가 저 무수한 '결'들 중 하나라면? 그렇다면 지금 끊고자 하고 있는 '결'이 도진을 세상과 이어주고 있는 그 고리일 수도 있는 것 아닐까?

물론 만에 하나의 가능성이다.

하지만 만에 하나의 가능성이라는 건 또한 만에 하나이지만 가능성이 있다는 뜻이다.

시험해 볼 수 없었다.

눈앞에서 돌부리가 사라지는 것을 보았다.

아름드리 정원수가 흔적조차 남기지 못한 채 그렇게 지워졌었다.

백무강이 말했던 완전한 소멸이라는 것…… 사람이라고 예외일 리가 없다.

도진이 그렇게 사라져 버릴지도 모른다.

피와 시체가 없다 뿐이지 그것은 엄연한 살인이었다.

살인은 무림인이라는 자각조차도 없는 천풍이 감당할 만한 것이 아니었다.

그래서 멈췄다.

마음이 시켜서가 아니라 살인에 대한 본능적인 거부가 검을 멈추게 했다.

절체절명의 순간, 그대로 멈춰 버리면 도리어 자신이 위험해질 수 있다는 것도 알았지만 선택의 여지가 없었다.

그리해 좋아하는 여인 앞에서 꼴사납게 나뒹굴고 말았다.

그러나 지금 천풍은 취옥선의 마음을 신경 쓸 여유도, 무기력한 패배를 곱씹을 여력도 없었다.

벽을 맞닥뜨렸다.

살아오면서 맞닥뜨리게 된 두 번째 벽이다.

10년 전 도진과의 비무에서 패한 후, 자신의 신체가 얼마나 쓸모없는 것인지를 깨달았던 것이 그 첫 번째고 지금이 두 번째 벽이다.

공교롭게도 두 번 다 도진과의 비무가 계기가 되었다. 비무의 결과 또한 두 번 다 패배다.

어쨌든 이대로는 안 된다.

지금 이 상태로는 '결'은 더 이상 무기가 될 수 없다.

만에 하나라는 가능성이 뇌리에 남아 있는 한 그것은 오히려 제약이고 방해다.

이대로라면 어떤 상대를 만나더라도 같은 상황만 반복될 뿐이다.

방법을 찾아야 했다.

아니, 방법은 이미 알고 있었다.

하나는 정말로 무림인이 되어 살인에 무감각해지는 것.

그 결과가 죽음이든 소멸이든, 어느 누구를 상대하더라도 냉정해질 수 있다면 아무 문제될 일이 아니다.

하지만 천풍에겐 무리다.

무림의 칼바람보다는 불가의 자비가 아직은 더 친숙했다.

다른 하나는, 금천우의 도움으로 첫 번째 벽을 넘을 수 있었던 것처럼 다른 누군가의 도움을 받는 것이다. 그리고 지금 천풍을 도울 수 있는 사람은, 천풍이 아는 한 도제 백무강밖에 없다.

천풍의 시선이 자연스레 저 너머 태학전을 향했다.

당장이라도 달려가 가르침을 청하고 싶었다.

하지만 그러기엔 밤이 너무 깊었다.

게다가 바로 조금 전에 내쳐진 처지가 아니던가.

어쩔 수 없다.

서둔다고 될 일이 아니다.

가뜩이나 심기가 편치 않아 보였다.

괜히 서둘다가 화라도 사게 되면 될 일도 되지 않는다.

그리해 내일을 기약했다.

내일 날이 밝기를 기다려 백무강을 만나보기로 그리 마음을 먹었다.

그러나 인간사 만나고 헤어짐이란 항상 준비된 대로만 흘러가지는 않는 법이다.

하늘이 안배해 놓은 도제 백무강과의 재회는 조금 더 먼 훗

날의 일이라는 것을 천풍은 미처 알지 못했다.

*　*　*

"떠날 채비를 하거라."

도제 백무강이 그렇게 말을 한 것은 천풍이 떠나고 한참이 더 지난 후였다. 한참 동안 깊은 상념에 빠져 있던 그가 던지듯 툭 건넨 말은 너무 갑작스러웠다.

그래서 그녀가 물었다.

"하오나 아직 그자를 만나지 못했지 않사옵니까?"

백무강이 20년의 은거를 깨고 세상으로 나온 이유, 세상사 모든 것에서 눈을 돌렸던 그가 그저 그렇고 그런 무림대회에 참석코자 먼 길 마다않고 이곳으로 달려온 이유…… 그것은 그녀의 스승이자 또한 도문의 현문주인 파산신도(破山神刀) 석조명(石彫名)으로부터 건네받은 한 권의 책 때문이었다.

육가도법(陸家刀法).

석조명은 그것을 천하사절 중 도절의 비급이라 했다. 그리고 그것을 펼쳐본 백무강이 그 길로 도절을 만나기 위해 다시 세상으로 나왔다.

논검비무까지는 아니지만 염장이 퍼트린 도제에 관한 소문이 완전히 헛소문인 것만은 아니었던 셈이다.

백무강이 품속에서 책자 하나를 꺼내들었다.

표지에는 참으로 엉망인 글씨체로 육가도법(陸家刀法) 네 글자가 적혀 있었다.

"천하사절…… 이미 만났다."

"그게 무슨……."

그녀가 어리둥절한 얼굴을 했다.

도문을 나선 후 지금까지 백무강과는 단 한시도 떨어진 적이 없었다. 그것이 그녀가 해야 할 일이었다. 한데 이미 만났다니?

"대체 언제……?"

"너도 보았지 않느냐?"

"……?"

"조금 전 다녀간 그 아이, 그 아이가 바로 그자인 게야."

"예? 허면 그자가 도절이라는 말씀이시옵니까?"

그녀의 물음에 백무강이 고개를 저었다.

"도절이 아니라 일절이다."

"……?"

"애당초 이름이 잘못 붙여진 게야. 나와 같은 것을 보는 자들이 동시대에 넷이나 나올 리가 없지. 천하사절은 넷이 아니라 하나다. 그러니 천하사절이 아니라 천하일절인 것이다."

천하사절이든 천하일절이든 그것이 중요한 것이 아니었다.

'그자가 천하사절이라고?'

천하사절에 대한 소문은 그녀도 익히 들었다.

그러나 어차피 삼류들이나 열광하는 삼류 무공이었다. 삼류가 일류를 꺾었다고 해도 그래 봐야 조금 더 나은 삼류일 뿐이다. 일류조차도 눈에 차지 않는 그녀에게 천하사절이라는 이름은 한 잔 술의 안주거리도 되지 못했다.

스승 석조명이 육가도법을 구해 오기 전까지는 그랬다.

석조명이 그녀에게 육가도법을 보게 했다.

그래서 거기에 적힌 육가도법이 뭔가 이상하다는 것을 알았다.

하지만 대체 무엇이 이상한 건지 그것까지는 알아보지 못했다.

그저 불쾌했다.

마치 인내를 시험하는 듯한, 보는 것만으로도 가슴을 답답하게 하는 악필도 그랬고 책의 마지막장에 적혀 있는 '천하제일도객'이라는, 참으로 오만하기 이를 데 없는 이름도 그랬다.

도문을 제외하고 도(刀)로써 감히 천하제일이라 칭할 수 있는 자는 절대로 존재할 수 없다.

그것은 그녀의 확고부동한 믿음이었다.

하지만 스승 석조명의 생각은 달랐다.

"오만이 아니다. 나로서도 이자의 그릇이 측량이 되지 않는다. 은거에 드신 태사조님을 제외한다면, 도로써 가장 높은 곳에 있는 것은 어쩌면 이자일지도 모른다."

석조명은 도문에 대한 자부심 못지않게 스스로에 대한 자존심도 강한 자였다.

허투루 남을 낮추어 보지도 않았지만 자신을 낮추는 법도 없었다.

그런 그가 스스로 아래임을 인정하고 있었다.

그것으로도 충분히 놀랍고 믿기 힘든 일인데, 그 길로 달려가 도제 백무강의 20년 은거를 방해하기까지 했다.

그리고 도제가 은거를 깨고 세상에 나왔다.

결국 받아들였다.

도로써 극의에 이른 자가 도문의 형제들 말고도 또 있는 것이다.

도로써 천하제일을 외칠 수 있는 자가 도문의 출신 말고도 또 있는 것이다.

한 잔 술의 안주거리도 되지 않았던 천하사절의 존재가 그녀의 안에서 그렇게 바뀌었다.

관심은 깊어지고 호기심은 커졌다.

여기까지 오는 동안에도 온통 천하사절에 대한 생각뿐이었다.

나이 지긋한 강호의 기인이사쯤일 거라 생각했다.

천하제일이라는 이름에 걸맞은 풍모를 상상했었다.

한데, 그토록 궁금해했던 인물이 조금 전 그 볼품없던 사내라니?

이건 실망 정도가 아니라 배신감마저 들 지경이다.

백무강과 이해 못할 대화를 주고받을 때도 특이하다 생각은 했지만 천풍을 특별하다고는 생각지 않았었다.

'정말 그자가 천하사절이란 말이야?'

나이는 어리고 눈빛은 어수룩하고 기운은 지극히 평범했다.

대체 어떻게 그런 자가 스승 석조명보다 위일 수 있단 말인가?

심지어 천하제일이라니? 이게 가당키나 한 일인가 말이다.

하지만 백무강의 입에서 나온 말이다.

지닌 바 말의 무게가 그녀가 부정할 수 있을 만한 것이 아니었다.

백무강이 그렇다면 그런 것이다.

"만나고자 하던 사람을 만났고 알고자 하던 것을 알았으니, 이제 여기에서의 볼일은 끝났다. 그러니 도문으로 돌아갈 채비를 하거라. 그리고……."

"……?"

"돌아가거든 조명이 그 아이에게 전하거라. 나는 도문으로 돌아가지 않을 거라고."

"돌아가지 않으신다니…… 그게 무슨 말씀이시온지……?"

"말 그대로 나는 도문으로 돌아가지 않을 생각이다. 나와 도문의 인연은 이것으로 끝이다. 나는 내 마음에서부터 도문을 지울 것이다."

흘러나오는 말은 차분했지만 듣는 그녀는 그럴 수 없었다.

그야말로 청천벽력이었다.

도문과 인연을 끊겠다니?

마음에서부터 도문을 지우겠다니?

"태사조님께서는 도문을 버리시려는 것이옵니까?"

"도문을 버리려는 것이 아니라 잃어버린 것을 되찾으려는 것이다."

그녀의 놀람을 가라앉히기엔 터무니없이 모호한 말이었다.

다행히 백무강의 말은 그것으로 끝이 아니었다.

"현천이라는 이름을 들어보았느냐?"

충격이 채 가시지도 않은 상황에서 갑작스러운 질문을 받자 잠시 어리둥절해했다. 그러다 급히 되물었다.

"혹시 신비살수 현천을 말씀하시는 것이옵니까?"

"그래. 그렇지. 신비살수 현천…… 내가 그를 만난 것은 도문이 문을 열고 서른 번째의 해를 맞았을 때였다."

"하오나 현천은 200년 전의 인물로 알고 있사온데……."

도문이 문을 열고 서른 번째의 해를 맞았다면 대략 70년 전이다.

현천의 이름이 세상에 알려진 때가 200년을 훌쩍 넘었으니 70년 전이라 해도 최소한 지금 백무강보다는 많은 나이다.

"그 역시 시간으로부터 자유로워진 게지. 단지 나와는 달리 그자는 여전히 세상 속에 있었지만 말이야. 세상으로부터 벗어나고자 하지도 않고 세상으로부터 내쳐지지도 않고 그렇게 계속 세상 속에 살면서……."

어딘가 씁쓸하고 어딘가 화가 난 듯한 목소리였다.

"그래. 그자는 인간이 아니면서 또한 인간이었던 게야. 지고 싶지 않았다. 아니, 그저 닮고 싶었는지도 몰라. 천하에 두려울 것도 없고 천하에 거리낄 것도 없던 내가 그자를 동경했던 게야. 허나, 나는 그자처럼은 되지 못했다. 인간이 아니면서 또한 인간이어야 하는데 나는 인간이 아니기만 했지, 인간은 되지 못했던 게야. 인정할 수 없었다. 현천과 내가 다르다는 것을 인정하고 싶지 않았다.

그래서 발버둥 쳤다. 무려 반백 년 세월을 인간이 되겠다는 일념으로 참으로 처절하게도 몸부림 쳤다. 허나, 되지 않았다. 아무리 안간힘을 써도 현천과는 같아지지가 않았다. 그래서 은거를 하게 된 게다. 인간이 아닌 내가 세상 속에서 인간들과 더불어 살아갈 수는 없는 노릇이었으니까. 너는 내게 도문을 버리는 거냐고 물었지만, 애당초 내가 인간이 아니게 된 순간부터 도문과의 인연은 이미 끝이 났던 게야."

그녀가 이해하기에는 백무강의 말은 너무 어려웠다. 하지만 말속에 담긴 감정만큼은 뚜렷해서 그 순간의 분노와 그 순간의 좌절은 충분히 생생했다.

"그렇게 체념했다. 아니, 현천과 내가 다르다는 것을 그제야 인정을 한 것이지. 허나, 그것은 어디까지나 현천이었기 때문이다. 내가 인정한 단 하나의 무인인 현천이니까 체념도 하고 포기도 할 수 있었던 것이다. 한데, 그 아이…… 내게는 그리도 모질고 야박하기만 했던 하늘이, 세상이 어찌하여 그 아이에게는 그리도 관대한 것이냔 말이다! 어찌하여 현천 하나로 그치지 않고 또다시 내게 이런 패배감을 맛보게 한단 말이냐!"

처음 천하사절의 비급이란 것을 보았을 때부터 짐작은 했었다.

자신과 같은 것을 보는 자, 그러면서도 현천과 같이 세상 속에 있는 자.

괜찮다고 생각했다. 절망과도 같은 패배감은 이미 한 번 맛보았으니 익숙해졌을 거라 생각했다. 분하지만 그래도 담담할 수 있을 거라 생각했다.

하지만 그렇지 않았다.

오히려 아물었던 상처가 더 크게 벌어졌다.

잊고 있던 패배감이, 그때의 좌절이 두 배 세 배 커져서 덮쳐들었다.

패배감, 절망감, 그리고 그 이상의 분노…….

"나는 세상이란 놈이 싫구나. 하늘이란 놈은 더 짜증나고. 이젠 포기하지 않을 것이다. 나는 다시 세상 속으로 들어갈 것이다. 허나, 다시는 그전처럼 나를 받아달라 사정하지 않을 것이다, 애원하지도 않을 것이다. 세상이 나를 받아주지 않겠다면 받아주게끔 만들겠다. 받아줄 수밖에 없도록 만들어 버리겠다. 나 백무강을 우습게본 대가가 어떤 것인지 망할 놈의 세상이란 놈에게 똑똑히 보여주고 말 것이다!"

지금 백무강의 마음은 장터에 데려가지 않겠다는 어미에게 억지떼를 쓰는 어린아이의 그것과 같았다.

그렇게 잠잠하던 강호에 바람이 불었다. 현천에게서 비롯된 바람이 천풍으로 인해 더욱 거세지고 광폭해졌다. 그 바람이 어떤 방향으로 향하게 될지는 천풍도, 그녀도, 심지어 백무강 자신조차도 알지 못했다.

제 10 장

내가 천하사절이라고?

천극의 서

다음 날, 날이 밝기가 무섭게 백무강을 찾아간 천풍은 텅 빈 태학전을 보며 망연자실할 수밖에 없었다.

한 발 늦어 버렸다.

'차라리 어제 바로 찾아왔어야 했는데…….'

부질없는 후회였다.

답답한 일이었다. 마음은 한시가 급한데 아는 거라고는 딸랑 도제라는 별호와 백무강이라는 이름뿐이다. 언제 다시 만날 수 있을지 기약조차 할 수 없다.

그렇게 암담해하고 있을 때, 문득 떠오르는 생각 하나가 있었다.

'혹시 염가상단으로 가신 것은 아닐까?'

충분히 그럴 수 있었다.

지금 이 시기에 이곳까지 왔다는 것은 그 또한 무림대회가 목적이라는 뜻이다.

이제 이틀 앞으로 다가온 무림대회다. 번잡함을 피해 잠시 황학루에 머물렀다고 해도 이제는 소주에 들어가야 할 때였다.

백무강이 소주로 출발을 한 것이 맞다면 그가 머물 곳은 염가상단뿐이다. 도제 백무강 정도 되는 인물이 염가상단의 초대를 받지 않았을 리가 없는 것이다.

생각이 거기에 미치자 더는 미적거릴 수가 없었다.

가뜩이나 불편했던 참이다. 아무리 실력으로 진 것이 아니었다지만 어쨌거나 취옥선 앞에서 창피를 당한 것은 사실이다. 도진에게 일격을 당한 그 순간, 취옥선의 눈에는 놀람과 더불어 분명 실망도 있었다.

사나이 자존심에 면이 서지 않았다.

마음 같아서는 당장이라도 황학루를 벗어나고 싶었지만 백무강을 만나야 한다는 일념으로 억지로 참고 있었던 것뿐이다.

이젠 참을 이유가 없어졌다. 마음이 급했다.

천풍은 곧장 취옥선을 찾아갔다.

마음 같아서는 그대로 조용히 떠나고 싶었지만 간단하게라도 인사는 해야 했다. 게다가 적운도 돌려받아야 했다.

*　*　*

"벌써 가시겠다고요? 아무리 급하셔도 아침 식사 정도는 하시고 가시죠?"

천풍이 염가상단으로 돌아가겠다고 하자 취옥선이 얼굴에 잔뜩 섭섭한 기색을 띄웠다.

"저도 그러고는 싶지만, 당장 급한 일이 생겨서……."

"하지만 도진 사형께서도 기다리고 계시는데……."

"예? 그분이 저를 왜?"

"어제의 비무는 제대로 된 비무가 아니었다 하시더군요. 이유는 모르지만 필경 공자님께 뭔가 사정이 있었을 거라고, 그래서 공자님만 허락하신다면 제대로 한 번 더 비무를 해보고 싶다고 하셨어요. 지금쯤이면 사형도 기침을 하셨을 텐데, 만나보시겠어요?"

"아닙니다."

천풍이 급히 손을 내저었다.

기고만장해서 거들먹거리지 않는다니 다행이고 고마운 일이었다. 그 역시 도진과의 비무가 이대로 끝나 버리는 것은 원하지 않았다. 그러나 지금은 그럴 형편이 되지 못했다.

"지금은 정말 급한 일이 있어 한시도 지체할 수가 없습니다. 게다가 그분과는 다시 비무를 해본들 결과는 마찬가지입니다."

적어도 지금은 그랬다. 그를 가로막아선 두 번째 벽을 넘어서지 못하는 한은 앞으로도 계속 그럴 것이다. 그러니 백무강을 만나야 했다.

"지금은 제가 아직 준비가 되지 않았습니다. 아직은 준비가 되지 않았지만 언제고 준비가 되면 반드시 제가 먼저 그분께 비무를 청할 것이라고 그리 전해 주십시오."

말은 힘이 있었고 눈빛은 진지했다.

'준비가 되면…… 이라고?'

취옥선이 천풍의 말을 되뇌었다.

묘한 여운이 느껴지는 말이었다.

'그럼 역시 어제의 비무는 뭔가 문제가 있었다는 건가?'

그저 상처 난 자존심이나 추슬러보려는 그런 얄팍한 변명 같지는 않았다.

천풍의 검이 도중에 멈추고 그와 동시에 이루어진 도진의 공격, 그 찰나의 순간을 그녀는 보지 못했다. 그래서 천풍의 실력이 원래 그것밖에는 되지 않는 것이라 그리 생각했다. 그래서 실망도 했다. 도진이 제대로 된 비무가 아니었다고 했을 때도 반신반의하는 마음이었다.

한데, 지금 천풍의 말을 들으니 신기하게도 믿음이 갔다.

'그래. 어제의 모습이 이분의 전부는 아니었던 거야.'

이상한 일이었다.

고작 몇 마디 말에 어째서 이토록 신뢰를 하게 되는 걸까?

어제의 모습이 전부가 아닐 거라는 생각이 왜 이리도 간절해지고 또한 안도가 되는 것일까?

'대체 난 이분께 무슨 기대를 하고 있는 거지?'

따지고 보면 황학루를 오가는 많고 많은 무림인 중에 하나일 뿐이다. 그리고 황학루를 오갔던 많고 많은 무림인들 중에 지금껏 이렇듯 마음이 쓰였던 사람은 없었다.

단순한 호기심일까? 아니면 호감?

단순히 그런 것이라고 하기에는 스스로가 생각해도 마음 쓰임이 너무 과했다.

생각이 거기에까지 이르자 괜히 더 의식하게 된다.

정직하게 마주해 오는 눈빛을 보고 있자니 또한 괜스레 낯이 뜨겁다.

그런 생각들이 자신도 모르는 사이 얼굴에 드러나 버린 모양이었다.

"왜 그러십니까?"

천풍이 의아해하며 물어왔다.

순간 당황한 취옥선이 급히 고개를 내저었다.

"아, 아니에요. 그저…… 이렇게 가신다니 서운해서……."

당황은 했지만 황학루의 주인답게 노련하게 대처했다. 그런 한편으로 이 정체 모를 사내 앞에서 이렇듯 부끄러워하고 있는 자신이 신기하기도 했고 놀랍기도 했다.

하지만 또한 황학루의 주인답게 금세 마음을 추스르고는 입가에 미소를 담았다.

"하오나 공자께서 급한 용무가 있으시다는데 제가 서운하다고 해서 공자님을 마냥 붙잡아둘 수는 없는 일이겠죠. 조금만 기다려주세요. 아이들을 시켜 적운을 데려오도록 지시를 하겠습니다."

"번거롭게 그러실 것까지는 없습니다. 적운이 어디 있는지만 알려주시면 제가 데리러가겠습니다."

"음…… 그럼 제가 모셔다 드릴 테니 저를 따라오세요. 언제 다시 볼지도 모르는데 저도 적운과 인사 정도는 해야 하니…… 그리고 공자님께 백향을 소개해 드리고도 싶고요."

취옥선이 그렇게 말하며 앞장섰다.

오히려 그녀를 괜히 더 번거롭게 한 것 같기도 해서 마음이 흔쾌하지는 못했지만, 적운에 대한 그녀의 관심을 잘 알고 있었기에 더는 거절하지 않았다. 게다가 백향이라는 말도 궁금했다. 무척이나 자랑스러워하는 태도였다. 백향에 대한 자부심이 상당해 보였다.

그래서 취옥선을 따르며 물었다.

"백향은 어떤 말입니까?"

천풍의 질문에 취옥선의 눈이 반짝였다.

마치 기다렸다는 듯한 눈빛이다. 아니, 이건 숫제 묻지 않았다면 단단히 화라도 냈을 법한 태도였다.

"혹시 백의(白義)라고 들어보셨어요?"

취옥선이 대단히 의미심장하게 물어왔다. 당장 자랑하고 싶어 입이 근질근질한 것을 간신히 참는 듯한 표정이었다.

마음 같아서는 맞장구를 쳐주고 싶었지만 안타깝게도 말에 대해선 워낙에 문외한이었다.

"아뇨. 들어보지 못했습니다."

다행히 실망한 기색은 아니었다. 오히려 그럴 줄 알았다는 듯 고개를 두어 차례 끄덕인다.

"그럴 거예요. 사실 세상에는 그리 잘 알려지지 않은 이름이니까요. 하지만 고대의 지리서인 산해경(山海經)에도 그 이름이 나와 있을 만큼 뛰어난 명마예요."

그리고 조금 더 목소리를 높였다.

"산해경에는 팔준(八駿)이라 해서 천하에서 가장 뛰어난 여덟 종류의 말이 기록되어 있어요. 그중 하나가 백의죠. 털은 눈이 부시도록 희고 하늘을 날 듯 날렵하며 천지를 굽어보듯 도도하다. 백의에 대한, 조금의 과장도 없는 설명이죠."

대단한 듯 설명을 했지만 사실 천풍에게는 산해경이란 것도 생소했고, 팔준이라는 것도 그다지 와 닿지 않았다.

천풍이 시큰둥해 보이자 취옥선이 마치 '그러면 이건 어떠냐?' 라는 표정으로 한마디를 덧붙였다.

"삼국시대 때 관우가 탔다는 적토마도 바로 그 팔준의 하나죠."

"아……!"

회심의 일격은 그대로 적중했다.

그제야 확 와 닿았다.

적토마에 관한 거짓말 같은 일화들이야 천풍도 익히 들었다. 백의가 적토마에 비견된다고 하니 조금 전과는 느낌이 확연히 달랐다.

그러다 문득 궁금해져서 물었다.

"그럼 한혈마는 팔준에 들어 있지 않습니까?"

"한혈마는 기록되어 있지 않아요. 하지만 외형적인 특징도 그렇고 하루에 천 리를 달린다는 것도 그렇고, 적토마가 바로 한혈마일 거라는 속설이 거의 정설로 받아들여지고 있죠. 그러니 이름만 바뀌었을 뿐 한혈마도 팔준의 하나인 셈이에요."

그렇다면 팔준 중 두 마리나 지금 이곳에 있다는 말이다.

그녀처럼 말을 크게 좋아하는 것은 아니었지만 백향에 대한 관심이 부쩍 커졌다. 눈이 부시도록 희고 하늘을 날 듯 날렵하며 천하를 굽어보듯 도도하다는 것이 과연 어떤 모습인지 궁금했다.

자연스레 마음은 급해지고 걸음은 빨라졌다.

그런 천풍을 보며 취옥선은 득의한 표정을 지었다.

기분이 좋았다. 뿌듯하기도 하고 유쾌하기도 했다.

하지만 그 좋던 기분은 마구간에 당도한 순간, 어찌할 수 없는 당황과 민망함으로 바뀌었다. 그것은 천풍 또한 마찬가지였다.

"이게……!"

"……!"

마구간은 그야말로 엉망진창이었다. 밤사이 한바탕 태풍이라도 휘몰아친 것 같았다. 하지만 그들이 당황하고 민망해한 것은 단지 그것 때문만이 아니었다.

마구간 안의 한쪽 구석, 거친 콧김을 푸룩푸룩 몰아쉬고 있는 적운과 적운의 밑에 깔려 자신들만의 행각에 몰입하고 있는 백마…… 눈이 부시도록 흰 것을 보니 백향인 모양이다. 하지만 지금 저 모습에선 하늘을 나는 날렵함도, 천하를 굽어보는 도도함도 전혀 찾아볼 수 없었다.

지금 이곳에 있는 것은 두 마리의 팔준이 아니었다.

그저 두 마리의 발정 난 짐승들이 있을 뿐이었다.

* * *

"이거 참, 이게 대체 무슨 망신이야? 앞으로 루주 얼굴을 어떻게 보냔 말이야."

천풍이 투덜거렸다. 조금 전 일을 다시 떠올리는 것만으로도 민망하고 창피해서 몸 둘 바를 모를 지경이었다.

"이 녀석아. 아무리 급해도 그렇지, 때와 장소는 가려야 할 거 아냐?"

꾸짖어 본들 지금 적운의 귀에는 들리지도 않았다.

반성하는 기색은 눈곱만큼도 없었다.

오히려 무슨 대단한 일전이라도 치른 듯 개선장군의 그것처럼 보무도 당당했다.

"에휴…… 내가 말을 말아야지."

말을 해봐야 입만 아프고 속만 터진다.

천풍은 민망하고 낯 뜨거웠던 순간을 애써 머릿속에서 지우고 고삐를 고쳐 잡았다. 역시 지금은 다른 것을 생각할 때가 아니었다. 한시라도 서둘러 염가상단으로 돌아가야 했다.

"어쨌거나 실컷 회포도 풀었을 테니 제대로 한 번 달려보자고. 이랴!"

하지만 천풍은 제대로 속도를 내기도 전에 다시 적운을 멈춰 세워야 했다.

낯익은 얼굴 하나가 적운이 달리는 관도의 중앙을 떡 하니 가로막고 서 있었기 때문이다.

'어라? 저분은……!'

놀랍게도 어젯밤 도제 백무강과 함께 있던 여인이었다.

이름도 알지 못하는 여인의 등장이 놀랍기도 했지만 그보다는 반가움이 더 컸다.

저 여인이 여기에 있다는 것은 또한 백무강도 있다는 뜻이다. 어쩌면 의외로 빨리, 그리고 손쉽게 백무강을 다시 만날 수 있을지도 몰랐다.

천풍은 급히 말에서 내려 여인을 마주했다.

한데, 느낌이 이상했다.

'저분은 왜 날 저런 눈으로 보는 거지?'

눈빛부터가 그랬다.

그것은 분명 적의였다.

어제의 경계는 납득할 만한 것이었지만 지금의 적의는 뜬금없었다.

"저기 무슨 일이신지…… 혹시 저를 기다리신 것입니까?"

"한 가지 확인할 것이 있습니다."

자신을 기다리고 있었던 것이 맞나 보다. 그럼 매서운 적의도 천풍을 향한 것이라는 뜻인데 도통 이해할 수가 없다.

"확인해 볼 것이라면……?"

여인이 천풍의 눈을 똑바로 마주해 왔다.

어제도 느꼈지만 적의를 빼고서도 눈빛이 참 사나운 여인이었다. 사람을 괜히 주눅 들게 하는 그런 눈빛이었다.

"혹시 당신이 천하사절이 맞습니까?"

천풍을 똑바로 마주하며 여인이 뱉어낸 말은 뜬금없는 적의만큼이나 생뚱맞은 것이었다.

"예? 천하사절이요?"

"맞습니까?"

"당연히 아닙니다."

정말이지 황당했다.

'대체 뭐야? 어제 루주는 나더러 옥면신룡이 아니냐고 하더

니 이번엔 또 천하사절이라고?'

대체 왜들 그러는지 모르겠다.

천하사절과는 일면식도 없는데 옥면신룡은 뭐고 천하사절은 또 뭐란 말인가?

"……."

여인이 적의에 더해서 살피는 눈으로 천풍을 본다.

천풍의 말을 곧이곧대로 믿는 눈치가 아니었다. 그렇다고 완전히 믿지 않는 눈빛도 아니었다. 아니, 애당초 천풍의 말 따위는 상관없다는 그런 눈빛이었다. 아니나 다를까,

스르릉!

대뜸 허리춤에서 칼을 뽑아든다.

"……?"

"어차피 바른 대답이 나올 거라고는 생각지 않았습니다. 사람의 입이란 원래 신뢰할 수가 없는 것이니까. 천하사절인지 아닌지는 제가 직접 제 손으로 확인하도록 하겠습니다."

"……!"

그녀의 이름은 추도향(秋燾香)이다.

사람들은 그녀를 도문 제일의 기재라는 의미로 일기도향(一驥刀香)이라 불렀다.

어떤 무기든 여자에겐 불리함이 따르기 마련이지만 강과 패가 기본이 되는 도는 특히나 더 그랬다.

그런 신체적인 한계와 불리함을 극복하고 도문 최고의 기재로 인정받기까지, 얼마나 지독하게 자신을 몰아세웠는지는 굳이 설명할 필요가 없을 것이다.

그만큼 스스로에 대한 자부심 또한 대단했다.

적어도 무림의 후기지수들 중에서는 자신이 최고라 자부했다. 사람들은 추도향과 더불어 검문의 대공자와 둘째공자, 소림의 신승(新僧) 혜광, 개파조 장삼풍의 후신이라 일컬어지는 무당파의 진현(眞玄)을 한데 묶어서 신주오기(神州五驥)라 부르지만, 그조차도 만족 못하는 것이 그녀였다.

한데, 천풍으로 인해 그 같은 자부심이 여지없이 무너지고 말았다.

스승 석조명을 마음으로부터 굴복시키고 도제 백무강의 20년 은거를 깨트린 것이 천하사절이다. 그런 천하사절이 설마 이렇게나 젊은 사람일 거라고는 상상도 못했다.

아무리 많이 보아줘도 그녀보다 두어 살은 어려 보였다.

믿기지 않았다.

인정하고 싶지도 않았다.

도제 백무강의 말인데도 온전히 받아들일 수가 없었다.

그래서 그를 기다렸다.

천풍이 과연 천하사절이 맞는지, 천하사절이 맞다면 스승 석조명을 마음으로부터 굴복시킬 정도로 정말로 대단한 인물이긴 한 건지…… 칼을 맞대보면 알 수 있다.

그것이 또한 그녀가 믿는 단 하나의 진실이었다.

한데, 상황은 그녀가 생각했던 것과는 조금 다른 방향으로 흘렀다.

"저는 싸울 생각이 없습니다."

명백한 거절의 말이었다.

"지금 제 도전을 거절하시는 건가요?"

"예. 저는 소저와 싸울 이유가 없습니다."

"이유라면 저한테 있어요. 확인해야 할 게 있다고 분명히 말씀드렸을 텐데요? 그거 하나면 무림에서 싸움의 이유로 충분한 것 아닌가요?"

"그거야 어디까지나 그쪽 사정이구요. 게다가, 천하사절이 아니라고 저도 분명히 말씀드렸잖습니까? 대체 어디서 무슨 얘기를 듣고 이러시는지는 모르겠지만……."

"태사조님이 그리 말씀하셨습니다. 당신이 바로 천하사절이라고."

"어르신이 그리 말씀하셨다구요?"

"이래도 발뺌을 하시겠습니까? 아니면, 저 같은 건 천하사절을 상대할 자격이 되지 않는다는 뜻인가요?"

"대체 어르신이 왜 그런 말씀을 하셨는지는 모르겠지만, 만일 어르신이 정말 그리 생각을 하고 계신 거라면 그건 어르신께서도 잘못 생각하고 계신 겁니다. 다시 한 번 말씀드리지만 저는 천하사절이 아닙니다."

"저를 끝까지 우롱하시겠다는 거로군요."

이젠 아예 뽑아든 칼에서 살기마저 느껴졌다.

참으로 답답한 노릇이다. 천풍의 말은 아예 들으려고도 하지 않는다.

"좋습니다. 그럼 어르신을 만나서 제가 해명을 하겠습니다. 그래서 어르신께서 제가 천하사절이 아니란 것을 인정하시면 그러면 되는 것 아닙니까?"

그렇잖아도 만나야 했던 참이다.

"어르신은 어디 계십니까?"

하지만 추도향의 입에서 흘러나온 말은 그가 원했던 대답이 아니었다.

"그분은 이곳에 계시지 않습니다."

"이곳에 계시지 않는다구요?"

"떠나셨습니다."

"떠나셨다고요?"

염가상단으로 돌아가면 다시 만날 수 있지 않을까 해서 급히 황학루를 나선 걸음이었다. 그조차도 한 가닥 기대에 지나지 않아서 불안해 하던 참에, 어쨌거나 뜻하지 않게 추도향을 다시 보게 되어 적잖이 안도하고 있었는데 이미 떠났다고 한다.

"대체 어디로요? 어디로 가셨습니까?"

"그것까지 알려드릴 이유는 없는 것 같은데요?"

추도향의 차가운 대꾸에 천풍은 애가 탔다.

사실 백무강이 어디로 갔는지는 그녀도 알지 못했지만, 그녀의 말을 곧이곧대로 믿어 버린 천풍은 그녀가 백무강의 행방을 알고 있으면서도 일부러 말하지 않는 거라 생각했다.

"그러지 말고 가르쳐주십시오. 어르신께 꼭 여쭈어야 할 것이 있습니다. 제가 천하사절인지 아닌지 그것도 확실하게 밝혀야 하지 않습니까?"

"당신이 천하사절인지 아닌지 밝히는 것은 저 혼자서도 충분히 할 수 있습니다."

씨알도 안 먹힌다. 그냥 사정만 해서는 눈썹 하나 까딱하지 않을 것 같았다.

"좋습니다. 그럼 이렇게 하죠. 먼저 어르신이 있는 곳을 가르쳐주시면 아니, 어르신과 만나게만 해주시면 그 후에는 군말 없이 소저의 도전에 응하도록 하겠습니다. 어떻습니까?"

천풍으로서는 더할 수 없을 만큼 양보를 한 것이었다.

"그다지 매력적인 제안은 아니네요. 저는 이미 칼을 뽑았고 당신이 원하든 원하지 않든 저는 이 칼을 휘두를 거예요. 목에 칼이 들어오는데도 과연 저를 상대해 주지 않을 수 있을지 저도 이젠 궁금해지는군요."

"……."

기가 막혔다. 세상에 막무가내도 이런 막무가내가 다 있나 싶었다.

이젠 슬슬 짜증마저 치미는 천풍이다.

'그래. 까짓 관두라지 뭐. 어차피 그 어르신을 다시 만난다고 해서 지금 안 보이는 게 반드시 보인다고 장담할 수도 없는 거잖아.'

더 이상 사정하지 않기로 했다. 아예 말조차 섞고 싶지 않았다.

천풍은 몸을 돌렸다. 그리고는 추도향에게는 눈길도 주지 않고 적운의 등에 올라탔다.

"지금 뭐하시는 거죠?"

"협상이 결렬되었으니 그만 가던 길을 가려는 겁니다."

"뭐라고요?"

추도향이 상큼 눈썹을 치켜 올렸다.

그러거나 말거나였다.

"이랏!"

천풍은 조금의 주저함도 없이 힘껏 적운의 엉덩이를 후려갈겼다.

이히히히힝—

애꿎게 엉덩이를 맞은 적운이 울음인지 비명인지 모를 소리를 내지르며 쏜살같이 달려 나갔다. 그야말로 쏜살이었다. 하루에 천 리를 달린다는 말답게 엄청난 속도로 관도를 내지르기 시작했다.

한데, 그때였다. 뭔가 희끗한 것이 추월하듯 옆을 스쳐 지난다 싶은 순간, 추도향의 얼굴이 시야에 들어왔다.

뭐가 어떻게 된 일이지 미처 알아차리기도 전이었다.

"하앗!"

우렁찬 기합성과 동시에 추도향이, 추도향의 칼이 무시무시한 기세로 천풍을 덮쳐들었다.

"우왁!"

막고 자시고 할 틈이 없었다. 적운의 등에 그대로 머물러 있을 수도 없었다. 그 순간 살길은 적운의 등에서 구르듯 벗어나는 것뿐이었다.

서걱!

섬뜩한 기운이 머리를 스쳐갔다.

다행히 대처가 늦지 않아 머리카락 몇 올만 잃었을 뿐이지만, 등허리가 식은땀으로 축축하게 젖을 정도로 간담이 서늘한 순간이었다.

그것은 적운이라고 다르지 않았던 모양이었다. 천풍이 굴러 떨어졌는데도 꼬랑지에 불이라도 붙은 양 쌩하니 달려가 버렸다.

'저런 의리 없는 놈!'

이로써 확실해졌다.

관우가 죽자 따라서 굶어죽었다는, 충정의 대명사와도 같은 적토마가 저 따위 의리 없는 한혈마일 리가 없다.

성질 같아서는 욕이라도 한바탕 퍼부어주고 싶었지만, 지금 천풍에겐 그럴 만한 여유조차도 허락되지 않았다.

파파파팟!

그건 공기를 가르는 소리가 아니었다. 추도향의 칼은 마치 공기를 부수듯이 덮쳐들고 있었다.

천풍은 온몸의 혈정을 최대한 끌어올리며 급히 뒤로 몸을 날렸다.

"엇!"

순간 놀람성을 터트린 것은 천풍이 아니라 추도향이었다.

자신의 일격을 천풍이 피한 것도 피한 거지만, 단 한 번 발을 굴렀을 뿐인데 마치 공간을 접어서 건너뛰기라도 한 것처럼 그와의 거리가 단숨에 십여 장이나 벌어져 있었기 때문이다.

'역시!'

예사로운 움직임이 아니다.

놀람 뒤에는 경계였다.

그 움직임 하나만으로도 섣불리 상대할 자가 아니라는 판단을 내리기에 충분했다.

덕분에 한숨 돌린 천풍이다.

한숨 돌리고 나니 울화가 치밀었다.

"대체 이게 무슨 짓입니까!"

자칫했으면 죽을 뻔하지 않았는가 말이다.

"도문이라면 무림에서도 그 명망이 대단히 높은 문파로 알고 있는데, 백주대낮에 무고한 사람을 죽이려 들다니…… 대체 이 무슨 무도한 짓이란 말입니까!"

"말했을 텐데요? 확인해 볼 것이 있다고."

"그래서? 고작 그것 때문에 정말 저를 죽이기라도 할 작정이었단 말씀입니까?"

"죽지 않았죠. 천하사절이 그 정도로 간단히 죽을 리가 없죠. 게다가 저 또한 살의를 온전히 다 담지는 않았구요. 하지만 역시 손에 사정을 둘 필요는 없었네요. 그러니 이제부터는 생사결의 각오로 임하겠습니다!"

추도향이 다시 칼을 들어 올리며 자세를 잡았다.

그녀의 말대로였다. 뿜어 나오는 기세가 지금까지와는 또 달랐다. 눈빛은 흉흉했고 전신에서는 소름끼치도록 진득한 살기가 스멀거리며 피어오르고 있었다.

이쯤 되고 보니 아무래도 생각을 달리 먹어야 할 듯싶었다.

너무 안일하게 생각했다. 저 막무가내의 집요함과 안하무인의 쇠고집을 보건대 피한다고 될 일이 아니었다. 게다가 그 역시 치미는 울화에 주먹이 근질거리던 참이었다.

하지만 그것이 이성을 집어삼킬 정도는 아니었다.

지금 이 순간 가장 먼저 떠오른 생각은 '과연 이길 수 있을까?' 였다.

적운을 단숨에 추월해 버리던 움직임, 공기를 부수듯 덮쳐들던 강맹함…… 그것은 분명 지금껏 자신이 경험해 보지 못한 것이었다. 도진보다 한 수 위 아니, 어제의 도진과 비교해 보면 적어도 두 수는 위였다.

도진에게도 졌다.

물론 워낙에 갑작스러웠던 상황이라 제대로 방비할 새도 없이 당한 거였지만 어쨌든 '결'이 무기가 아니라 방해가 되는 것은 어제와 다를 바 없었다.

더구나 아까는 봐준 거라 했다. 아까만 해도 반쯤 저승 문턱에 발을 내딛고 염라대왕과 안면을 트고 왔는데, 이제부터는 생사결의 각오로 임하겠다지 않는가.

혈정을 최대한 끌어올리면 얼마간 버틸 수는 있을 것 같았다. 하지만 그래 봐야 얼마간일 뿐이다. 상대가 도진이라면 또 모르지만 혈정 하나만을 믿고 추도향을 상대하기에는 아무리 긍정적으로 생각해 봐도 열에 열 필패였다. 게다가 상대는 여자였다. 여자를 상대로 정색을 하고 싸우는 것도 한심한 노릇이지만, 여자에게 얻어터지는 것은 정말이지 꼴사나운 일이었다.

그렇게 생각을 하고 보니 이건 맞서 싸워서 뭐 하나 득 될 게 없는 상황이다.

"그 전에 하나만 물어봅시다."

"뭐죠?"

"제가 만일 천하사절이라고 인정을 하면 칼을 거두실 겁니까?"

"아뇨. 제가 확인하고 싶은 것은 당신이 천하사절인지 아닌지 그것이 아니라 어디까지나 천하사절의 실력이니까요."

"그럼 결국 제가 천하사절이든 아니든 소저와 싸울 수밖에 없다는 거로군요."

추도향이 고개를 끄덕였다.

"그러니까 지금의 상황인즉슨, 제가 만일 천하사절이라면 소저의 칼을 감당할 수 있을 테니 살 것이고, 제가 천하사절이 아니라면 소저의 칼을 감당할 수 없을 테니 죽을 것이다. 그렇게 되는 거로군요?"

추도향이 다시 고개를 끄덕였다.

"그럼 만일 제가 천하사절이 아니라면, 그래서 억울하게 죽임을 당하게 되는 거라면 그 책임은 어떻게 지실 겁니까?"

"태사조님은 허튼 말씀을 하실 분이 아닙니다."

"그래도 만에 하나라는 것이 있지 않습니까?"

"만에 하나도 없습니다."

이건 그야말로 벽창호가 따로 없다. 아예 벽에다 대고 말을 하는 게 차라리 나을 듯싶었다. 이젠 새삼스럽지도 않다.

"그럼 제가 살기 위해서라도 저는 반드시 천하사절이어야만 하는 거로군요."

천풍은 더는 복잡하게 생각지 않았다.

뭔가 결심이 선 눈빛을 하고는 그 자리에서 털썩 엉덩이를 깔았다.

천풍의 돌발적인 행동에 추도향이 잔뜩 눈살을 찌푸리며 물었다.

"뭐하는 짓이죠?"

"제가 살기 위해서는 반드시 천하사절이어야만 하는데, 이미 말씀드렸다시피 안타깝게도 저는 천하사절이 아닙니다. 그러니 죽임을 당할 수밖에 없고, 저항해 본들 결과는 뻔하니 그냥 곱게 죽어드리겠다는 겁니다."

정말 마음대로 하라는 듯 목을 길게 빼기까지 한다.

추도향이 어이없다는 얼굴을 했다.

"이런다고 제가 마음을 돌릴 것 같나요?"

"마음을 돌려주신다면야 천만다행이지만 이런다고 마음을 돌리실 분이라면, 애당초 무고한 사람에게 이처럼 무도한 행패를 부리고 있지는 않았겠죠."

강건한 태도로 보건대 그저 배짱이나 한 번 부려보자는 수작 같지가 않았다.

처음으로 의심이 들었다.

'혹시 태사조님께서 뭔가 잘못 알고 계셨던 것은 아닐까?'

천풍이 정말 천하사절이라면 굳이 이렇게까지 완강히 부인할 필요가 있을까?

죽음을 불사하면서까지 지키고 싶은 비밀이라면, 그가 천하사절이 맞다면 반대로 그녀를 죽여 입을 봉하는 것이 더 간단한 일이 아닌가.

그런 한편으로 의심스러운 것이 하나가 더 있었다.

"아직 제대로 일합도 겨뤄보지 않았는데 어째서 결과가 뻔할 거라 단정하시는 거죠?"

천풍이 추도향의 움직임에서 그녀의 실력을 가늠했듯이 그녀 또한 아까 보여준 천풍의 움직임에서 그의 실력을 대강이나마 파악을 했다.

천하사절이고 아니고를 떠나서 자신의 아래가 아니었다. 아니, 적어도 싸워보지도 않고 패배를 인정할 정도의 격차가 있다고는 결코 생각할 수 없었다.

"지금의 저로서는 소저의 상대가 되지 않으니까요."

"그러니까 어째서 상대가 되지 않는다 하시는 거죠?"

"날이 없이 자루만 있는 검으로 시퍼렇게 날이 선 칼을 제대로 상대할 수 있을 리가 없지 않습니까?"

"그러니까 당신이 날이 없는 검이라 이건가요?"

"그렇습니다."

"어째서요?"

"어르신 때문입니다."

"태사조님 때문이라구요?"

"어제 어르신이 말씀하신 것들이, 그리고 보여주신 것들이 제가 유일하게 쓸 수 있는 무기를 못 쓰게 만들어 버렸습니다."

천풍은 설명을 한다고 한 것이었지만 추도향이 이해할 수준의 것은 아니었다.

하지만 거짓말을 하는 것 같진 않았다.

추도향은 어제의 일을 떠올려 보았다.

결이니 결의 무예니 하는 말은 그녀도 들었다. 하지만 그녀에겐 어려운 불경이나 난해한 법전처럼 그야말로 딴 세상 이야기였다. 완전한 소멸이라 하며 보여준 것 또한 삼매진화와 뭐가 다른 것인지 그녀로서는 구분할 수가 없었다.

'거기에 내가 알지 못하는 무언가가 있었다는 건가?'

모른다는 것이 오히려 천풍의 말에 신뢰를 더하게 한다.

'그럼 혹시 그때 태사조님께 뭔가 금제라도 당했던 건가?'

무기를 못 쓰게 만들었다는 것, 추도향은 그렇게 정의 내렸다. 그녀가 가진 상식과 그로 인한 생각의 폭은 그것이 한계였다.

'그러고 보니 백회가 흐린 듯도 한데…….'

백회가 흐리다는 것은 독맥이 막혔다는 뜻이었다. 조금 전 보여준 움직임이라면 내공이 상당할 텐데도 정작 느껴지는 기운은 어딘가 고르지 못하고 미약했다.

'정말로 금제를 당한 건가?'

천풍의 말이 사실이라면 무작정 밀어붙인다고 될 일이 아니었다.

그녀가 칼을 뽑은 것은 은원 때문이 아니었다. 어디까지나 천하사절의 실력을 직접 확인하는 게 목적이었다. 천하사절의 몸이 온전치 못한 상태라면 칼을 나누어 본들 아무 의미가 없었다. 게다가 이제는 천풍이 천하사절이 과연 맞는지조차도 확신이 서지 않았다.

"그럼 이제 어떻게 해야 하죠?"

"뭘 말입니까?"

"어떻게 해야 자루뿐인 검에 다시 날을 채울 수가 있죠?"

천풍이 의아히 추도향을 보았다. 순간, 추도향의 마음에 변화가 생겼다는 것을 바로 알아차렸다. 살기가 걷힌 얼굴 표정은 차지하고라도 말투부터가 아까와는 확연히 달랐다.

천풍은 고개를 저었다.

"저도 모릅니다. 다만……."

"다만?"

"어르신으로 인해 이리되었으니 어르신께는 필경 그 답이 있을 겁니다. 그러니 어르신을 뵙게 해주십시오."

지금이 기회라 생각하고 다시 부탁을 했다. 하지만,

"그럴 수는 없어요."

부탁을 한다고 될 일이 아니었다.

"태사조님이 어디 계신지는 저도 알지 못하니까요."

이렇게 된 마당에 더 숨길 이유가 없었다.

"떠나실 때, 세상으로 다시 들어갈 거라는 말씀밖에는 아무 말씀도 남기지 않으셨습니다."

한 가닥 기대가 물거품이 되는 순간이었다.

천풍의 얼굴이 실망으로 일그러지는 것을 보며 추도향이 물었다.

"태사조님을 뵙는 것 말고는 전혀 다른 방법이 없는 건가요?"

"굳이 다른 방법이라 한다면 시간이겠죠."

"그럼 시간만 지나면 자연히 해결이 된다는 말씀인가요?"

"굳이 방법을 찾자면 그렇다는 말입니다. 1년 후가 될지, 10년 후가 될지…… 언제가 될지는 기약조차 할 수 없습니다."

처음 '결'을 본 것은 천 권의 무공서적을 읽었을 때였다. 그리고 사람에게서 '결'이 보인 것은 그로부터 10년이 더 지나서였다. 그러니 세상과 맞물려 있는 고리를 볼 수 있게 되기까지는 또 얼마나 더 걸릴지 모르는 일이다. 10년 아니라 살아생전에 가능이나 할런지조차도 장담할 수 없었다.

하지만 추도향의 생각은 다른 듯했다.

"언제가 될지 기약조차 할 수 없다는 것은 당장 내일이 될 수도 있다는 말 아닌가요?"

참으로 긍정적인 마음가짐이 아닐 수 없다.

천풍이 어이없다는 눈으로 추도향을 보자 추도향이 불쑥 말문을 돌렸다.

"마지막으로 하나만 묻죠."

"……?"

"자루뿐인 검에 다시 날을 채우면 제게 이길 자신이 있습니까?"

더없이 진지한 눈빛이었다.

무슨 의도로 이런 질문을 하는 건지는 모르지만 한 가지 확실해진 것은 있었다.

적어도 이제는 막무가내로 덤벼들지는 않을 거라는 것.

어쨌든 진지하게 물어오니 그도 진지하게 대답했다.

"질 것 같지는 않습니다."

기분 나빠할 수도 있었다. 그래서 어쩌면 다시 칼이라도 휘둘러올지도 몰랐다. 하지만 그게 솔직한 생각이었다.

지금까지 그가 만난 무림인 중에 이젠 기억에도 가물가물한 금천우를 제외하고 그가 이길 수 없겠다 생각한 사람은 도제 백무강뿐이었다.

도제 백무강과는 워낙에 상극이었다.

자신은 백무강에게서 '결'을 볼 수 없는데 백무강은 자신의 '결'을 훤히 볼 수 있다는 것, 이건 상극 정도가 아니라 아예 천적이라 해야 맞을 듯싶었다.

어쨌거나 다행히 칼을 휘둘러 오진 않았다. 그다지 기분 나빠하는 기색도 아니었다. 다만 뭔가 의미심장한 눈빛인 것이 그를 심히 불안케 했다. 아니나 다를까,

"좋아요. 그럼 다시 날을 채우게 될 때까지 기다리도록 하죠."

단지 싸움을 그때로 미루어주겠다는 의미가 아니었다.

"묵고 있는 곳이 어디죠? 소주인가요?"

"염가상단입니다만?"

"염가상단이라면 마침 잘됐군요. 어차피 무림대회에 참석차 온 걸음이라 염 단주께는 따로 인사를 드려야 했던 참이니."

"……?"

"우선 간단히 요기를 할 곳부터 찾아보죠. 말이든 마차든 타고 갈 것도 구하고. 소주까지 걸어서 갈 수는 없는 노릇이니까요."

"……?"

천풍이 그녀의 의도를 몰라 의아해하는 사이, 칼을 거두어 들인 추도향이 성큼 걸음을 옮긴다. 그러다 천풍을 돌아보며 묻는다.

"뭐하세요? 안 가실 건가요?"

"대체 뭘 어쩌시겠다는 건지……."

"말씀드렸잖아요. 당신이 다시 날을 채울 때까지 기다리겠다고."

"그러니까 그동안 저와 동행이라도 하겠다는 겁니까?"

"왜? 안 되나요? 안 된다면 당장 여기에서 못 다한 일을 마저 끝내든지요. 저는 어느 쪽이든 상관없으니까."

다분히 위협적인 태도로 허리춤의 칼을 툭툭 친다.

"……."

그러니 입이 있어도 말을 할 수 없는 신세였다.

추도향의 입가에 처음으로 미소가 걸렸다.

"그럼 당분간 신세를 지도록 하죠."

참 보기 좋은 미소였다.

물론 천풍에게만은 꼭 그렇지만은 않았지만 말이다.

제 11 장

죽어 마땅한 세 가지 죄

추도향이 천풍과의 동행을 선택한 것은 그것 외에는 달리 방법이 없었기 때문이었다.

천하사절에 대한 관심은 비단 백무강만이 아니었다. 스승 석조명도 천하사절에 대해 지대한 관심을 갖고 있었다. 그녀에게 백무강을 보필케 한 것도 자신의 눈과 귀를 대신하기에 가장 적합하다 판단했기 때문이었다.

그런 중에 천하사절을 만났다.

추도향은 둘 중 하나를 선택할 수밖에 없었다. 도문에 백무강의 소식을 먼저 알리느냐, 아니면 천하사절이라 짐작되는 인물을 쫓아가느냐.

추도향은 후자를 택했다.

도문에 있어 백무강보다 우선할 수 있는 것은 없지만, 백무강의 소식을 전하는 것은 굳이 그녀가 직접 가지 않아도 되는 일이었다. 반면 천하사절은 그렇지가 않았다.

가뜩이나 행적이 신비에 쌓인 인물이었다.

비록 천하사절이라 완전히 단정 지을 수는 없다고 해도 이대로 놓쳐 버리면 다음을 기약할 수가 없게 된다. 그리해 천풍과 동행하는 한편으로 도문에 인편을 보내 다음 지시를 기다리기로 계획을 한 것이었다.

덕분에 천풍만 고생이었다.

그 역시 아침을 거른 터라 배가 고팠다. 그래서 요기를 하고 가자 한 것까지는 좋았다. 하지만 워낙에 사람이 미어터지는 시기이다 보니 간단히 끼니를 때우는 것조차도 만만치가 않았다. 혼자가 아니라 둘이라는 것도 장애가 되었다.

그러나 정작 그를 힘들게 하는 것은 추도향의 때와 장소를 가리지 않는 고고함이었다.

도무지 다른 사람들과는 합석을 하려 하지 않았다. 지금 같은 상황에서 둘이서 식탁 하나를 차지하려는 것은 사치이기 이전에 욕심이었다. 합석이라도 하게 해달라 부탁을 해도 모자랄 판국에 오히려 먼저 '합석은 불가'를 천명하고 나섰으니, 어딘들 그들을 달가워하겠는가 말이다.

결국 마을 외곽 끝 언저리까지 가서야 겨우 그들을 받아주는 객잔을 찾을 수가 있었다. 그나마도 끼니때가 아니었기에 망정이지, 그렇지 않았다면 하루 종일 쫄쫄 굶어야 했을지도 몰랐다.

추도향이 왜 합석하기를 싫어하는지는 객잔에 들어서자마자 바로 알았다.

그들이 객잔 안으로 얼굴을 내민 순간 왁자지껄하던 객잔 안이 마치 시간이 멈춘 것처럼 조용해졌다. 아니, 이곳이 마치 이름 높은 사찰이라도 되는 것처럼 차라리 경건하기까지 했다.

숨소리조차 들리지 않았다. 대신,

꿀꺽!

여기저기서 간헐적으로 침 삼키는 소리만 들렸다.

남녀노소 할 것 없이 객잔 안의 모든 시선은 그 순간, 일제히 추도향을 향하고 있었다. 그리고 천풍과 추도향이 점소이의 안내를 받아 식탁에 앉은 것과 때를 같이하여 멈췄던 시간이 다시 돌기 시작했다.

객잔 안이 부산스러워졌다. 여기저기 점소이를 찾는 목소리들이 난무했다.

저 여자는 대체 누구냐? 어디에 사느냐? 이름은 뭐냐? 혹시 합석이 되는지 물어봐주지 않겠느냐?

쏟아지는 질문들에 점소이가 진땀을 뺀다.

이러니 미리부터 합석 불가를 못 박은 것도 당연했다. 점소이가 중간에서 거절을 해주니까 망정이지 아니면 쏟아지는 합석 요청에 젓가락질도 제대로 못할 뻔했다.

천풍은 새삼스런 눈으로 추도향을 보았다.

그 역시 처음 봤을 때부터 예쁘다고는 생각을 했다. 하지만 이렇게까지 대단한 미모라고는 미처 생각지 못했었다.

'루주와 비교하면 역시 루주 쪽이 훨씬…… 아니, 약간 더…… 음…… 어쩌면 보기에 따라서는 미묘할지도…….'

취옥선보다는 못하다는 생각으로 취옥선에 빗댄 거였는데 막상 비교를 하고 보니, 선뜻 어느 쪽이 더 낫다 판단하기가 어려웠다.

취옥선이 화려하면서도 차분하고 그러면서도 다정한 느낌이라면, 추도향은 화려하면서도 거칠고, 차가우면서도 도도한 그런 느낌이었다. 어쩌면 단순히 조금 전 겪은 살벌한 기억 때문에 그렇게 느껴지는 것일지도 모르지만, 어쨌거나 취옥선과 견주어도 손색이 없는 미모인 것만은 분명했다.

그제야 주위의 반응을 납득할 수 있었다.

그 역시 취옥선을 처음 봤을 때는 저들처럼 창피한 줄도 모르고 넋을 잃지 않았던가. 취옥선을 먼저 보지 않고 추도향을 먼저 만났더라면, 또한 그리되지 않았으리라 장담할 수 없었다.

이렇듯 아름다운 여인과의 동행이다. 사내라면 당연히 즐겁고 유쾌한 일이다. 그리고 천풍은 사내였다. 한데도 천풍은 전혀 즐겁지도 유쾌하지도 않았다.

'역시 사람은 얼굴보다는 마음이지.'

지금 객잔 안의 뭇 남정네들도 조금 전 다짜고짜로 칼을 휘둘러대던 추도향의 지옥 야차 같은 모습을 목격한다면, 장담하건대 결코 지금 같은 눈으로 추도향을 보지는 못할 것이다.

그렇게 생각하고 보니, 추도향의 얼굴만을 보고 그 속의 지옥 야차를 보지 못하는 뭇 중생들이 한심함을 넘어 불쌍하기까지 했다.

한데, 부처님의 배려였을까? 주문한 음식이 나오고 얼마 안 있어, 그 한심하고 불쌍한 중생들에게 깊은 깨우침을 주는 사건이 발생했다.

시작은 웬 기생오라비 같은 허여멀건한 사내였다.

"실례가 되지 않는다면 합석을 해도 되겠습니까?"

천풍은 눈살을 찌푸릴 수밖에 없었다.

분명 점소이에게 이미 한 번 거절을 당했을 터였다. 그럼에도 동석해 있는 천풍은 아예 없는 사람 취급하며 이렇듯 합석을 청한다는 것은 스스로에게 대단히 자신이 있거나, 아니면 대단히 무례한 사람 중 하나라는 뜻이다.

둘 중 어느 쪽인지는 속단하기 어려웠지만 어쨌든 한눈에 보기에도 잘생기긴 했다. 차림도 말끔한 데다 귀태가 흐르는 것이 제법 있는 집안의 자제처럼도 보였다.

천풍이 슬쩍 추도향을 살피니 의외로 태연한 모습이었다.

사내의 질문에 대한 대답도 담담했다.

"꺼져."

물론 억양만 그랬다는 말이다.

천풍은 새삼 깨닫는 바가 있었다.

이 사내가 설혹 대단히 무례한 사람이라 해도 추도향에 비할 바는 아니라는 것이다.

앵두 같은 입술을 비집고 나온 참으로 나긋나긋한 말에 사내가 잠시 어리둥절한 표정을 했다. 잠시 어리둥절해하던 사내가 상황과는 어울리지 않게 갑자기 파안대소를 한다.

"하하하하! 내 이럴 줄 알았다니까. 이렇게 화통한 분일 줄 내 진즉에 알아봤다니까. 거봐, 내가 뭐랬어? 분명 무림의 여걸이실 거라고 했잖아?"

사내의 말이 끝나기가 무섭게 한쪽 편에서 시끌벅적한 웃음소리가 터져 나왔다.

"눈썰미 하면 목 공자고, 목 공자 하면 눈썰민데. 아무렴 어련하실라구."

"그래도 난 안 바꿀 거요. 무조건 안 된다에 두 냥!"

아무래도 일행이 있었던 모양이었다.

사내와 마찬가지로 하나같이 어느 명망 높은 가문의 자제들로 보였는데, 짓궂은 듯 장난기어린 눈빛으로 이쪽을 보고 있는 것이 추도향을 두고 무슨 내기라도 한 것 같은 분위기였다.

그저 젊은 치기고 얕은 영웅 심리였겠지만, 적어도 천풍이 알고 있는 추도향은 그런 것을 이해하고 넘어갈 만큼 이해심 많은 사람이 아니었다.

그래서 불안했다. 여전히 태연자약한 모습이 그를 더 불안하게 했다.

그런 천풍의 걱정을 아는지 모르는지, 한바탕 그렇게 실컷 웃고 난 사내가 옷매무새를 단정히 하며 사뭇 진지한 얼굴로 정중히 포권을 취해 왔다.

"소생은 의창목가(宜昌睦家)의 목세청(睦世淸)이라 합니다. 실례가 되지 않는다면 소저의 존성대명을 알고 싶습니다만……?"

천풍에겐 의창목가라는 이름이 생소했지만 목세청의 목소리에서는 자부심이 흘러넘쳤다. 자부심도 자부심이지만 추도향을 보는 눈빛에는 '네까짓 게 이래도 도도하게 굴 수 있겠느냐?' 라는 오만에 가까운 자신감까지 엿보였다.

그것만 보아도 의창목가라는 곳이 어떤 곳인지 대강 짐작이 갔다.

그래서일까? 추도향의 눈이 처음으로 목세청을 향했다.

목세청이 '그러면 그렇지.' 라는 표정을 했다. 하지만 이어서 나온 추도향의 말은 그가 기대했던 것이 아니었다.

"저는 분명히 꺼지라고 말씀을 드렸을 텐데요?"

"……!"

순간,

"우하하하하! 천하에 풍류공자로 소문난 의창목가의 둘째 공자도 절색의 미녀 앞에서는 별수 없구만."

"그게 아니라, 호북 땅이 아니면 애당초 약발이 안 먹히는 걸지도 모르지."

"그런가? 하긴 그럴지도 모르겠구만. 푸하하하하!"

목세청의 일행들 쪽에서 아까보다 더 큰 웃음이 터져 나왔다.

하지만 목세청은 아까처럼 웃지 않았다. 웃지 않는 정도가 아니라, 일행들 앞에서 창피를 당했다 생각했는지 잔뜩 얼굴을 구기고 있었다.

차라리 그쯤하고 물러났으면 단지 창피만 당하고 말았을 것이다. 아니, 냉정히 눈을 돌려 버리는 추도향의 모습에 그만 욱해서 손을 뻗지만 않았어도 그런 불행까지는 당하지 않았을 것이다. 한 치 앞도 모르는 것이 사람 일이라지만 그는 몰라도 너무 몰랐다.

그렇다고 위협을 하려던 것은 절대 아니었다. 공격의 뜻은 더더구나 없었다. 냉정히 돌려 버린 추도향의 눈을 그저 자신에게로 다시 돌려놓으려던 것뿐이었다. 한데,

서걱.

"……?"

무언가 서늘한 것이 팔에 닿았다 느꼈다.

그때까지도 뭐가 어떻게 된 건지 전혀 알지 못했다. 목세청뿐만 아니라 그들을 구경하던 사람들 모두가 마찬가지였다. 추도향을 제외하고 가장 먼저 상황을 알아차린 것은 천풍이었다.

천풍은 보았다.

목세청의 손이 추도향의 어깨에 닿으려는 순간 추도향의 손이 그보다 빠르게 들어 올려지는 것을, 그리고 섬섬옥수와 같이 곱디고운 손에 들려 있는 그녀의 칼도.

그리해 서걱이었다.

"어?"

늦다.

팔에 붉은색 금이 가고 나서야 반응을 한다. 하지만 그때까지도 멍청한 얼굴인 것은 마찬가지였다.

털썩.

팔이 바닥에 떨어지고,

"어어어어……?"

좌아악—

피가 뿜어지고 나서야,

"어어어어어어……!"

목세청의 눈에 고통이 어린다.

"내, 내 팔이……!"

그리고 마침내 비명이 터졌다.

"내 팔! 내 팔이! 으아아아아아아아아아!"

고통에 몸부림치며 바닥을 뒹구는 목세청과 그로 인해 사방에 흩뿌려지는 피…… 난데없이 벌어진 아비규환의 참변에 목세청의 일행들은 얼이 빠져서는 목세청과 추도향을 번갈아 보고 있었다. 그들과는 아무 상관없는 사람들은 더러는 비명을 질러대며 객잔을 뛰쳐나갔고, 더러는 추도향에게서 멀찍이 떨어져 만일의 사태를 경계했다.

"대체……."

놀람과 경악은 천풍이라고 그들과 다르지 않았다.

추도향이 그냥은 넘어가지 않을 거라 짐작은 했지만, 설마 이렇게까지 참혹한 짓을 저질러 버릴 거라고는 상상도 못했다.

"대체 이게 무슨 짓입니까?"

"왜요? 뭐가 잘못되었나요?"

왜요, 라니? 뭐가 잘못되었나요, 라니?

그저 합석을 청한 것뿐이지 않은가?

무례한 면이 없잖아 있었다지만, 아무리 그래도 그게 팔 하나를 잘려야 할 만큼 큰 죄는 아니지 않은가?

"설마 제 손속이 과했다 말씀하시는 건가요?"

"그럼 이게 과하지 않았다는 말씀입니까?"

"당연히 과한 것이 아니었습니다. 오히려 죄에 비하면 지나치게 가벼운 벌이었죠."

"그게 무슨……."

천풍이 납득 못하겠다는 눈빛을 하자 추도향이 이젠 거의 혼절하다시피 한 목세청을 차가운 눈으로 내려다보았다. 그리고 그보다 더 차가운 말투로 말했다.

"이자는 오늘 제 앞에서 세 가지의 죽어 마땅한 죄를 범했어요."

"……?"

"상대를 알아보지 못하고 처신을 함부로 한 것이 그 첫 번째예요. 무림에서 그것은 충분히 죽어 마땅한 죄죠. 두 번째는 무림에선 항상 눈을 크게 뜨고 귀를 열어둬야 하는데, 이자는 그러지 않았어요. 그래서 제가 두 번이나 경고를 했는데도 말을 듣지 않았죠. 이 또한 당연히 죽어 마땅한 죄예요. 그리고 세 번째는……."

추도향이 목세청에게서 눈을 거두어 목세청의 일행들을 바라보았다.

목세청의 일행들은 이제야 정신을 어느 정도 수습한 모양새였다. 그중 하나는 급히 목세청의 팔을 지혈하며 응급처지를 하고 있기도 했다.

하지만 그뿐이었다. 추도향의 일수로 이미 자신들의 상대가 아니란 것을 느꼈는지 누구도 감히 친우의 복수를 하려는 자가 없었다.

"사람을 잘못 사귄 죄가 그 세 번째죠."

추도향의 시선이 다시 천풍에게로 돌아왔다.

"이처럼 죽어 마땅한 죄를 세 가지나 범했는데 팔 하나로 끝냈어요. 이런 제가 심했다는 건가요? 저는 넘칠 만큼 자비를 베풀었다 생각하는데요?"

추도향이 말한 죄는 어디까지나 무림에서나 통용되는 것이었다. 스스로 무림인이라 생각하지 않는 천풍이 납득할 수 있는 것이 아니었다. 그런데도 묘하게 설득력이 있었다.

그것이 그녀의 말에서 소신과 신념을 느낀 때문인지, 아니면 자신도 모르는 사이 무림이라는 세계가 그의 생각보다 훨씬 더 깊이 들어와 버린 때문인지는 모르지만, 달리 반박할 말을 찾지 못했다.

추도향이 자리에서 일어섰다.

"나가죠. 피비린내가 진동하는 이런 데서 아무렇지 않게 밥을 먹을 수 있을 만큼 저는 비위가 좋지 못해요."

'그건 그 피비린내를 만든 장본인이 할 소리는 아니잖아?'

마음은 굴뚝이었지만 차마 내뱉지 못했다.

"말을 구할 건가요? 아니면 마차?"

"그전에 먼저 해야 할 일이 있습니다."

천풍의 대꾸에 추도향이 의아해한다.

그러거나 말거나 천풍은 성큼 앞장서 객잔을 나왔다.

* * *

천풍이 추도향을 데리고 도착한 곳은 포목점이었다.

"혹시 얼굴을 가릴 만한 모자 같은 거 있습니까?"

"얼굴을 가릴 만한 모자요? 죽립 같은 걸 말씀하시는 겁니까?"

"죽립 말고 여인이 쓸 만한 것으로 없습니까?"

"음…… 잠시만 기다려보십시오."

주인이 포목점 안의 쪽문으로 들어가더니 곧 손에 어떤 물건 하나를 들고 나왔다.

"이건 어떻습니까? 이게 여인관(女人冠)이라 하는 것인데, 대륙의 것이 아니라 옛날 장백산 아래의 어느 작은 나라에서 지체 높으신 여인네들이 쓰고 다니는 거라 하더군요."

그렇게 설명을 덧붙이며 주인이 들고 온 모자를 내밀었다.

고깔 모양에 챙이 넓고 그 앞에는 얼굴을 가릴 수 있도록 희고 깨끗한 면사가 달려 있다. 주인의 말마따나 대륙의 것은 아닌 듯 보였다. 또한 새겨진 문양들이 간결하면서도 세련된 것이, 고풍스러우면서도 상당히 고급스러워 보였다.

두말할 것도 없이 흡족했다.

천풍은 그 즉시 값을 치렀다. 그리고 그 모자를 추도향에게 내밀었다.

그동안 천풍이 하는 모양새를 묵묵히 지켜만 보던 추도향이 미간을 찌푸렸다.

"뭐죠, 이건?"

"쓰십시오."

"그러니까 왜 제가 이걸 써야 하죠?"

"저는 더 이상 아까와 같은 일은 겪고 싶지 않으니까요. 앞으로 언제가 되어야 소저와의 동행이 끝이 날지도 모르는데, 번번이 그 같은 일을 겪어야 한다면 그건 제가 못 견딥니다. 그럴 바에야 차라리 이 자리에서 생사결을 하고 말죠. 그러니 저랑 동행을 계속하실 거라면 적어도 저와 같이 있는 동안에는 이걸 쓰고 계십시오."

천풍 나름의 특단의 조치였다.

객잔 혈풍의 모든 원인은 그녀의 얼굴에서 비롯된 것이었다. 앞으로 있을 모든 분란의 씨앗 또한 그녀의 얼굴이었다. 결국 근본적인 해결책은 그녀의 얼굴을 보지 못하게 하는 수밖에 없었다.

혹시라도 완강하게 거부를 하면 어쩌나 했는데 다행히 천풍이 내민 모자를 순순히 받아드는 추도향이다. 순순히 받아드는 정도가 아니라 이리저리 써보기도 하고 여기저기 만지작거리기도 한다. 그렇게 눈을 빛내며 모자에 열중해 있는 모습을 보니, 마침 괜한 분란이 싫었던 참인 것도, 천풍의 결심이 굳건해 보여 어쩔 수 없었던 것도 아닌 것 같았다.

'단지 저 여인관이라는 모자가 마음에 들었던 것뿐이로군.'

그리 생각하고 보니 제법 귀여운 면도 있다.

어쨌거나 이로써 큰 문제 하나는 해결이 된 셈이다.

'그럼 이제 마차만 구해서 돌아가면 되는 건가?'

조금은 홀가분해진 마음으로 마차를 구하려던 천풍은 잊고 있던 한 가지 사실을 생각해내고는 곤란한 표정을 지었다.

'그나저나 적운 녀석 문제는 어쩌지?'

잃어버렸다.

어디까지나 저 혼자 살자고 의리 없이 혼자 내뺀 녀석의 잘못이지만, 그거야 그저 잃어버린 자의 구차한 변명일 뿐이다.

순수 혈통의 최상급 한혈마라 했다. 현재 황실에서 관리하고 있는 것을 제외하고는 대륙에 고작 열두 마리밖에는 없다고도 했다.

천풍이 원하면 가져도 좋다고는 했지만 선물로 기분 좋게 주는 거랑 이처럼 허무하게 잃어버리는 거랑은 엄연히 다른 문제였다.

염장이 얼마나 실망을 하게 될지 벌써부터 눈에 선했다.

그를 볼 면목이 없었다.

'손이 발이 되도록 싹싹 비는 수밖에 없겠지? 안 되면 무슨 수를 써서라도 한혈마를 다시 구해 주던지. 그래도 대륙 어딘가에 열한 마리는 있다는 거니까.'

그 순간 천풍은 한 가지 결심을 했다.

'내가 두 번 다시는 좋은 말을 타나 봐라.'

겁도 많고 의리도 없고, 거기다 때와 장소도 가리지 못해서는 취옥선 앞에서 창피나 주고…… 적운을 타고 나서 뭐 하나 제대로 된 게 없다. 과연 그게 좋은 말이긴 한지조차도 이젠 의심스럽다.

'그래. 애당초 타지를 말았어야 했어.'

그랬다면 적운을 잃어버릴 일도, 염장이 실망할 일도, 지금 이렇게 걱정으로 한숨만 푹푹 내쉴 일도 없었을 테니 말이다.

하지만 그것은 정말이지 괜한 걱정이었다.

*　　*　　*

"대체 어떻게 된 일입니까? 적운이 혼자 돌아왔기에 혹여 무슨 변고라도 당하신 거나 아닌지 얼마나 걱정을 했는지 모릅니다."

천풍과 추도향이 마차를 구해 막 소주에 당도했을 무렵이었다.

소주의 끝자락까지 그를 마중 나와 있던 염장이 걱정과 안도가 잔뜩 뒤섞인 얼굴로 그렇게 물어왔다.

"적운이…… 돌아왔다구요?"

"녀석이 상단에 도착한 것이 벌써 반나절이나 됐습니다. 타고 갔던 말은 돌아왔는데 반나절이 넘도록 공자께선 돌아오지 않으니 제 속이 다 새까맣게 탈 지경이었습니다. 대체 무슨 일이 있었던 겁니까? 알아보니 청무도장 분들께는 가시지도 않았다던데?"

염장의 걱정이야 어떻든 잃어버린 줄 알았던 적운이 무사하다는 것만으로도 일단 안도했다. 염장의 실망하는 얼굴을 보지 않게 되어서 천만다행이었다. 반면에, 여기까지 오는 내내 적운의 일로 혼자 끙끙 앓아댄 것을 생각하면 허탈도 했다. 어찌나 신경을 썼던지 피가 다 바짝바짝 마를 지경이었다.

하지만 지금 천풍을 지배하고 있는 감정은 안도도 허탈도 아니었다.

'망할 놈의 망아지 새끼. 차라리 호랑이한테라도 잡아먹혀 버릴 것이지!'

그것은 살의였다.

살아오면서, 사람은 물론이고 한낱 축생일지라도 아니, 바퀴벌레 같은 해충에게조차도 이처럼 살의를 느꼈던 적은 없었던 것 같았다.

천풍이 그렇게 적운에 대한 살의를 불태우고 있을 때였다.

"하온데, 이분은 뉘신지……?"

염장이 추도향을 보며 의아히 물었다.

추도향은 그때까지도 모자를 벗지 않고 있었다. 마차를 타고 오는 내내 마찬가지였다. 천풍과의 약속을 충실히 이행하겠다는 마음가짐이 아니라 그 또한 모자를 쓰고 있는 게, 그리고 면사를 통해서 세상을 보는 게 단지 좋은 것뿐이었다.

그러나 그것도 여기까지였다.

염장은 엄연히 상계의 큰 거목일 뿐 아니라 무림대회의 주최자였고, 그녀는 무림대회에 초청을 받은 도문의 사자였다. 마땅히 예를 갖춰야 했다.

추도향이 모자를 벗었다.

"도문의 추도향이 염 단주님을 뵙습니다. 도문을 대표해서 염 단주님의 초대에 깊은 감사를 드립니다."

염장은 그 짧은 순간 세 번 놀랐다.

먼저 그녀의 미모에 놀랐고, 그녀의 신분에 놀랐으며, 그녀가 천풍과 같이 왔다는 것에 놀랐다.

"두 분이서 어떻게 같이……?"

"그냥 그럴 만한 사정이 좀 있었습니다."

천풍이 그렇게 대강 얼버무렸다. 자세한 대답을 해주기에는 황학루에 갔던 일부터 해서 도제 백무강과의 만남, 천하사절로 오해 받고 있는 상황까지도 모두 털어놓아야 하는데, 그건 그는 물론이고 추도향도 바라지 않을 것 같아서였다. 아니나 다를까 추도향에게서도 별다른 말이 없었다.

미심쩍은 듯, 궁금한 듯 둘을 번갈아 보던 염장은 더 캐물어봐야 원하는 대답이 나오지 않을 거라 판단하고는 이내 말문을 돌렸다.

무엇보다 지금은 그게 중요한 것이 아니었다.

"어쨌든 지체할 시간이 없습니다. 걸음을 서둘러야겠습니다."

"지체할 시간이 없다뇨? 달리 무슨 일이라도 있습니까?"

"어제 저녁부터 지금까지 공자님을 눈이 빠져라 기다리고 계신 분들이 있습니다."

"저를요?"

천풍이 의아히 물었다.

"어떤 분들이신데……."

"그건 가보시면 아실 겁니다. 미리 하나만 말씀드리자면……."

뭔가 의미심장하게 운을 뗀 염장이 그보다 더 의미심장하게 말했다.

"지금은 힘을 보여야 할 때라는 것입니다."

"……?"

"양보도 숨김도 없이 가진 힘을 모두 보여야 한다는 것만 잊지 않으시면 모든 것이 순리대로 풀려나갈 것입니다."

염장의 말은 그것으로 끝이었다.

염장이 웃었다.

그 웃음이 왠지 불안한 마음을 들게 해서 천풍은 웃지 못했다.

그러한 불안은 염가상단에 도착해서도 전혀 나아지질 않았다. 염장이 만들어내는 묘한 분위기 탓에 오히려 시간이 지날수록 불안은 더 커져만 갔다.

염장이 걸음을 멈춘 것은 염가상단 안 어느 전각 앞에 이르러서였다.

"죄송하지만 여기서부터는 공자님 외에는 들어가실 수가 없습니다. 여협께는 따로 묵으실 곳을 안내해 드리겠습니다."

"그럴 수는 없겠는데요?"

추도향의 거절은 염장으로서는 전혀 생각지 못한 것이었다.

염장이 어리둥절해하자 추도향이 덧붙였다.

"저는 이분과 한시도 떨어지지 않기로 약조를 했거든요."

추도향이 설명을 덧붙인다고 덧붙였지만 염장은 더욱 어리둥절하기만 했다.

'한시도 떨어지지 않기로 약조를 했다니? 그사이 둘이서 정분이 나기라도 했다는 건가?'

그럴 리가 없었다. 사람 상대하는 것이 일인 염장이다. 둘 사이에 흐르는 분위기가 남녀 간의 정분인지 아닌지 정도는 충분히 구분할 수 있었다.

염장이 답을 구하는 눈으로 천풍을 보았다. 하지만 천풍은 그저 씁쓸히 웃고만 있을 뿐 그의 궁금증을 해소해 주지 않았다.

"흠흠…… 아무리 그렇다고 해도 여협을 이 안으로 들일 수는 없습니다."

"그건 또 왜죠?"

"이는 공자님의 지극히 개인적인 일일 뿐더러, 절대로 외부로 알려져서는 안 되는 일이기 때문입니다."

정분이 났든 어쨌든 간에 이 정도 말했으면 알아들었으리라 생각했다. 혹여 알아듣진 못하더라도 무림의 도의를 아는 사람이라면 더는 고집을 부리지 않으리라 생각했다. 그러나 추도향은 염장의 그러한 생각마저도 여지없이 깨트려 버렸다.

"이분의 개인적인 일이라면 더더욱 제가 빠질 수는 없는 일이죠. 절대로 외부로 알려져서는 안 되는 일이라면 그것만큼은 또한 반드시 제가 알아야 하는 일이구요. 그렇지 않은가요?"

이번엔 추도향이 천풍에게 동조를 구했다.

추도향의 말인즉슨, '천풍은 아직 천하사절이 아니라는 것조차도 명확히 밝히지 못했다. 이를 명확히 밝히기 위해서라도 자신에겐 일말의 숨김도 없어야 한다. 그것이 설혹 절대로 외부로 알려져서는 안 되는 일일지라도 자신에게만은 비밀이 없어야 한다. 정말로 천하사절이 아니라면, 그래서 떳떳하다면 지극히 개인적인 일이든 뭐든 당당히 보여달라.' 이 뜻이었다.

나직이 한숨을 내쉰 천풍이 이윽고 염장을 보았다.

"저를 기다리신다는 분들이 어떤 분들인지, 무슨 일로 저를 기다리시는 건지는 모르지만, 이분 소저의 말씀대로입니다. 이분 소저께는 저에 관한 모든 것을 보여드리기로 약조를 했습니다. 그러니 단주님께서 양해를 해주십시오."

도대체 뭐가 어떻게 돌아가는 상황인지 도무지 종잡을 수가 없다. 하지만 천풍까지 거들고 나서니 염장으로서도 더는 추도향을 막을 명분이 없었다.

"공자님께서 그렇게까지 말씀을 하신다면야 어쩔 수 없는 일이긴 하지만…… 그럼 하나만 약조해 주실 수 있겠습니까?"

추도향이 물었다.

"뭐죠?"

"이곳에서 보고 듣게 되는 일, 무림대회가 끝날 때까지는 절대로 비밀로 해주십사 하는 것입니다. 도문은 물론이고 여협의 부모형제에게조차도 말입니다."

"무림대회가 끝날 때까지만이라면 어려운 일도 아니네요. 얼마든지 그리하겠습니다."

이로써 협상은 끝이 났다.

염장이 먼저 전각 안으로 걸음을 내딛었고 천풍과 추도향이 그 뒤를 따랐다.

그리해 들어가게 된 곳은 그저 조금 넓고 그저 조금 소박한, 별로 특별할 것도 없는 방이었다.

그곳에 아홉 명의 사내가 있었다.

결코 화기애애한 분위기가 아니었다.

방 안에 흐르고 있는 공기는 무겁고 어두웠다. 그리고 그것은 염장의 뒤를 따라 천풍이 방 안으로 들어서는 순간 일촉즉발의 긴장감으로 돌변했다.

아홉 명의 눈이 일제히 천풍을 향했다.

어떤 이의 눈은 살피는 듯했고, 어떤 이는 경계하는 듯했다. 또 어떤 이는 미심쩍어하는 듯했다. 하지만 그들 모두의 시선에 공통적으로 들어가 있는 것은 두말할 것도 없이 명백한 적의였다. 살기처럼도 느껴졌다.

낯선 얼굴들이었다.

원한 질 만한 일이 있었을 리가 없다.

한데 어째서 자신을 저런 눈으로 보는 것일까?

그렇게 의아해하던 천풍의 눈에 문득 이채가 떠올랐다.

'어…… 저 사람은…….'

그러고 보니 모두가 낯선 중에 단 하나 낯설지 않은 사람이 있었다.

'무명객 이한위……!'

천하사절의 비급을 얻어 절강신룡 위지상을 꺾은 바로 그 사람이었다.

'그럼 혹시……?'

천풍의 생각은 더 이상 이어지지 못했다.

그보다 먼저 염장이 끼어들었기 때문이었다.

"그럼 우선 통성명부터 하도록 하지요. 공자님. 혹시 이분들이 누군지 짐작하시겠습니까?"

짐작은 했지만 어차피 듣게 될 것이기에 대답하지 않았다.

"이분들이 누구시냐 하면 말입니다. 항간에 무림을 떠들썩하게 하고 있는 천무구룡(天武九龍)들이십니다. 천하사절의 무공 비급을 얻은 아홉 마리의 용…… 즉, 간단히 말해 비급의 주인들이지요."

놀라지 않았다. 이한위를 본 후 이미 짐작은 하고 있었다. 그래서 놀랍다기보다는 '역시' 라는 느낌이었다.

천풍을 정말 놀라게 한 것은 아홉 명의 정체가 아니라 이어진 그 다음의 말이었다.

"그리고 이분 공자님…… 이미 모두들 알고 계시겠지만 여러분들과는 첫 대면이니만큼 정식으로 소개를 드리겠습니다. 이분 공자님이 바로 여러분들이 그토록 만나고 싶어 하시던, 여러분들을 지금 이렇듯 한 자리에 모이게 만든 바로 그 검절의 전인이자 천하사절의 유일한 계승자 옥면신룡 소천풍 대협이십니다!"

"예에?"

아무도 놀라지 않았다.

천풍만 놀랐다.

심지어 추도향조차도 뭔가 납득을 하는 눈치였다.

"에에에?"

『천극의 서』 4권에서 계속

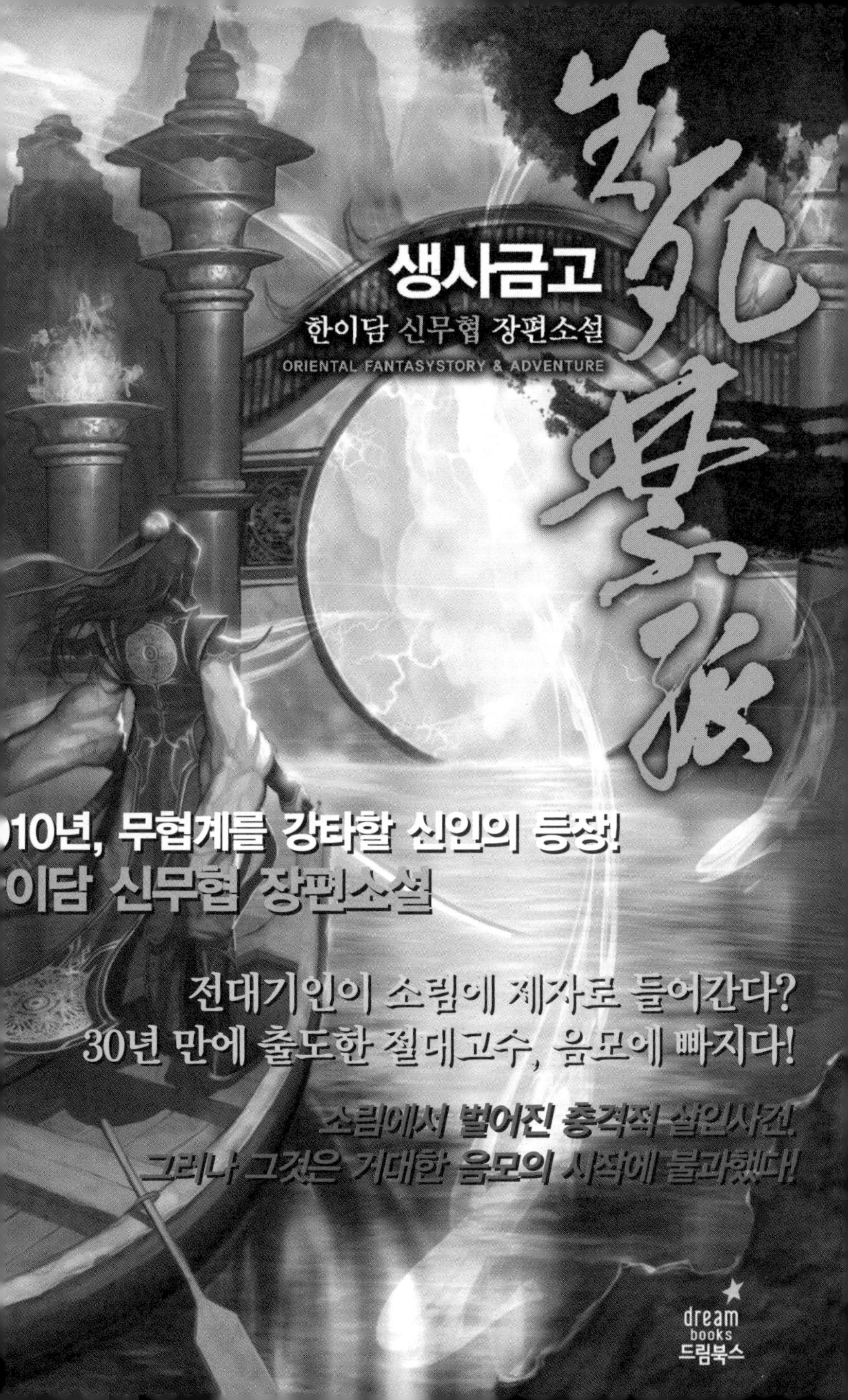
생사금고
한이담 신무협 장편소설
ORIENTAL FANTASYSTORY & ADVENTURE
10년, 무협계를 강타할 신인의 등장!
이담 신무협 장편소설
전대기인이 소림에 제자로 들어간다?
30년 만에 출도한 절대고수, 음모에 빠지다!
소림에서 벌어진 충격적 살인사건.
그러나 그것은 거대한 음모의 시작에 불과했다!
dream
books
드림북스

Dark Blaze
다크 블레이즈
김현우 판타지 장편소설
FANTASYSTORY & ADVENTURE
『레드 데스티니』, 『골든 메이지』의 작가!
김현우 판타지 장편소설
십 년 전쟁의 승리에 파묻힌 충격적 비화.
제국이 아버지의 죽음을 감췄다!
알파드 공의 죽음과 엘리멘탈 프로젝트의 실
뒤틀린 진실을 알기 위해 아르미드 남매가 복수의 칼을 들었
dream books
드림북스